मगध की नगरवधू

सालवती

एक ऐतिहासिक उपन्यास

कृष्णानंद

सौम्या बुक्स

जी–5/62, अर्जुन नगर, दिल्ली-110051

I.S.B.N. : 978-93-88679-02-2

ऐतिहासिक उपन्यास : सालवती

मूल्य : 250.00

प्रथम संस्करण : 2019

प्रकाशक
सौम्या बुक्स
जी-62, गली नं॰ 5
अर्जुन नगर, दिल्ली-110051

लेज़र टाइप सेटिंग और आवरण
बालाजी कम्प्यूटर सर्विस
डी-19, गली नं॰ 8 ज्योति कॉलोनी
शाहदरा, दिल्ली-110032

मुद्रक
संजीव ऑफसैट प्रिन्टर्स
एफ-8/32 कृष्ण नगर, दिल्ली-110051

अपनी दिवंगत पत्नी प्रतिभा को,
जिसकी प्रेरणा से इस उपन्यास का प्रारम्भ हुआ,
जिसकी प्रेरणादायिनी स्मृति में यह सम्पूर्ण हुआ

एवं

उन सभी संवेदनशील माताओं को,
जो नगर-गाँव की डगर से कूड़े के ढेर पर
फेंके गए असहाय बिलखते अवांछित या
यौवन-उन्मादित जन्में अवैध शिशुओं को
अपनी ममता की गोद देकर
मातृत्व की छाँव में
उनका भविष्य संवारती हैं।

परिचय

नृत्य और संगीत सदैव ही भारतीय जीवन के उल्लास का परिचायक रहा है। कला के प्रति भारतीय अभिरुचि की अभिव्यक्ति आचार्य भर्तृहरि के 'नीति शतक' की इस उक्ति से स्पष्ट है–

साहित्य संगीत कला विहीन।
साक्षात पशु पुच्छ विषाण हीन।।

हड़प्पा सभ्यता के उत्खनन-स्थलों से प्राप्त नृत्य-मूर्तियां तथा पौराणिक युग की अप्सरा नृत्यांगनाओं की कथाएं यह सिद्ध करती हैं कि भारतीय संस्कृति में ललित भावनाओं की अभिव्यक्ति नृत्य, गायन और वादन के माध्यम से ही होती आई है। हमारे पुराण और महाकाव्य नृत्यांगनाओं के सौन्दर्य और कला-निपुणता के यशगान से भरे पड़े हैं। देवताओं के राजा इन्द्र के दरबार की उर्वशी, मेनका, रम्भा आदि अप्सराएं आज भी सौन्दर्य और नृत्य-प्रतिमूर्ति के रूप में स्मरण की जाती हैं।

हड़प्पा उत्खनन से प्राप्त कांस्य की नृत्य-मूर्तियां उस युग की नृत्य कला के प्रति अन्तर्निहित समाज के प्रेमभाव की सूचक हैं। सम्भवतः उस समय भी नगर वधुओं का प्रचलन रहा हो। मार्शल के अनुसार नर्तकी की ये मूर्तियां देवदासियों की मूर्तियां रही हों। यह तो स्पष्ट ही है कि उस समय स्त्रियां नृत्य की शिक्षा ग्रहण करती थीं।

प्राचीन भारत का इतिहास बिहार का, मगध साम्राज्य का, लिच्छवि गणतंत्र का, इतिहास था। मगध की राजधानी, बिहार की अक्षय सांस्कृतिक धरोहर में से एक है। बिहार के अतीत गौरवमय इतिहास तथा कला और सांस्कृतिक वैभव को अमरत्व प्रदान करने वाली कला-साधिकाएं, वैशाली की *आम्रपाली* और पाटलिपुत्र की *कोशा*, की ऐतिहासिक प्रसिद्धि है। उस समय की एक और उल्लेखनीय प्रसिद्ध कला-अराधिका थी सालवती, जिसने विख्यात चिकित्सक जीवक को जन्म दिया था, पर अपनी नृत्यनिपुणता, सांस्कृतिक और राजनैतिक गतिविधियों में योगदान के बावजूद, अभी तक अतीत की धुंध में ही खोई रही है।

बिहार के कला-वैभव के प्रतीक रूप में इन नृत्यांगनाओं की ऐतिहासिक प्रसिद्धि केवल इसलिए नहीं थी कि ये अप्रतिम सौन्दर्य की स्वामिनी थीं, वरन् इसलिए भी कि वे अपने युग के सम्पूर्ण सामाजिक, राजनैतिक और धार्मिक जीवन की केन्द्र बिन्दु बनी रही थीं। सौन्दर्य तो ईश्वर प्रदत्त उपहार है और प्रकृति ने अपने सुषमा-भंडार को इनके अंग-अंग के सौष्ठव को निखारने में लुटा दिया था। नैसर्गिक

मोहिनीशक्ति के साथ-साथ अपनी अर्जित कलानिपुणता, ज्ञानोपलब्धि और विकसित बुद्धिबल का उपयोग कर ये नृत्यांगनाएं सदैव सम्राटों, अमात्यों, सामन्तों श्रेष्ठिपुत्रों, अभिजात्य वर्ग के नागरिकों की अर्चिता बन, उन्हें अपनी उंगलियों पर नचाती रही थीं। ललितकलाओं से सम्पन्न, राजसी ठाट-बाट से परिपूर्ण, सुरुचिपूर्ण वेशभूषा से सज्जित और सामाजिक शिष्टाचार के आचार-व्यवहार में पारंगत इनका काम केवल लोगों के मनोरंजन तक ही सीमित नहीं था। इनका उपयोग राजनैतिक उद्देश्य के लिए भी किया जाता था। नृत्यांगनाओं, गणिकाओं का उपयोग प्रशासकीय क्षेत्रों, गुप्तचरों के रूप में तथा कूटनीतिक उद्देश्यों के लिए भी किया जाता था। राजकुमारों, राजकुमारियों और समाज के श्रेष्ठ और वरीय वर्गों के पुत्र-पुत्रियों को सम्भ्रान्त शिष्टाचार की शिक्षा-दीक्षा देने का उत्तरदायित्व भी इनके कंधों पर था। इन कोमलहृदया, आत्म-सम्मानवाली और भावनामयी सुन्दर नृत्यांगनाओं को राज्य ने नगरवधू के पद पर सुशोभित किया था। समाज में उनका स्थान बहुत सम्मानित और प्रतिष्ठित था। नगरवधू तत्कालीन समाज की आवश्यकता समझी जाती थी। नारियों का गणिका रूप समाज में प्रतिष्ठित था और गणिकाओं का विकास तीव्र गति से हुआ था। साधारण वेश्या से गणिका का स्थान अधिक ऊंचा था। नगर की शोभा मानी जाने वाली गणिका ही नगरवधू कहलाती थी। नगर का उल्लास और विलास गणिका के संयोग से ही मुखरित होता था। इन गणिकाओं के पास साधारण लोगों की पहुंच नहीं थी। गणिकाओं का विधिपूर्वक अभिषेक किया जाता था। राज-गणिकाएं बहुत ही सम्पन्न होती थीं। वह राजसी ठाट-बाट से राज-प्रदत्त महल में रहती थीं। गणिका पद पाने वाली नारी अपने को अति भाग्यशाली समझ गौरवान्वित महसूस करती थी। राजकीय स्तर की गणिकाओं के अतिरिक्त नगर में अनेक अन्य गणिकाएं भी रहती थीं जिनमें कई समृद्ध होती थीं जिनमें सामा, सुलसा, काली आदि प्रमुख नाम हैं। इन गणिकाओं का जीवन भी अति विलासी होता था। कुछ चरित्रहीना गणिकाएं विश्वासघातिनी भी थीं और अपने ग्राहकों से धन प्राप्त करने के लिए केवल प्रेम का नाटक करती थीं। आदर्श और एकनिष्ठ गणिकाओं का भी उल्लेख जातक साहित्य में मिलता है।

ईसापूर्व छठी शताब्दी की आम्रपाली (या अम्बपाली) और सालवती समकालीन थीं तथा अपने युग की प्रसिद्ध नृत्यांगनाएं थीं। आम्रपाली थी लिच्छवि गणतंत्र, भारत के एकमात्र आदर्श और समर्थवान गणसंघ की राजधानी वैशाली की राजनर्तकी और सालवती थी मगध राज्य के प्रथम सम्राट् बिम्बिसार की राजधानी राजगृह की राजनर्तकी। गणतंत्र को राजतंत्र से सदैव संकट रहा। राजतंत्र के आक्रमण-कुचक्र से भी प्राचीन गणराज्य का अस्तित्व मिट गया, पर उनकी कुछ अमूल्य देन की छाप

अभी भी अमिट है। लिच्छवि गणराज्य की राजनर्तकी आम्रपाली नृत्य क्षेत्र में सदैव ही प्रेरणा-स्रोत रही है। रूप की विभूति ये दोनों गणतन्त्र तथा राजतन्त्र के कला-व्यक्तित्व सुषमा की सम्पदा से ही परिपूर्ण नहीं थीं वरन् समग्र कलाओं में भी निपुण थीं। रूपमाधुर्य या कला-गुण की प्रतिस्पर्धा में कोई किसी से कम नहीं थी।

बौद्ध साहित्य के अनुसार जहां आम्रपाली धरती पर उतरी स्वर्ग की नृत्यांगना कही जाती थी, वहीं अप्रतिम सौन्दर्य की स्वामिनी सालवती को मगध का अनमोल रत्न कहा जाता था। आम्रपाली की ही भांति सालवती भी राज्य द्वारा आयोजित सभा में राजनर्तकी चुनी गई थी। सालवती को राजगृह महोत्सव में राजनर्तकी की उपाधि प्रदान की गई थी। हां, सालवती के आवास में प्रवेश-शुल्क 100 कार्षापण (उस समय की मुद्रा), आम्रपाली के 50 कार्षापण शुल्क से अधिक था। दोनों, सम्राट और राजपुरुषों की भोग्या भी थीं। जातक-साहित्य के अनुसार आम्रपाली का द्वार जहां सभी श्रेष्ठ लोगों के लिए खुला रहता था, वहीं सालवती की आज्ञा के बिना किसी को भी उसके प्रासाद में जाने की अनुमति नहीं थी।

रूपवती, गुणवती होने पर भी आम्रपाली की समकक्ष सालवती की कीर्ति, इतिहास के पन्नों तक ही सीमित रही, पर उसकी अपेक्षा आम्रपाली ने अधिक चर्चित, सुप्रतिष्ठित, सुविख्यात और कीर्तिशाली नृत्यांगना के रूप में प्रसिद्धि प्राप्त की।

अन्तर्राष्ट्रीय ख्याति प्राप्त प्राचीन भारतीय इतिहास के *इतिहासविद् डॉ॰ बी॰पी॰सिन्हा* ने मुझे परामर्श दिया था कि उत्तर बिहार के वैशाली गणतंत्र की राजनर्तकी आम्रपाली तो विश्व प्रसिद्ध हो चुकी है, इसलिए मैं दक्षिण बिहार के बुद्धकालीन मगध के राजा बिम्बिसार की राजनर्तकी सालवती को इतिहास की धुंध से निकाल कर उसी प्रकार पुनर्जीवित करूं जिस प्रकार मैंने पाटलिपुत्र की राजनर्तकी *कोशा* को अपने ऐतिहासिक उपन्यास में पुनर्जीवित किया है।

अतीत के अंधकार में विलीन राजनर्तकी सालवती को ढूंढ़ना कठिन अवश्य था, पर असम्भव नहीं। बौद्धग्रन्थों में सालवती मिली, परन्तु बहुत संक्षिप्त रूप में। बहुत कम लोग जानते हैं कि भारत का प्रसिद्ध चिकित्सक जीवक सालवती का पुत्र था। यह भी कम लोग जानते हैं कि सालवती को सिरिमा नामक एक पुत्री भी हुई थी, जो सालवती की मृत्यु के बाद मगध की राजनर्तकी बनी थी। अति प्राचीन काल में घटित ऐतिहासिक घटनाएं, जिसका कोई लेखा-जोखा उपलब्ध नहीं है, उसकी सृष्टि अपनी काल्पनिक दृष्टि से ही की जा सकती है। इतिहास की गुमनाम कब्र से निकली सालवती के स्पन्दनहीन ठठरी में कल्पनाप्रदत्त अन्तर्दृष्टि से, काल्पनिक तथ्यों द्वारा प्राण फूंककर उसे स्पन्दित करना पड़ा। ऐतिहासिक उपन्यास लिखना

शवसाधना से कम नहीं है। काल के धुंध में विलुप्त प्राचीन भारत के इस ऐतिहासिक पात्र का पुनर्निमाण भी केवल बौद्धग्रन्थों के साहित्यिक साक्ष्य तथा कल्पना द्वारा अनुमानित तथ्य पर आधारित एक रोचक कथानक के माध्यम से किया गया है। इस उपन्यास में वर्णित घटनाओं के क्रम और वास्तविक घटित घटना के क्रम में अंतर हो सकता है, पर इससे गूंथी गई घटनाओं की माला में रोचकता और पठनीयता का अभाव नहीं आया है। इस ऐतिहासिक उपन्यास की कथा, केवल बीता हुआ इतिहास ही नहीं है, बल्कि वर्तमान की समस्या भी है। इस उपन्यास के ऐतिहासिक दर्पण में भी आज के समाज और राजनीति की झलक प्रतिबिम्बित कर इसे प्रासंगिक और प्रेरणादायक बनाया गया है।

सालवती को पालि साहित्य तथा बौद्ध ग्रन्थों में ढूंढ़ने में बौद्ध साहित्य के विद्वान मनीषी और उनके उत्कृष्ट कार्य हेतु भारत के राष्ट्रपति द्वारा सम्मानित तथा सम्पादक, विपश्यना विशोधन विन्यास, धम्मगिरी इगतपुरी के प्रो॰ अंगराज चौधरी के अमूल्य सहयोग का और डॉ॰ अशोक प्रियदर्शी तथा प्रो॰ विनय कुमार चौधरी का जिन्होंने पाण्डुलिपि की अशुद्धियां सुधारने में मेरी सहायता की है, मैं बहुत-बहुत कृतज्ञ हूं।

'प्रतिभालोक', आनन्दपुरी (दक्षिण), — कृष्णानंद
पश्चिम बोरिंग कैनाल रोड,
पटना–800001

1

छप! छप!

छप! छप!

सांध्यतिमिर की नीरवता को भंग करती यह धीमी ध्वनि गंगा तल पर तैरती नौका से आ रही है। नौका साधारण है, जन-साधारण को गंगा पार कराने वाली। परन्तु आज इस साधारण नौका पर गंगा पार जा रहे हैं दो असाधारण जन, बहुमान्य, प्रतिष्ठित और प्रभावशाली व्यक्ति। साधारण नौका के उपयोग में उनका उद्देश्य है अपने परिचय को गोपनीय रखना। इसीलिए इन्होंने छद्मवेश धारण कर रखा है।

छप! छप!

गंगावक्ष को चीरती नौका, शनैः-शनैः अपने गन्तव्य वैशाली गणराज्य के एक नीरव निर्जन तट, जहां लिच्छवी तटरक्षकों की पैनी दृष्टि उन पर नहीं पड़े, की ओर अग्रसर हो रही है। एक यात्री के छद्मवेश में नौकारूढ़ हैं, मगध सम्राट् बिम्बिसार तथा उनके महामात्य वर्षकार। दोनों मौन हैं। आशंकित हैं कि उनका वार्तालाप कहीं उनका भेद न प्रकट कर दे।

छप! छप!

वाणी मुखर नहीं है, परन्तु मन मौन नहीं है। मन में तरंगित अपने-अपने विचार की तरंगों में दोनों उलझे हैं। गंगा की लहरों की भांति ही उनके मन में विचारों की लहरें हिलोरें ले रही हैं।

अमात्य वर्षकार मन-ही-मन विचार कर रहे हैं कि सौन्दर्य का आकर्षण भी कितना निराला होता है। सौन्दर्य की सुगंध, समीपस्थ को ही नहीं सुदूरस्थ को भी सुरभित कर सम्मोहित कर लेती है। वैभवपूर्ण बलशाली व्यक्ति जब विलासिता को वरण करता है, तब विलोकनीय बालाओं से विमोहित होकर उन्हें अपने बाहुपाश में बांधने की व्यग्रता में विदूरभूमि जाने में भी वह विचलित नहीं होता। वैशाली गणतन्त्र की नगरवधू आम्रपाली की सौन्दर्य-सुगंध से सम्मोहित मगध राजतन्त्र के महान प्रतापी राजा बिम्बिसार उसके रूप-माधुर्य का रसास्वादन करने के लिए इतने आतुर हो गए कि छद्मवेश में उससे मिलने, शत्रु प्रदेश में भी जाने के लिए तत्पर हो गए।

सम्राट बिम्बिसार कामांध हैं। हृदय की भाषा शब्दहीन होती है, पर संवादहीन नहीं। हृदय के प्रेम-संवाद नयनों के प्रेमासक्त भाव में उभरते हैं। बिम्बिसार के हृदय

में आम्रपाली के संग प्रेमाभिसार करने के सपने आलोड़ित हो रहे हैं, यह उनकी आंखों में लक्षित है।

छप! छप!

वार्तालाप विहीन वातावरण में विचारों के विचरण में वृद्धि होती ही रहती है। महामात्य के मन में विचारों का बवंडर उठ रहा है। वे सोच रहे हैं कि यदि प्रेमवंचित पुरुष प्रेमविभोर हो जाए तो अस्वाभाविक नहीं लगता। विवाहित पुरुष यदि अन्य नारी के प्रति प्रेमानुरक्त हो जाए तो उसे लोग व्यभिचारी कहते हैं परन्तु देवता के समान पूजित राजा, बहुगामी होने पर भी व्यभिचारी नहीं, केवल राजा ही विलासी क्यों कहे जाते हैं? समाज का यह कैसा मनोभाजन है? छः पत्नियों के पति प्रतापी राजा बिम्बिसार भी इसके अपवाद क्यों नहीं हैं? विशेषकर जब उनकी मृगनयनी कोमलांगी रानी खेमा स्वयं एक अद्वितीय सौन्दर्य की स्वामिनी हैं, तब इधर-उधर प्रेमाभिसार के लिए भटकने की क्या आवश्यकता थी? शक्ति और सामर्थ्य को जब विलासिता के पंख लग जाते हैं, तब आम्रपाली जैसी रूपवती के संग अभिसार-उड़ान भरने के लिए आतुर मन, अपनी विवाहिता के प्रति दायित्व की नैतिकता को भी क्यों विस्मृत कर देता है? क्या इसीलिए कि आज समाज में अबला नारी को न कोई अधिकार है, न अधिकार के लिए संघर्ष करने की कोई सबलता?

नीति विशारद महामात्य वर्षकार की नैतिक उलझन के विपरीत सम्राट् इसी विचार में मग्न हैं कि आम्रपाली को कैसे शीघ्रतापूर्वक अपनी अंकशायिनी बनाएं। उससे प्रेम-मिलन कितना सुखद होगा, इसकी कल्पनामात्र से ही उनके अधरों पर प्रेमालिंगन की अभिलाषा और पलकों पर विलास की भावना थिरकने लगी।

छप! छप!

महामात्य के मन का झंझावात प्रश्न कर रहा है, जब प्रत्येक नगर-गांव में आम्रपाली से भी अधिक रूपसी कई बालाएं प्राप्त हो सकती हैं, तब एक आम्रपाली की रूपचर्चा से सम्राट् क्यों इतना आकर्षित हो गए कि शत्रु देश में भी उससे मिलने के लिए अधीर हैं? मन ने कहा—न तो हृदय को प्रेमाकर्षित करने वाली का मूल्यांकन, तर्क की तुला पर तौल कर किया जा सकता है और न हृदय को प्रेमालिंगन में पाशबद्ध करने की प्रेरणा प्रज्वलित करने वाली को सौन्दर्य की कसौटी पर परख कर ही। प्रश्न सौन्दर्य का नहीं, सौन्दर्य की प्रसिद्धि का है। जब किसी नारी के सौन्दर्य को प्रसिद्धि के पंख, उसकी रूप-चर्चा की उड़ान को बहुचर्चित कर देते हैं, तब उसे प्राप्त करने की चाहत, उसे अपने बाहुपाश में बांधने की लालसा हर हृदय में पनपने लगती है। पुरुष, नारी के भोग-विलास को नारी पर अपनी विजय

सममझता है। चर्चित नारी को अपनी भोग्या बनाने में पुरुष अपनी विजयप्रसिद्धि देखता है। प्रसिद्ध नारी की प्रणय प्राप्ति में पुरुष अपनी प्रसिद्धि प्राप्ति का विजय सुख महसूस करता है।

अचानक छप-छप की ध्वनि बंद हो गई। गंगा पार के ऊंचे रेत के टीले से लगते ही नौका की गति थम गई। विचारों के विचरण पर भी विराम लग गया। गंतव्य के आते ही दोनों यात्री नौका से उतरकर प्रकाशहीन तट पर जाकर एक-एक शिलाखंड पर बैठ गए और निरखने-परखने लगे कि किसी लिच्छवी सैनिक की दृष्टि तो उन पर नहीं पड़ी। शत्रु राज्य में आने पर सतर्क रहना आवश्यक होता है। स्थान सूना था, निर्जन था। दोनों आश्वस्त हो गए कि उन पर किसी लिच्छवी सैनिक की संदेहपूर्ण दृष्टि नहीं है।

अब वे निश्चिंत होकर आम्रपाली के निवास सप्तभूमिप्रासाद की ओर तीव्रता से चल पड़े।

स्वर्गसुख प्रदान करने वाला सप्तभूमिप्रासाद वैशाली की गरिमा है। सम्पदा-सम्पन्नता से परिपूर्ण, शोभाविस्तार में अद्वितीय, सुसज्जित सात खण्डों एवं सात प्रांगण वाला यह एक ऐसा आकर्षण केन्द्र है, जहां जाना लोगों को गौरव प्रदान करता है। आम्रपाली का दर्शन करने और उससे वार्तालाप करने मात्र से ही लोगों को आनन्द का अमृतपान करने का सुख मिलता है, वैभव-विलास का जीवन धन्य और सार्थक हो जाता है।

विशाल सप्तभूमिप्रासाद पहुंचने पर मगध सम्राट ने देखा—तोरण द्वार पर आगन्तुकों का स्वागत करने के लिए, पुष्पगुच्छ तथा नई मालाएं मोहक ढंग से लटकाई जा रही हैं। सहस्रों प्रज्वलित दीपगुच्छों के प्रकाश से शोभान्वित प्रासाद, आगन्तुकों की अभ्यर्थना के लिए सज-धज गया है। यद्यपि आम्रपाली का यह आवास सार्वजनिक आवास है, परन्तु दीन-हीन व्यक्तियों का यहां आना वर्जित है। यहां प्रवेश प्राप्त करने का अधिकार उसी को मिलता है जो निर्धारित प्रवेशशुल्क पचास कार्षापण (उस काल की मुद्रा) का भुगतान कर सकता है।

इस नियम से अभिज्ञ महामात्य वर्षकार ने आगे बढ़कर प्रवेश शुल्क प्रदान कर दिया। द्वार रक्षक ने उन्हें प्रासाद की विशेष परिचारिका चित्ररूपा को सौंप दिया, जो उन्हें आदरपूर्वक सुगंधित दीपगुच्छ से प्रज्वलित प्रमोदकक्ष की ओर ले जाने लगी। प्रमोदकक्ष में कई आगंतुक श्रेष्ठिपुत्र, सामंतपुत्र सुन्दर दासियों के साथ मद्यपान कर रहे थे, कई संगीतसुधा का रसपान कर रहे थे।

वर्षकार ने चित्ररूपा को रोककर कहा, ''सुनो सुन्दरी! मेरे साथ आए महापुरुष एक अति विशिष्ट व्यक्ति हैं, जो यहां प्रमोद करने नहीं, देवी आम्रपाली से एकांत

में मिलने की इच्छा लेकर आए हैं। इन्हें देवी के कक्ष में ले जाओ।''

चित्ररूपा ने भवें सिकोड़ कर उत्तर दिया, ''परन्तु देवी के कक्ष में आगंतुकों का जाना निषिद्ध है। कुछ अंतराल के पश्चात् जब देवी प्रमोदकक्ष में आएंगी, तब उनसे वहीं भेंट हो जाएगी।''

''सर्वसाधारण आगंतुकों पर लगा निषेध, विशिष्टों में विशिष्ट पर मान्य नहीं होता सुन्दरी!''

''परन्तु, मैं तो देवी की निषेध आज्ञा से बंधी हूं। क्षमा करें, मैं उनके नियम का उल्लंघन नहीं कर सकती।''

उसी समय नित्य की भांति प्रमोदकक्ष में जाने के लिए सातवें खंड से उतरती देवी आम्रपाली की कोमल कटाक्षवाणी उभरी, ''किस नियम-उल्लंघन की बात से त्रस्त हो चित्ररूपे?''

नतमस्तक हो कुछ ही दूर खड़ी देवी का अभिवादन करती चित्ररूपा ने कहा, ''देवी! ये महापुरुष आपसे एकांत में मिलने आपके कक्ष में जाने की इच्छा व्यक्त कर रहे हैं और मैं इन्हें आपकी निषेध-आज्ञा समझा रही थी।''

यह कहती हुई चित्ररूपा वहां से प्रस्थान कर गई।

आम्रपाली की प्रश्नवाचक दृष्टि आगन्तुकों की ओर मुड़ी। उसकी जिज्ञासा शांत करने के लिए वर्षकार ने आम्रपाली के समीप जाकर कहा, ''देवी! धृष्टता क्षमा करेंगी। आपसे मिलने के लिए आतुर हैं छद्मवेश में मगध सम्राट बिम्बिसार। गोपनीय मिलन में ही उनकी प्रतिष्ठा है, इसीलिए वे एकांत दर्शनाभिलाषी हैं।''

मगध सम्राट् का नाम सुनते ही आम्रपाली के मन में अतीत में अवलोकित एक चित्र कौंध गया, जिसमें चित्रित बिम्बिसार का सूर्य के समान देदीप्यमान तेजस्वी मुख, प्रशस्त वक्ष, पुष्ट बलशाली भुजाएं, चमकीले नेत्र और दर्शनीय व्यक्तित्व से वह बहुत प्रभावित हुई थी। आज उन्हें अपने द्वार पर साक्षात खड़े देखकर, उसकी आंखों में अति प्रसन्नता के भाव थिरक उठे। उसे विश्वास था कि ऐसे बलशाली और समर्थ व्यक्ति से ही वह अपने मन में संयोजित राजनैतिक लाभ प्राप्त कर सकती है।

तीव्रता से उनके समीप जाकर करबद्ध अभिवादन करती हुई वह मधुर स्वर में बोली, ''सम्राट् की जय हो! इस तुच्छ गणिका के गृह में आपका स्वागत है। यह सत्य है कि विलास-लिप्सा से उन्मादित पुरुषों को मैं अपने कक्ष में प्रवेश करने नहीं देती, परन्तु आपके लिए मेरा निजी कक्ष वर्जित नहीं है।''

दृढ़ बिम्बिसार का नम्र स्वर उभरा, ''इस कृपा-दृष्टि के लिए मैं देवी का कृतज्ञ हूं।''

आम्रपाली सम्राट का पथप्रदर्शन करती पुनः अपने सुसज्जित निजी कक्ष में उन्हें अपने साथ लेकर लौट गई।

अति अभिलाषित रूपसी आम्रपाली का बहुप्रतीक्षित सान्निध्य पाकर बिम्बिसार के हृदय को उसके अनिन्ध उन्मादक रूप, मुस्कान भरे अधर, कटाक्ष भरे मृगनयन, घनी-घुंघराली अलकावलि, उत्सुक यौवन, मदभरी बलखाती चाल आलोड़ित करने लगी।

हृदय की लिप्सा मुखर हो उठी, ''सौन्दर्य की देवी को एकांत में अपने इतना निकट पाकर मैं धन्य हुआ। आशा है इस याचक की याचना को देवी स्वीकार करेंगी।''

''परन्तु सम्राट् मैं तो केवल जनपद कल्याणी हूं, किसी साम्राज्य की स्वामिनी नहीं, जो एक सम्राट् को कुछ देने की सामर्थ्य रख सकूं।''

''पर देवी! आप एक उन्मादक रूपसाम्राज्य की स्वामिनी तो हैं और मैं तो केवल आपकी रूपसुधा के रसास्वादन की प्रणययाचना ही करता हूं, जिसे पूर्ण करने में देवी सर्वथा समर्थ हैं।''

''नहीं सम्राट्, मैं तो केवल रूप-हाट की एक विक्रेत्री हूं। यहां लोग आते हैं, धन-धान्य पूर्ण समर्थ व्यक्ति के लिए मेरा हाट सदा खुला रहता है। वे नृत्य-गान का सुख उठाते हैं या यहां रहने वाली अन्य गणिकाओं से सौदा कर, शरीर-सुख पाते हैं परन्तु यहां एक बन्धन है, मेरे शरीर-सुख का भोग वर्जित है। इसी शर्त पर मैंने जनपद कल्याणी बनने की स्वीकृति दी है।''

''परन्तु यौवनमद से सुवासित चर्चित सौन्दर्य की देवी के सान्निध्य मात्र से ही उसके शरीर भोग की अभिलाषा जागती है। शरीर-सुख भोग रहित मन को तृप्ति नहीं मिलती है देवी। मैं तो रूप की रानी से प्रणययाचना लेकर ही देवी के निकट आया हूं।''

''परन्तु सम्राट्......''

आम्रपाली के अधरों पर उंगली रखते हुए बिम्बिसार ने दृढ़ वाणी में कहा, ''देवी मुझे सम्राट् भी कहती हैं और सम्राट् को कुछ पाने के अधिकार से भी वंचित रखना चाहती हैं।''

''नहीं देव! एक सबल सम्राट् को उसके अधिकार से वंचित रखने का अधिकार कहां है एक गणिका का? परन्तु यह कैसी विडम्बना है कि पुरुष चाहे सम्राट् हो या साधारणजन, नारी के रूप की चर्चा सुनते ही उसके यौवनपुष्प का रससुधापान करने भ्रमर की भांति उस पर मंडराने का अपना अधिकार समझने लगता है। पुरुष की दृष्टि में नारी-शरीर केवल उपभोग की एक वस्तु मात्र क्यों है? पुरुष अपने

पुरुषत्व का गौरव केवल नारी-शरीर को नोंचने-खसोटने में ही क्यों आनन्द महसूस करता है? पुरुष को नारी की इच्छा-अनिच्छा की परवाह क्यों नहीं होती? नारी भी शक्तिस्वरूपा दुर्गा की भांति विलासलिप्सा की आसुरी प्रवृत्ति को मर्दित कर सकती है।''

''देवी! मेरे प्रणयनिवेदन को भ्रमचक्षु से देखना आपके लिए अनुचित है।''

''क्षमा करेंगे सम्राट्। एक आहत नारी के मुख से मनोव्यथित वाणी निकल ही पड़ती है। वस्तुतः मैं अपने जीवन को लांछना और सर्वजन्यभोग्या के अपराध पंक में डुबोना नहीं चाहती थी, लेकिन लिच्छवी गणसंघ के गर्हित एवं धिक्कृत प्रथा ने मुझे नगरवधू घोषित कर एक सार्वजनिक स्त्री बना दिया। मैं आहत हूं कि मेरा स्त्रीत्व, सतीत्व, मर्यादा, सौन्दर्य और शरीर किसी एक का नहीं होकर सम्पूर्ण नागरिकों को समर्पित कर दिया गया। आज मुझे, एक गणिका को, अपने सतीत्व की रक्षा करने का अधिकार नहीं है, किन्तु एक गणिका को अपने शरीर समर्पण का सौदा करने का अधिकार तो है। मैं भी एक सम्राट् के प्रणय निवेदन के अधिकार से केवल अपने शरीर समर्पण के अधिकार का तोल मोल करना चाहती हूं।''

बिम्बिसार आह्लादित स्वर में बोले, ''देवी की प्रेमाभिसार की स्वीकृति से मैं अति प्रसन्न हुआ। अब शीघ्रतापूर्वक अपनी स्वीकृति का मूल्य बताएं, शुल्क निर्धारित करें, मैं यथाशीघ्र उनकी पूर्ति के लिए तत्पर हूं। आप चाहें तो मैं देवी को अपनी साम्राज्ञी बनाने को भी तैयार हूं। यदि इच्छा हो तो अपना सम्पूर्ण साम्राज्य भी आपको अर्पित कर सकता हूं देवी!''

''एक गणिका को साम्राज्ञी बनाना सम्राट की अलोकप्रियता का कारण बन सकता है, जो मैं नहीं चाहती। पर मैं एक भावी मगध सम्राट् की राजमाता तो बन ही सकती हूं।.....''

''देवी! आपके कथन का अभिप्राय मेरी समझ में नहीं आया। कृपया स्पष्ट करें।''

''सम्राट्! जब रात्रि के एकांत कक्ष में एक पुरुष और एक नारी अंतरंग विलासक्रीड़ा में लिप्त होते हैं, तब केवल शय्या में सिलवटें ही नहीं पड़तीं, बल्कि नारी की कोख में नवजीवन का सृजन भी होता है। इसीलिए मैं चाहती हूं कि यदि आपके संग प्रेमाभिसार से कोई पुत्र उत्पन्न हो जाए तो उसे आप युवराज घोषित करें और वह भविष्य में मगध का सम्राट् बने। ऐसा करने से आप मुझे एक राजमाता का सम्मान देकर मगध साम्राज्य में उड़ान भरने का सुअवसर प्रदान करेंगे। मेरे शरीर भोग का यही शुल्क है सम्राट्।''

''मुझे कोई आपत्ति नहीं है। ऐसा ही होगा, शुभे। यदि कोई और इच्छा है, तो

शीघ्रतापूर्वक बताएं?"

"हां है! मेरी आहत मानसिकता का कारण है लिच्छवियों की धिक्कृत प्रथा, जिससे मैं एक गृहिणी की अपेक्षा एक गणिका बना दी गई हूं, केवल इसीलिए कि मैं एक अति सुन्दर नारी हूं। मैं इसका प्रतिशोध चाहती हूं। आपसे अनुरोध है कि लिच्छवी गणसंघ को आप समूल नष्ट कर दें।"

"मैं, मगध सम्राट बिम्बिसार, वचन देता हूं कि देवी की सभी इच्छाएं पूरी करूंगा। आपने सिद्ध कर दिया देवी कि नारी एक धारदार तलवार है, जिसको कितना भी मुलायम वस्त्र से आवृत्त कर दो, सप्तभूमिप्रासाद के स्वर्गसुख में अवगुंठित कर दो, उसके प्रहार की धार कभी क्षीण नहीं होती।"

आम्रपाली के अधरों पर स्मिति की रेखाएं खिल उठीं। सम्राट् की वचनबद्धता में अपनी राजमाता बनने की अभिलाषा एवं महत्त्वाकांक्षा पूर्ण होने की आशा झलकते ही उसने सम्राट् के गले में अपनी कोमल बांहों का गलहार डाल दिया और सम्राट् ने उसे अपने बाहुपाश में आबद्ध कर लिया। नवयौवना आम्रपाली की यौवन उमंगें और बिम्बिसार के प्रेमासिक्त हृदय की धड़कनें, मधुशय्या पर एकीकृत होकर उत्तेजित सांसों में मुस्कुराने लगीं। बहुगामी प्रतापी राजा की उस समय की बहुचर्चित सौन्दर्यसुमन संग विलासलिप्सा पूर्ण हुई।

2

लालिमा एवं ऋतुकालीन उष्णता में सुखदायक मधुर शीतल बयार अश्वारोहियों को अपने गंतव्य की ओर आगे बढ़ने के लिए स्फूर्त कर रही थी। पाटलिग्राम तथा वैशाली की ओर से आने वाला राजमार्ग जब शक्तिशाली मगध राज्य की राजधानी राजगृह की ओर मुड़ा, सुरम्य पहाड़ियों के वृक्षों पर फुदकते रंग-बिरंगे पक्षियों के गुंजित गान की मीठी चहक से उन्हें महक आने लगी कि अब वे लम्बे अंतराल के पश्चात् अपने घर के निकट आ गए हैं। उनकी गति में और अधिक तीव्रता आ गई।

अश्वारोहियों का नेतृत्व कर रहे हैं मगध निगमपति वीरभद्र, जो अनेक छोटे-बड़े राज्यों में बंटे उत्तर भारत के कई राज्यों की शासन व्यवस्था तथा सैन्य शक्ति का गुप्त अवलोकन कर लौट रहे थे। राजनीति के सूत्रधारों द्वारा ऐसा करना-कराना सदैव ही राजनैतिक दांवपेंच, छलछंद का एक अभिन्न अंग रहा है।

इस समय वीरभद्र के दल में कुछ नए भ्रमणकारी राजगृह दर्शन के लिए सम्मिलित हो गए हैं।

अपने राज्य में लौटने के इसी क्रम में वीरभद्र, जब पाटलिग्राम की एक धर्मशाला में विश्राम के लिए ठहरे, तब उनकी दृष्टि वहां दूसरे राज्यों से आए कई भ्रमणकारी यात्रियों के एक समूह पर पड़ी। वे लोग आपस में अपने भ्रमण-अनुभव पर विचार-विमर्श कर रहे थे। एक कह रहा था, ''आज उत्तर भारत एक सर्वप्रभुत्वसम्पन्न राज्य नहीं है। अनेक छोटे-बड़े राज्यों में विभक्त इस देश की शासन प्रणाली अलग-अलग होते हुए भी प्रायः राजतांत्रिक या गणतांत्रिक है।''

उसका समर्थन करते हुए एक अन्य ने कहा, ''हां, गंगा नदी के दक्षिण में जहां अभी हम बैठे हैं, एक राजतांत्रिक मगध राज्य स्थित है तथा गंगा के उत्तर में वज्जियों का शक्तिशाली गणराज्य है, जिसकी राजधानी वैशाली है और जहां के लोग लिच्छवि कहे जाते हैं। गणतंत्र शासनप्रणाली में बहुसंख्यक गण मिल कर अपनी परिषद चुनते हैं, जो अपना गणाध्यक्ष चुनकर गणतंत्र का शासनकार्य चलाती है। इस समय वैशाली का गणराज्य ही भारत का प्रमुख, आदर्श तथा शक्तिशाली गणतंत्रात्मक राज्य है।''

प्रथम भ्रमणकारी ने कहा, ''राजतंत्र शासन पद्धति में समस्त अधिकार एक राजा के अधीन रहते हैं, जिसकी आज्ञा से ही राज्य के समस्त कार्य निष्पादित होते हैं। सभी नियम राजा ही बनाते हैं, जिसका पालन करना राज्य की प्रजा अर्थात् जनता के लिए अनिवार्य है। आज मगध राज्य ही देश का सबसे अधिक महत्त्वपूर्ण एवं शक्तिशाली राजतांत्रिक राज्य है। अन्य प्रमुख राजतांत्रिक राज्य हैं, कोसल, अवन्ति तथा वत्स।''

दूसरे ने अपना विचार रखा, ''परन्तु आज मगध का इतिहास ही समस्त भारत का इतिहास कहा जा सकता है। मगध के राजा बिम्बिसार सबसे अधिक प्रतापी राजा हैं, जिनकी राजधानी राजगृह है। यद्यपि बिम्बिसार का राज्याभिषेक पन्द्रह वर्ष की आयु में ही हो गया था, परन्तु ज्ञात हुआ है कि अपनी बुद्धिमत्ता तथा पराक्रम से उन्होंने न केवल दिनोंदिन परिपक्वता, लोकप्रियता तथा प्रसिद्धि प्राप्त की है, बल्कि मगध राज्य का विस्तार भी किया है।''

तीसरे ने कहा, ''मुझे ज्ञात हुआ है कि सम्राट् बिम्बिसार ने राजनैतिक महत्त्व के लिए अनेक वैवाहिक सम्बंध स्थापित कर अनेकों राजनैतिक लाभ प्राप्त किए हैं। उनके पास बहुत बड़ी सेना है, जिसके कारण उन्हें श्रेणिक बिम्बिसार कहा जाता है।''

यात्रियों की राजनैतिक चर्चा को तन्मयता से श्रवण कर रहे वीरभद्र को अपने राज्य की प्रशंसा ने प्रमुदित-प्रफुल्लित कर दिया। अपना मौन भंग करते हुए उन्होंने कहा, ''आप लोगों के कथन की सत्यता की पुष्टि करते हुए मैं, मगध निगमपति वीरभद्र, आप लोगों का इस मगध भूमि पर स्वागत करता हूं। आपको यदि मेरी किसी सहायता की आवश्यकता है तो निस्संकोच व्यक्त करें।''

अनजान प्रदेश में राज्य के एक प्रभावशाली व्यक्ति का मार्गदर्शन मिल जाना, उन लोगों को अति उत्साहवर्धक तथा सौभाग्यप्रद सुअवसर की प्राप्ति ज्ञात हुई। एक ने प्रसन्नता व्यक्त करते हुए कहा, ''हम लोग राजगृह की रमणीयता, भव्यता, दर्शनीयता की प्रशंसा से प्रभावित वहां के शोभादर्शन के लिए अति उत्सुक हैं।''

वीरभद्र ने उन लोगों को भी अपने साथ चलने के लिए आमंत्रित किया। प्रसन्नतापूर्वक वे सभी वीरभद्र के साथ ही प्रातःकालीन बेला में राजगृह जाने के लिए तत्पर हो गए।

रात्रि में भोजनोपरांत राजगृह से परिचय कराते हुए वीरभद्र ने उन लोगों से कहा, ''विगत काल में राजगृह के कई अन्य नाम विख्यात थे, जैसे—मगधपुरी, गिरिव्रज, वृहद्रथपुर तथा कुशाग्रपुर। इस नगर के चारों ओर कुश नामक घास बहुतायत से फैली थी, इसी कारण इसे कुशाग्रपुर कहा जाता था। इन घासों में निरंतर आग लगते रहने के कारण जनसाधारण बहुत त्रस्त रहते थे। तब राजा बिम्बिसार ने एक श्मशानभूमि पर एक नवीन नगर को बसाया, जहां राजा का गृहण होने के कारण लोग इसे राजगृह कहने लगे।''

एक यात्री ने प्रश्न किया, ''श्मशान भूमि, जहां मानव चिताएं जलाई जाती हैं, ऐसा स्थान भयावह माना जाता है, फिर ऐसी भूमि पर बसा नगर दर्शनीय क्यों हो गया?''

वीरभद्र ने उत्तर दिया, ''श्मशान भूमि में चिताओं के निरंतर जलते रहने से उसकी राख ने वहां कभी कुश घास को पनपने-फैलने नहीं दिया, जिससे वहां अग्नि के प्रकोप का भय समाप्त हो गया। राजगृह अब प्राकृतिक, ऐतिहासिक एवं धार्मिक स्थलों का संगम बन गया है।''

एक दूसरे यात्री ने कहा, ''तो क्या राजगृह सर्वधर्म और समभाव की स्थल है?''

वीरभद्र ने कहा, ''ठीक समझे। राजगृह का उल्लेख वेद, पुराण, महाभारत, वाल्मीकि रामायण सभी में आता है। कहा जाता है कि जरासंघ ने श्रीकृष्ण को यहीं पराजित कर उन्हें मथुरा से द्वारिका जाने को विवश किया था। मान्यता है कि यहां के वैभव पर्वत की गुफा में ही जरासंघ के सोने का खजाना था। इसीलिए इसे स्वर्ण

भंडार गुफा कहते हैं।''

''तब तो यह भी एक दर्शनीय स्थल होगा।''

''राजगृह को दर्शनीय बनाने का श्रेय जाता है वहां अवस्थित उन पांच रमणीय नैसर्गिक पहाड़ियों—गृद्धकूट, वैभार, विपुलाचल, पाण्डवगिरि और इसिगिलि को, जो सदा फूलों-फलों से लदी लताओं तथा हरे-भरे वृक्षों की शृंखलाओं से सुशोभित-आच्छादित रहती हैं। इनको छूकर बहने वाले मन्द-मन्द पवन तन और मन के लिए स्फूर्तिदायक होते हैं। इन पहाड़ियों की तलहटियों में स्थित वनों के वृक्षों पर कोयलों की कूक तथा रंग-बिरंगे पक्षियों के मधुर संगीतमय कलरव अति आकर्षक होते हैं। वास्तव में मगध राज्य की राजधानी राजगृह न केवल प्राकृतिक सौन्दर्य का एक अनुपम भंडार है, बल्कि राज्य को प्रकृति का एक अद्भुत उपहार भी है। प्रकृति का यह एक ऐसा अनूठा आंगन है, जहां की पथरीली राहों एवं पगडंडियों पर चलने पर भी फूलों की पंखुड़ियों के कोमल स्पर्श का अहसास होता है।''

कुछ क्षण रुक कर वीरभद्र ने कहा, ''अपने गर्म पानी के कुंडों के लिए भी राजगृह अधिक प्रसिद्ध है। यहां की चट्टानों में कुछ ऐसे तत्व पाए जाते हैं जो इन कुंडों के पानी को गर्म बना देते हैं। इन कुंडों में स्नान करने से चर्म रोग से मुक्ति मिलती है।''

वाणी को विश्राम देते हुए वीरभद्र ने कहा रात्रि अधिक बीत चुकी है, अब आप लोग भी कुछ देर विश्राम कर लें और शयन कर लें, हम लोग सुबह ही राजगृह के लिए निकल पड़ेंगे।

अश्वों की हिनहिनाहट तीव्र हो गई, पर उनकी गति में शिथिलता आ गई। वीरभद्र ने कहा, ''ज्ञात होता है कि हम लोगों का गंतव्य अब निकट है।''

तभी उन लोगों की दृष्टि एक कृषि भूमि में नृत्य करते कुछ मयूरों पर पड़ी। एक भ्रमणकारी के मुख से अनायास हर्षित भाव झलक उठे, ''अहा! कितने सुन्दर और लुभावने हैं ये दृश्य। ऐसे मनमोहक दृश्य देखने का अवसर मुझे सर्वप्रथम प्राप्त हुआ है।''

''हां, राजगृह के खेत-खलिहानों में या राह की पगडंडियों पर पंख पसारे मयूरों के सुन्दर नृत्य बहुत मनभावन लगते हैं। यहां के गृद्धकूट पर्वत के नीचे सुमागधा नामक एक सुरम्य पुष्करिणी के किनारे 'मोरनिवास' नामक एक स्थान है, जहां मोर-मोरनी बहुतायन से विचरण करते हैं। यहां कई और सुन्दर पुष्करणियां हैं। इनके अतिरिक्त यहां के प्रपात तथा अनेक कन्दराएं, जहां एकांतप्रिय भिक्खु, विहार किया

करते हैं, भी दर्शनीय हैं। यहां का 'चोर प्रपात' एक भयंकर प्रपात है, जो एक ऐसे ऊंचे पर्वत से गिरता है, जिसके एक ओर से ही चढ़ने का मार्ग है और जहां से मृत्यु-दण्ड प्राप्त चोर नीचे धकेल दिए जाते हैं।......''

तभी वीरभद्र की दृष्टि कुछ दूर अवस्थित भव्य प्राचीर पर पड़ी। उन्होंने कहा, ''लगता है हम लोग नगर-प्राचीर के मुख्य द्वार पर आने ही वाले हैं। वस्तुतः राजगृह बाह्य एवं अंतरंग दो भागों में विभक्त है। बाह्य भाग में जनसाधारण के आवास, हाट-बाजार, यात्रियों के लिए धर्मशाला आदि स्थित हैं। मुख्य अंतरंग भाग में राजमहल तथा सभासद, उच्च पदाधिकारियों एवं विशिष्ट व्यक्तियों के आवासीय भवन हैं। मुख्य भाग का लोहे का सिंह द्वार रात्रि में बंद कर दिया जाता है और एक निश्चित अवधि के उपरांत किसी भी व्यक्ति, राजा हो या रंक, का प्रवेश वर्जित हो जाता है।''

एक ने प्रश्न किया, ''आपने क्या कहा? इस नियम के कारण यहां के राजा का भी प्रवेश निर्धारित समय के उपरांत वर्जित हो जाता है? परन्तु राजतंत्र में तो राजा ही नियम का नियामक होता है, फिर नियामक पर ही नियम का कैसा नियंत्रण, एक नियंता पर नियम पालन करने की कैसी विवशता?''

वीरभद्र ने प्रश्नकर्ता पर एक मुस्कान भरी दृष्टि डाली और फिर उत्तर दिया, ''नियम का नियामक केवल नियम का नियंत्रक ही नहीं होता है, उसे स्वयं नियम से नियंत्रित भी रहना पड़ता है। यदि एक नियामक और नियंता ही अपने नियम का उल्लंघन करेगा तो जनसाधारण को भी नियम-उल्लंघन का उदाहरण और प्रेरणा मिलेगी। इसीलिए सम्राट् बिम्बिसार को भी एक रात्रि विलम्ब से आने पर नगर प्रवेश की अनुमति नहीं मिली थी। अतः उन्हें प्राचीर के बाहर एक धर्मशाला में रात्रि व्यतीत करनी पड़ी थी।''

वीरभद्र ने कहा, ''हमारा राजगृह धनधान्य से पूर्ण एक समृद्ध नगर है। राज्य जनता की सुख-सुविधा तथा समृद्धि का पूर्ण ध्यान रखता है। हमारे सम्राट् बिम्बिसार राजकार्य में या आपसी सम्बंधों में अंधविश्वास तथा रूढ़िवादी परम्पराओं को बाधक बनने नहीं देते हैं।''

अभी वे लोग कुछ ही दूर आगे बढ़े थे कि उनकी दृष्टि वहां अवस्थित एक धर्मशाला पर पड़ी। वीरभद्र ने वहां उन लोगों के ठहरने की व्यवस्था करवा दी और विदाई लेते हुए कहा, ''आप लोग यहां विश्राम कर अपनी थकान मिटा लें, कुछ समयोपरांत मैं आप लोगों की भ्रमण व्यवस्था भी करवा दूंगा।''

3

कामांध मनुष्य की बुद्धि कामाग्नि की आंच में झुलस कर विवेकहीन हो जाती है और काम पिपासा शांत करने के लिए किसी भी लक्ष्मणरेखा का उल्लंघन करने में नहीं झिझकती है। सौन्दर्यभोग की तृष्णा ऐसी तृष्णा है जो न कभी तृप्त होती है, न कभी शत्रु प्रदेश में बिना किसी सुरक्षा प्रबंध के जाने में हिचकती है। राजा बिम्बिसार तृषित हृदय लिए आम्रपाली की सौन्दर्य सुगन्ध से मदोन्मत्त होकर शत्रु प्रदेश में चले तो गए, परन्तु जब आम्रपाली के संग अभिसारोपरांत यौवन उन्माद शांत हुआ, तब उन्हें भय सताने लगा कि दिन के उजाले में उन्हें अपना परिचय छिपाने में कठिनाई हो सकती है। इसलिए सूर्योदय के पहले ही उन्हें आम्रपाली से विदा लेनी पड़ेगी।

अनिवार्यता कभी-कभी रूपसी के मादक साहचर्य को छोड़ने के लिए बाध्य कर देता है। निशा क्षय होने के पहले बिम्बिसार, यद्यपि आम्रपाली को अपने बाहुपाश से मुक्त करने के इच्छुक नहीं थे, परन्तु समय की आवश्यकता से विवश राजा ने रूपवती को एक बार फिर आलिंगनबद्ध कर अधरपान की झड़ी लगा दी। और तब भोगलिप्सु दृष्टि से उसे देखते हुए उससे विदाई ले ली।

भोग लालसा को अपने सौन्दर्य से उन्मादक बनाने वाली आम्रपाली की निकटता से दूर जाते ही बिम्बिसार को अपने राजप्रासाद में शीघ्र से शीघ्रतर लौट जाने की इच्छा तीव्र से तीव्रतर होने लगी। झूठ की आयु अधिक नहीं होती, इसीलिए झूठ का अंधकार कितना भी घना क्यों न हो, वह सत्य के प्रकाश को छुपा नहीं सकता। इस तथ्य से भली-भांति परिचित राजा बिम्बिसार ने आम्रपाली से मिलने के लिए झूठ का सहारा न लेकर, छद्म वेश का सहारा लिया था। उन्हें भय सताने लगा कि कहीं दिन के आलोक में कोई परिचित उन्हें पहचान कर, उनकी विलासिता की गतिविधि को सार्वजनिक न कर दे।

निश्चय की दृढ़ता थी, और नियति का सहयोग। प्रातः कालीन बेला की उत्तरी बयार से नाव के पतवार को तीव्रता मिली और वे दक्षिण के मगध तट पर शीघ्र ही पहुंच गए। नगर-प्राचीर के मुख्य द्वार खुलने के समय ही वे राजगृह लौट जाना चाहते थे जिससे राजधानी में बाहर से आने वाले आगन्तुकों की भीड़ में कोई नगर प्रहरी या राज कर्मचारी उन्हें पहचान न सके, और ऐसा ही हुआ। वे भीड़ में बिना किसी

गहन पूछताछ के राजधानी के भीतरी भाग में पहुंच गए। राजप्रासाद के अपने निजी कक्ष में चुपचाप प्रवेश कर वे अपनी शैय्या पर लेट गए।

गत रात्रि-जागरण के पश्चात् भी राजा बिम्बिसार की आंखों से निद्रा कोसों दूर थी। तन्द्रिल पलकें झपकना चाहती थीं, परन्तु आंखों में लावण्यमयी आम्रपाली की विहंसती मूर्ति नृत्य करने लगती और उनकी निद्रा को दूर भगा देती। सौन्दर्य का आकर्षण ही ऐसा होता है कि एक बलशाली राजा को भी निद्रा त्यागने के लिए विवश कर देता है। यह भय भी उन्हें सताने लगा कि कहीं अधिक समय तक निद्रामग्न रहे, तब कोई रानी आकर उनकी सुषुप्तावस्था का कारण न पूछ बैठे। अतः अलसायी आंखें लिए वे मंत्रणा कक्ष में जा बैठे और कक्षपाल से महामात्य को बुला लाने की आज्ञा दी।

महामात्य वर्षकार निद्रामग्न हो चुके थे। सम्राट् का आवाहन उन्हें कुछ असंगत, कुछ अनुचित लगा, पर कोई विकल्प नहीं था। कुछ ही समयोपरांत वे आशंकित-उद्विग्न मन से राजप्रासाद पहुंच गए। सम्राट् से आंखें चार हुईं। महामात्य की उनींदी आंखें प्रश्नवाचक थीं, सम्राट् की उनींदी आंखें समाधानयाचक।

महामात्य ने प्रश्न किया, "राजन! इच्छित सौन्दर्यभोग में रात्रि जागरण के पश्चात् आपको तो शैय्या पर स्वप्नों की सुखद गोद में विश्राम करना चाहिए था, मुझे बुलाने की क्या आवश्यकता थी?"

सम्राट् का उत्तर था, "एक बार भोगेच्छा पूर्ण होना तुष्टिकारक नहीं होता। 'अभी और', 'अभी और' का कोलाहल हृदय को मथ रहा है। निद्रा आए भी, तो आए कैसे?"

"परन्तु एक सम्राट् के लिए राज्य-सीमा की लक्ष्मण रेखा का उल्लंघन कर शत्रु प्रदेश जाना संकट को आमंत्रण देना होगा, जो अनुचित और अनुपयुक्त है।"

"विलास-विह्वल आंखें राज्य-सीमा की बंधन-रेखा नहीं देखतीं, किसी सौन्दर्यमयी संग-साथ का विलास-स्थल ढूंढ़ती हैं। प्रेम एक अनोखा रोग है, जिसके कारण प्रेमासिक्त हृदय प्रिय मिलन के लिए सीमा पार भी छलांग लगाने में नहीं हिचकता है और न ही प्रेमाभिसार के लिए आतुर मन को कोई सीमा-परिसीमा की परिधि-रेखा बांध सकती है।"

"परन्तु एक ही सुन्दरी के साथ विलास-विह्वलता की प्रबलता में बार-बार शत्रु प्रदेश जाना अहितकर एवं आत्मघाती सिद्ध हो सकता है राजन! क्यों न आपके सहज तुष्टिकरण के लिए शत्रु प्रदेश की रूपसी आम्रपाली का विकल्प हम इसी राज्य की किसी उससे भी अधिक रूपवती में ढूंढ़ लें? मगध में लावण्यमयी ललनाओं का अभाव नहीं है महाराज! आवश्यकता है, उन्हें ढूंढ़ निकालने की, उनसे सम्पर्क साधने

की, उन्हें राजनर्तकी के पद पर आसीन करने की।''

''महामात्य! आकाश में सितारे अनेक झिलमिलाते हैं, पर आकर्षित करता है एक चंद्रमा का ही सौन्दर्य। इस धरती का चांद अभी आम्रपाली ही है।''

''सुदूरस्थ से समीपस्थ अधिक सुन्दर दीखता ही है महाराज। चंद्रमा इसलिए हमें आकर्षित करता है, क्योंकि वह हमारे समीप है और अन्य सितारे हमसे बहुत दूर। यदि हम अपने राज्य में ही किसी रूपसी का चयन राजनर्तकी के पद पर कर लें तो उसकी निकटता से उसका सौन्दर्य, दूरस्थ आम्रपाली से अधिक मनभावन और आकर्षक प्रतीत होगा महाराज!''

''यदि ऐसा है, तो इसे सिद्ध करके दिखाओ महामात्य!''

''आश्वस्त रहें महाराज, आपकी इच्छा की पूर्ति होगी। हम किसी अति रमणीय रूपवती को शीघ्र से शीघ्रतर ढूंढ़ लाने का आपका आदेश सभी राज्य पदाधिकारियों को निर्गत कर देते हैं।'' यह कहते हुए महामात्य अपने कार्यालय कक्ष में जाकर अपने कार्य निष्पादन में लीन हो गए।

कार्यव्यस्तता समाप्त होते ही महामात्य वर्षकार ने एक अंगड़ाई ली और विश्रामपद मुद्रा में आ गए। तन शिथिल हो गया, पर महामात्य के सदा सक्रिय मन को, गत रात्रि की घटनाएं कुरेदने लगीं। विचारों का बवंडर उन्हें झकझोरने लगा, ''आज समाज में राजकुलों और धनिक वर्गों के पुरुषों में नारी केवल एक भोग की वस्तु बनकर ही क्यों रह गई है? यह आर्थिक सुदृढ़ता और राज पराक्रम का ही प्रभाव है कि राजा बिम्बिसार कई पत्नियों से विवाह करने के पश्चात् भी, काम-वासना के वशीभूत होकर अन्य सुन्दरी बालाओं के संग, भोगेच्छा तृप्त करने के लिए सदैव तत्पर रहते हैं। साधारण जनता तो अपने जीवन-यापन की समस्या में ही इतनी उलझी रहती है कि उसे विलास में प्रवृत्त होने का न समय मिलता है, न साधन।''

''आदिकाल से चली आ रही बहुपत्नीत्व की प्रथा से ज्ञात होता है कि समाज में नारी की स्थिति केवल पुरुष की काम-वासना की तृप्ति मात्र है। बहुविवाह के विशेषाधिकार के कारण पुरुष, नारी का शोषण करते हैं। पत्नियों का आपस में ईर्ष्या, द्वेष, द्वन्द्व तथा संघर्ष के वातावरण से परिवार और समाज दूषित रहता है। अनेक पत्नियों से उत्पन्न अनेक संतानों के कारण, उत्तराधिकार के लिए कलह का प्रश्न तथा आर्थिक दबाव से निपटने की समस्या, कष्टप्रद होने लगती है। परन्तु पुरुष पर कामुकता इतनी व्याप्त रहती है कि वह समाज में इन कुप्रभावों की ओर ध्यान ही नहीं देता।''

महामात्य के हृदय में यह प्रश्न बार-बार शूल की भांति चुभ रहा है कि कामलिप्सा सभी नैतिक आदर्श को क्यों धूमिल कर देती है। क्या पुरुष की उद्दाम

काम लालसाओं एवं लोलुपताओं का अंत कभी सम्भव नहीं होगा? विचारों के द्वन्द्व में असहज होकर वे खड़े हो जाते हैं और कक्ष में टहलने लगते हैं।

महामात्य के मन के झंझावात को सहसा विराम लगा। कक्ष द्वार पर कुछ आहट हुई। उस ओर दृष्टि गई, तो देखा निगमपति वीरभद्र प्रणाम की मुद्रा में दोनों हाथ जोड़े आने की आज्ञा मांग रहे थे। औपचारिक अभिवादन के पश्चात् दोनों पर्यक पर बैठकर वार्तालाप करने लगे। वार्तालाप में निगमपति द्वारा अन्य राज्यों का भ्रमण कर वहां की शासनव्यवस्था तथा सैन्यबल के आकलन पर मंथन हो रहा था।

अंत में पड़ोसी राज्य वैशाली पर चर्चा हुई। निगमपति ने कहा, ''वैशाली एक बलशाली गणतंत्र है। वहां की दो विशेषताओं ने मुझे बहुत आकृष्ट किया।.....''

''वह क्या?'' महामात्य ने पूछा।

''प्रथम है, वैशाली के भौतिक वैभव को चार चांद लगाने वाले वहां के 7,777 राजाओं के 7,777 राजप्रासाद, उतने ही कोष्ठागार, उद्यान और पुष्करणियां। द्वितीय है, वैशाली को विलास वैभव के लिए प्रसिद्धि दिलाने वाली जनपदकल्याणी परम सुन्दरी आम्रपाली।''

निगमपति द्वारा सभी विवरण सुनने के पश्चात् वर्षकार कुछ क्षण चिन्तनशील हो गए और तब बोले, ''देखो वीरभद्र! प्रत्येक राज्य की अपनी विशेषताएं होती हैं। सभी से सभी बातों में प्रतिद्वंद्विता करना उचित नहीं होगा। वैशाली एक जनतांत्रिक राज्य है, इसलिए वहां के 7,777 राजाओं के लिए अलग-अलग राजप्रासाद, कोष्ठागार, उद्यान तथा पुष्करणियां होना सम्भव है, परन्तु एकतंत्री मगध राज्य के एक राजा के लिए कितने प्रासाद आदि बनवाए जा सकते हैं? अतः इस ओर ध्यान देना छोड़ दो। हां, एक परम रूपसी को जनपदकल्याणी के पद पर सुशोभित कर हम मगध को गौरवान्वित कर सकते हैं और वैशाली को प्रतिद्वंद्विता में पराजित भी कर सकते हैं। ऐसा ही करो वीरभद्र। एक अति रूपवती नारी को ढूंढ़ लाओ। महाराज भी अति प्रसन्न होंगे।''

4

अपने अनुयायिओं से निगमपति को ज्ञात हुआ कि निकट के ही एक ग्राम में एक परम सुंदरी बाला के रहने की सूचना मिली है। निगमपति के मन में उसे अति शीघ्र देखने-परखने की इच्छा बलवती हो उठी। वैशाली की चर्चित रूपसी आम्रपाली को सौन्दर्य प्रतिद्वंद्विता में किसी मगध की सुन्दरी द्वारा पराजित कराने की लालसा, निगमपति में इतनी तीव्र थी कि वे सूर्योदय से पूर्व ही अपने धवल अश्व पर उस निर्देशित ग्राम की ओर चल पड़े।

दिशा संकेतानुसार जब निगमपति ने पहाड़ी की तलहटी में अवस्थित साल के एकांत वन में प्रवेश किया, तब सूर्य की किरणें पहाड़ी से निर्झरित झरने को उज्ज्वलित कर रही थीं। वीरभद्र कुछ क्षण झरने की शोभा निहारते रहे, कुछ क्षण झरने की मधुर कल-कल ध्वनि सुनते रहे। उन्होंने देखा झरने के किनारे की मिट्टी पर पुष्पित रंग-बिरंगे पुष्पों पर मंडराते भौंरों का मादक गुंजार, वातावरण को संगीतमय बना रहा था।

तभी उनकी घूमती निरीक्षक दृष्टि साल वन के एक छोर पर स्थित कुछ छोटी, कुछ बड़ी झोंपड़ियों के समूह पर पड़ी। झोपड़ियों से कुछ ही दूर, कुछ खेत-खलिहान दृष्टिगोचर हो रहे थे। उनके मुंह से अनायास निकल गया, ''तो, यह है वह ग्राम, जहां से मगध राज्य को उस सौन्दर्यमयी कल्याणी के चयन का अवसर प्राप्त होगा, जो वैशाली की चर्चित आम्रपाली को पराजित करने वाली होगी। पर क्या इन झोंपड़ियों में रहने वाली ग्रामीण बाला का रूप निखार, वैशाली के प्रासाद में रहने वाली सुन्दरी के शृंगार को पराजित कर पाएगा?''

कुछ क्षण विचारों का मौन-मंथन चलता रहा। फिर उनके बुद्धिबल ने उत्तर दिया, ''पहले उस सुन्दरी को देख-परख लो, परिणाम का पुष्पण-फलन तो समय के गर्भ में है। इसलिए चेष्टा करने में क्या हानि है?''

अपने अश्व को साल के एक वृक्ष में बांधकर वे झोंपड़ियों की ओर आगे बढ़े। जैसे-जैसे वे निकट पहुंचते गए, उन्हें आभास होने लगा कि प्रातःकालीन दैनिक कर्म की गुंजित गूंज से रात्रि की निस्तब्धता भंग होने लगी है।

सहसा एक वृद्ध की वाणी मुखर हुई, ''बेटी!....सालवती!....अभी तक सोई है, घर का जल समाप्त हो गया है। उठ, झरने पर जाकर, कुछ घट जल ले आ। वहीं अपना मुंह-हाथ भी धो लेना सालवती!''

'सालवती' नाम सुनते ही वीरभद्र के कान खड़े हो गए। ''यही नाम तो बताया था उस परम सुन्दरी का मेरे अनुयायिओं ने।''

''अभी जाकर लाई पिताजी!'' एक नारी कंठ की अलसाई, तंद्रिल, पर मिठासपगी वाणी उभरी।

वीरभद्र एकक वृक्ष की ओट में खड़े होकर, उस नारी के आगमन की प्रतीक्षा करने लगे। कुछ समय पश्चात् ही एक अत्यंत सुन्दर युवती, अपनी दो सहेलियों के साथ, झोंपड़ियों के मध्य से निकलकर झरने की ओर जाने लगी। वीरभद्र ने सोचा कि जिस रूपसी से उसकी सहेलियां हंसी-ठिठोली कर रही हैं, वही सालवती होगी। वे उसे देखते ही रह गए। उसके पांवों के पायल का मधुर सिंजन, लचकते-बलखाते कमर पर रिक्त कलश की थिरकन, वक्ष पर उभरे मादक यौवन की लचकन-मटकन, विशाल मृगनयन के आकर्षक चितवन, चांद से मुखड़े पर केश लटों का नर्तन, पीठ पर नागिन सी लहराती काली वेणी का हिलन-डुलन, मनमोहन अंग-अंग लग रहा था, वीरभद्र ने सोचा, ''कभी देखा नहीं था ऐसा सौन्दर्य-शोभन।'' उसका लावण्य और यौवन, वेगवती झरने के प्रवाह की भांति वेगपूर्ण था। चन्द्रमुखी सालवती में उन्हें अपनी उम्मीदों का सवेरा दिखाई पड़ा।

अपने-अपने जलपूर्ण कलश लेकर जब सालवती सहेलियों के साथ लौटने लगी, तब वे भी उनके पीछे-पीछे चल दिए। एक गृहद्वार पर अंदर से आती वार्तालाप की ध्वनि सुनकर वे ठिठक गए।

व्याकुलता और व्यथा भरा एक ग्लानियुक्त स्वर उभर रहा था, ''बेटी सालवती! कभी-कभी अपनी लाड़-प्यार में पली लाड़ली से इतना काम करवाना में अनुचित लगता है, परन्तु वृद्धावस्था की असमर्थता तथा आर्थिक अक्षमता से लाचार हो जाता हूं। एक वृद्ध का जीवन कब गतिहीन हो जाएगा, कोई नहीं जानता। इसी से चिंतित रहता हूं कि तुम्हें शीघ्र ही किसी ऐसे सुयोग्य व्यक्ति के साथ विवाह बंधन में बांधकर तुम्हारा दायित्व उसे सौंप दूं, जो तुम्हें सभी सुख सुविधाएं प्रदान कर सके।''

''अर्थात्, आपकी इच्छा है, मेरी स्वतंत्रता छीनने की?''

''स्वतंत्रता नहीं, तुम्हारी स्वछन्दता। यौवनकाल की स्वछन्दता कभी-कभी मनुष्य को कुपथगामी बना देती है। इसीलिए यौवन स्वछन्दता पर अंकुश लगाना एक अभिभावक के लिए आवश्यक हो जाता है प्रिय।''

''परन्तु मेरी अनुपस्थिति में आपकी देखरेख कौन करेगा पिताजी? पिता के हितों की रक्षा करना तो पुत्र-पुत्री का ही कर्म और धर्म है।''

''बेटी की विदाई भी तो एक पूर्व निश्चित प्राचीन परम्परा है, जिसे हम छोड़ नहीं सकते।''

“आपका कथन उचित और सत्य है श्रीमान,” यह कहते हुए वीरभद्र ने गृहद्वार में करबद्ध प्रवेश कर निवेदन किया, “अनाधिकार प्रवेश के लिए क्षमाप्रार्थी हूं। क्या मैं, मगध साम्राज्य का निगमपति, अंदर आ सकता हूं?”

कुछ विस्मित सा, कुछ उत्कंठित मन से, सालवती के वृद्ध पिता वीरभद्र को कुछ क्षण निहारते रहे। फिर जैसे ही उनकी तंद्रा टूटी, आगे बढ़े और निगमपति के बद्ध करों को पकड़ विनम्र स्वर में कह उठे, “यह तो मेरा सौभाग्य है कि आज राज्य के एक पदाधिकारी इस कुटिया को पवित्र करने पधारे हैं। आदेश दें मान्यवर, हम लोग किस तरह आपकी सेवा करें।”

“मैं तो आपकी इच्छा पूर्ण करने आया हूं, सेवा लेने नहीं। कुछ क्षण पहले आप अपनी गुणी बेटी को किसी सुयोग्य व्यक्ति को सौंपने की इच्छा प्रकट कर रहे थे, और आपकी बेटी को आपके जीवन-निर्वाह की चिंता सता रही थी। मैं आपके जीवन का एक ऐसा नया द्वार खोलने का प्रस्ताव लेकर आया हूं, जिससे आप दोनों का ही स्वप्न पूर्ण हो सकेगा।”

“वह कैसे? विस्तार से बताएं मान्यवर।”

“मगध राज्य को एक जनपद कल्याणी की आवश्यकता है, जिस पद पर महाराज बिम्बिसार किसी परम सुन्दरी बाला को आसीन करना चाहते हैं, और आपकी पुत्री इस पद के लिए पूर्णतया उपयुक्त है। आपकी पुत्री राज्य की गरिमा बढ़ाएगी, सभी सुख- सुविधाओं का उपभोग करेगी और आपका जीवन-निर्वाह, राज्य के संरक्षण में होगा।”

“परन्तु मैं तो अपनी पुत्री को एक कुलवधू बनाने का इच्छुक हूं, गणिका बनाने का नहीं मान्यवर!”

“परन्तु, मगध राज्य को सालवती की आवश्यकता है। इसे आप राजाज्ञा समझें। अगले राजगृह महोत्सव में सालवती का चयन जनपद कल्याणी के पद पर होना निश्चित है। राजा का आदेश नहीं मानना, आपके हित में नहीं होगा श्रीमान!”

5

राजगृह का राजप्रासाद। मंत्रणाकक्ष में सम्राट् बिम्बिसार और महामात्य कुछ विमर्श में व्यस्त हैं। उसी समय प्रतिहारी उपस्थित हुआ और नमन की मुद्रा में नत होकर खड़ा रहा।

"कहो? क्या बात है?" सम्राट् ने प्रश्न किया।

"सम्राट् की जय हो! निगमपति आपके दर्शनार्थ उपस्थित हैं, स्वामी। वे किसी सौन्दर्य की देवी से आपका साक्षात्कार कराने के इच्छुक हैं, अन्नदाता। वे अन्दर आने की अनुमति मांग रहे हैं।"

सम्राट् ने वर्षकार की ओर प्रश्नवाचक नेत्रों से देखा। वर्षकार ने मस्तक हिलाकर सहमति का संकेत दिया।

"भेज दो उन्हें।" सम्राट् की अनुमति पाकर प्रतिहारी लौट गया।

बिम्बिसार ने मुस्कुराते हुए वर्षकार से कहा—"सौन्दर्य का दर्शन तो एक स्वागतेय सुखानुभूति है, इसीलिए ऐसी संतुष्टि प्रदान करने वाली नारी के आगमन के लिए न कोई अनुमति की आवश्यकता है, न किसी आज्ञा की। तुम्हारी क्या राय है?"

"किन्तु सम्राट् की सुरक्षा और कार्य में व्यवधान न पड़ने देने की दृष्टि से यह आवश्यक भी है राजन!"

तभी निगमपति और सालवती अभिवादन करते हुए कक्ष में प्रवेश करते हैं। सालवती कभी सम्राट् को निहारती है, कभी राजकीय कक्ष की भव्यता को देखकर भौंचक-सी रह जाती है।

"प्रणाम सम्राट्, प्रणाम महामात्य।" प्रणाम की मुद्रा में निगमपति ने दोनों हाथ जोड़कर कहा—"आपके आदेशानुसार मगध की नगरवधू पद के लिए एक सौन्दर्यमयी देवी को ढूंढ़ लाया हूं महाराज!"

कुछ क्षण सम्राट् की दृष्टि सालवती को सिर से पांव तक निरखती-परखती रही। सालवती असहज हो अपनी आंखें झुका लेती है। फिर सम्राट् के मुख से अनायास निकला, "अप्रतिम वीरभद्र, अप्रतिम। खिली चांदनी-सा कांतिमय मुख और खिली धूप सा दमकता रूपरंग। हिरणी सी आकर्षक आंखें, कुसुम-सज्जित मोहक केशविन्यास एवं सम्पूर्ण मादक अंग। कितना प्रस्फुटित प्रमुदित है इसका यौवन उमंग। अद्भुत सौन्दर्य। अनुपम रूप लावण्य। वैशाली की आम्रपाली के समान ही मगध की इस

सौन्दर्य-प्रतिमा कल्याणी सालवती को नगरवधू बना दो, इसके संग-साथ सभी रहना चाहेंगे मगध-राज्य के सुंगधित पुष्प इस सौन्दर्यमयी के मुख-चन्द्र की शोभा द्वीगुणित कर अपनी सौन्दर्य सुषमा से गौरवान्वित हो उठेंगे।''

ग्राम के खुले आसमान के नीचे स्वतंत्र प्राकृतिक वातावरण में पली-बढ़ी सालवती राजकीय कक्ष के भव्य घेरे में अशांत लग रही थी। उसके मन की अवस्था बहुत विचित्र थी। एक ओर अपने रूप की प्रशंसा सुनकर हृदय का उल्लसित हो जाना, किसी भी नारी की स्वाभाविक प्रवृत्ति है, दूसरी ओर उसके हाथ से कुलवधू बनने का अधिकार छीनने के दयनीय प्रस्ताव से, मन में भय और रोष के भाव पनपने लगे। दूसरे ही निमिष उसमें साहस का संचार हुआ और वह नम्रतापूर्वक बोली—''क्या मुझे कुछ निवेदन करने की अनुमति है आर्यपुत्र?''

''हां शुभे! क्यों नहीं? अपने मधुर स्वर को निःसंदेह गुंजरित करो।''

राजाज्ञा मिलते ही सालवती का प्रतिवाद-स्वर फूट पड़ा—''सौन्दर्य तो ईश्वर की एक अनुपम देन है राजन, इसीलिए पृथ्वी के भगवान कहे जाने वाले एक राजा के लिए उचित नहीं होगा कि वह किसी सुन्दर नारी को नगरवधू के लांछित जीवन जीने के लिए राजाज्ञा से विवश करे।''

सालवती के तर्क पर आश्चर्यचकित बिम्बिसार कुछ क्षण मौन रहे, फिर समझाने की मुद्रा में बोले—''देखो सुन्दरी, मनुष्य का जीवन नदी के जलप्रवाह की भांति गतिशील होता है। जिस भांति पर्वत की छोटी कंदरा से निरंतर निर्झरित नदी का विस्तृत जलप्रवाह, प्रगति का संवाद देता है, उसी प्रकार एक अज्ञात ग्रामीण नारी का नगरवधू के पद पर सुशोभित होना भी, उसकी प्रगति की गाथा ही होगी शुभे।''

''किन्तु एक गणिका का जीवन तो लांछित जीवन ही है सम्राट्। चरित्र लांछन के पंक में डूबी नारी, ऊंचे पर्वत से निर्झरित उस नदी की भांति ही होगी, जिसकी नियति सागर की गहराइयों में डूबना ही रहता है, पर्वत की ऊंचाई पुनः प्राप्त करना नहीं।''

''कदाचित तुम कुछ भ्रम में हो सुन्दरी। आज के युग में राजकीय गणिका को साधारण वेश की भांति, लांछित एवं हेय दृष्टि से नहीं देखा जाता, वरन् वह समाज की एक प्रतिष्ठित, सम्मानित एवं प्रशंसा प्राप्त सम्पन्न नारी मानी जाती है। नगरवधू पद पर सुशोभित गणिका, नगर की शोभा कहलाती है और वह अपने को भाग्यशाली एवं गौरवान्वित समझती है। गणिका का विधिपूर्वक अभिषेक किया जाता है। मैं भी तो तुम्हारा भाग्योदय करना चाहता हूं, क्योंकि तुम अन्य युवतियों से अलग, एक सर्वश्रेष्ठ अनिंद्य सुन्दरी हो। मैं तुम्हें राजकीय संरक्षण, सभी सुख-सम्पदा प्रदान करना चाहता हूं। तुम्हारा रूप-सौन्दर्य, तुम्हारे कमनीय शरीर की मादक सुगंध इतनी मोहन,

इतनी अधिक सम्मोहक है कि, यह मगध राज्य की गरिमा में चार चांद लगाएगी।''

''यह मेरा कैसा भाग्योदय है महाराज? क्या नारी का सौन्दर्य नगरवधू के सुख-सम्पदा के स्वर्ण-पिंजरों में बंद रहने के लिए है, जहां उसे न तो स्वतंत्र पक्षियों की भांति मुक्ताकाश मिलता है, न वन की रम्यता, न घने कुंज की स्वतंत्रता। नगरवधू को किसी एक मनभावन साथी के साथ रहने जीवन व्यतीत का अधिकार नहीं है, उसे तो मुद्राएं देने वाले सभी ग्राहकों के साथ रहने की विवशता है। आपका मुझ पर यह कैसा अनुग्रह और अनुकम्पा है स्वामी?''

''राज्य के प्रत्येक नागरिक का कर्त्तव्य है कि वह अपने स्वार्थ से ऊपर उठकर राज्य के विकास, संवर्धन और उत्कर्ष में सहयोग करे। मुझे पूर्ण विश्वास है कि राजनर्तकी के रूप में तुम राज्य की गरिमा में चार चांद लगाओगी।''

''आप तो प्रजापालक हैं। अपनी प्रजा का पालन करना आपका धर्म और कर्त्तव्य है, उसे मानसिक अवसाद और नैतिक पतन में धकेलना नहीं। यदि आप मेरे सौन्दर्य को अनुग्रह का आश्रय देना चाहते हैं, तो मुझे किसी एक कुल का कुलवधू, कुलशोभिनी बना दें, लांछित नगरवधू, नगरशोभिनी नहीं।''

''एक राजा को राज्य के हित का पाठ मत पढ़ाओ सुन्दरी! राज्य कल्याण के लिए ही तुम्हें नगरकल्याणी, नगरशोभिनी बनाने का निश्चय किया गया है। लांछित लेकिन वैभवपूर्ण जीवन से आर्थिक अभावपूर्ण जीवन, कहीं अधिक दूभर और दुःखद होता है। आने वाले राजगृह महोत्सव में इस पद पर तुम्हारा चयन घोषित कर दिया जाएगा, तुम्हें राजकीय आवास, संरक्षण और सुख-सुविधा प्रदान की जाएगी। यह राजाज्ञा है।'' सम्राट् ने दृढ़तापूर्वक सालवती से कहा। फिर महामात्य से बोले–''इस सुन्दरी को संगीत, नृत्य और वाद्य कला में निपुण बनाने के लिए, इसके प्रशिक्षण की व्यवस्था राज्य की ओर से अविलम्ब प्रारम्भ कर दी जाए।''

सालवती ने समझ लिया कि राजाज्ञा का प्रतिरोध या उल्लंघन करना किसी नागरिक के लिए दण्डनीय अपराध है। उसने नम्रतापूर्वक हाथ जोड़कर सिर झुका लिया।

नियति विहंस रही थी, सालवती के भविष्य पर। ग्राम के सुरम्य वातावरण में स्वछंद हंसी बिखेरने वाली रूपसी, अब नगर के रूपहाट में अपनी हंसी को मुद्राओं से विनिमय करने के लिए बाध्य हो गई। नियति का खेल निराला ही होता है।

6

आकांक्षा, अपेक्षा के विपरीत राजाज्ञाधीन कार्य करने की सम्भावित विवशता से सालवती की मुखाकृति पर नैराश्य और क्षोभ की भावना उभरने लगी थी। महामात्य, जो मगधपति के आदेशानुसार सालवती के रहने तथा नृत्य-संगीत में उसके प्रशिक्षण की व्यवस्था करने के लिए उसे अपने साथ लिए जा रहे थे, उसके मुख पर परिलक्षित भावनाओं को पढ़ने की चेष्टा कर रहे थे। उन्हें संदेह होने लगा कि कहीं सालवती की प्रतिकूल विचार की तरंगें तथा यौवन की उमंगों में, मगध साम्राज्य को सौन्दर्य-गरिमा प्रदान करने का सम्राट् का संकल्प, प्रारम्भ होने के पहले ही बिखर न जाए। साम्राज्य को एक सौन्दर्य की देवी की आवश्यकता है, पर अभी उससे भी अधिक आवश्यकता है सौन्दर्यमयी सालवती के मुख पर व्याप्त भावनाओं के बवंडर, विपरीत विचारों के विक्षोभ की विह्वलता को विनियमित करने की।

अपने-अपने विचारों में उलझे दोनों मंथर गति से चल रहे थे। सहसा सालवती के दीर्घ निःश्वास की ध्वनि, शांत वातावरण को चीरती उभरी।

महामात्य ने पूछा—''सुन्दरी, तुम कुछ चिंतित दिखाई पड़ रही हो?''

''नहीं तो।''

''किन्तु तुम्हारे कथन को असत्य सिद्ध कर रहे हैं, तुम्हारे मृगनयन में छलकते अंतर्द्वंद्व के भाव, तुम्हारे चंद्रमुख पर उभरते विचलित तनाव। अब तुम राज्य के संरक्षण में आ गई हो, फिर भय और संदेह का अनुचित भ्रम तुमने क्यों पाल रखा है शुभे?''

''सम्राट के आदेश ने मुझे संशय में डाल दिया है मान्यवर।''

''सम्राट के आदेश को संदेह की दृष्टि से देखने के कारण ही तुम भय के भ्रम जाल में पड़ गई हो। यह केवल तुम्हारी मानसिक कल्पना की उपज है, जो तुम्हारे अंतर्मन को व्यर्थ पीड़ित कर रही है। तुम्हें तो प्रसन्न होना चाहिए कि साम्राज्य के संवर्धन में योगदान देने का एक सुखद दायित्व तुम्हें सम्राट ने प्रदान किया है। तुम सदैव प्रसन्नचित्त रहो और दूसरों को भी प्रसन्नचित्त करती रहो, यही तो नगरवधू का कार्य है।''

''परन्तु, नगरवधू तो एक गणिका का ही कार्य करती है श्रीमान। वह सभी पुरुष-भ्रमरों को, जो उसका निर्धारित शुल्क दे देते हैं, अपना शरीर समर्पित कर, अपने चरित्र को लांछित करने के लिए विवश होती है। नारी की विवशता से पुरुष आनन्दित भी होता है और उसे कलंकित, लांछित भी करता है। आप लोग मुझे इसी पाप पंक में धकेलना चाहते हैं न।''

''नहीं सुन्दरी, नहीं। तुम्हारी ग्रामीण सोच-विचार, संकीर्ण मानसिकता में उलझा

हुआ प्रतीत होती है। गणिका को तो प्राचीन काल से ही राज्य और समाज में उच्च स्थान प्राप्त है। वह हेय दृष्टि से नहीं देखी जाती है, वरन् वह जन-जीवन के उल्लास-विलास की, सांस्कृतिक गतिविधियों के, केन्द्र रूप में आलोकित होती आई है। श्रीकृष्ण को भगवान मानती हो। वे भी जब कौरवों के साथ शांति वार्ता के लिए गए थे तब गणिकाओं ने ही उनका स्वागत किया था। महाभारत के अनुसार, गांधारी जब गर्भवती हुई, उसकी सेवा और परिचर्या के लिए गणिका ही नियुक्त हुई थी।....''

महामात्य की बात को काटते हुए सालवती बोली–''परन्तु नारी का सम्मान प्रतिष्ठित लोगों के जूठन रूप में प्रतिष्ठित होना नहीं है, वरन् किसी एक गृह की गृहलक्ष्मी और कुलवधू होने में है। मानवीय और नैतिक मूल्यों से उपजे संस्कार ही तो समाज की आत्मा हैं।''

''तुम जितनी ही रमणीया और सुन्दरवर्णा हो, तुम्हारे विचार और ज्ञान उतने ही संकुचित हैं। पवित्र गंगा के उस पार वैशाली गणतंत्र की अभिलाषिणी बहुदर्शनीया आम्रपाली भी तो एक नगरवधू ही है, जो एक लांछित नारी नहीं, वरन् अपने राज्य की, आज के समाज की एक बहुचर्चित, सम्मानित एवं बहुप्रतिष्ठित नारी है, जिसके प्रति सारा देश आकृष्ट है। राजनर्तकी का पद, जिस पर तुम भी सुशोभित होने जा रही हो, एक सम्मानित और प्रतिष्ठित पद है। तुम्हारा गणिकाभिषेक होगा, जो आज के समाज में एक नारी के लिए अत्यन्त सम्मानऔर गौरव का क्षण होता है। रूपवती हो ही, संगीत और नृत्य में भी दक्ष होकर प्रतिष्ठित उच्च पदाधिकारियों तथा अभिजात वर्ग को आकृष्ट करोगी, चारित्रिक लांछन से नहीं, वरन् अपने रूप की रमणीयता एवं संगीत-नृत्य की लयबद्धता के सम्मोहन से।''

''क्या संगीत-नृत्य में प्रशिक्षित होना आवश्यक है?''

''हां, भारतीय संस्कृति में संगीत-नृत्य का बहुत महत्त्व है। यह हमारे जीवन का अभिन्न अंग है। लोगों को अपने प्रति आकृष्ट करने के लिए राजनर्तकियों को तो संगीत-नृत्य में दक्ष होना आवश्यक है।.....तुम्हारे तर्क-वितर्क से ज्ञात होता है कि तुम अभी भी काल्पनिक मानसिक विषाद के बादलों से घिरी हो, निराशा के अंधकार में खोई हो। इससे तुम्हें कोई लाभ नहीं होगा। जीवन-संग्राम में शौर्य और धैर्य से ही विजय प्राप्ति हो सकती है। इसीलिए, निराशा के अंधकार को चीर कर नई आशा के किरण की ओर अग्रसर हो जाओ। विचारों की संकीर्णता को विराम देकर, अपने विहंसते रूप की मादकता से नए सम्मानित पद पर विराजमान हो जाओ। तुम्हारा कल्याण ही कल्याण होगा।''

सालवती मौन होकर महामात्य को देखती रही। समझ गई कि राजाज्ञा मानने के सिवा उसके पास कोई दूसरा विकल्प नहीं है।

नियति द्वारा निर्धारित जीवन-पथ पर चलना मनुष्य की विवशता होती है। हां,

दृढ़ नीयत से विकल्प मार्ग ढूंढ़ा जा सकता है, पर इसकी सफलता और विफलता भी नियति के अधीन ही है।

7

मगध राजप्रासाद की सार्वभौमता, भव्यता में, ग्रामीण शांत वातावरण में रहने वाली ग्रामबाला का उद्वेग शांत हो गया। सालवती ने अपने अंतर्मन की ध्वनि के सुर में परिवर्तन करना ही श्रेयस्कर समझा। मनुष्य के जीवन में जब एक ऐसा नया द्वार खुलता है, जिसके विपरीत कोई अन्य सम्भावना नहीं है, तब वह जीवन के नए अर्थ को स्वीकार कर लेता है। समाज का दबाव कभी-कभी मनुष्य को अपनी इच्छा के विरुद्ध चलने के लिए बाध्य कर देता है। सालवती को भी जीवन के नए मार्ग पर चलने में ही अपनी भलाई दिखाई देने लगी। वह समझ गई कि नदी के जल की भांति समय का प्रवाह, उसके जीवन की धारा अब बदल चुकी है। व्यक्ति से नहीं, समष्टि से प्रेम ही अब उसके जीवन का यथार्थ बनने जा रहा है। इसके अनुरूप अपने आपको ढालने में वह प्रवृत्त हो गई।

सालवती का रूप जितना नयनाभिराम है, उसकी बुद्धि भी उतनी ही तीक्ष्ण है। उसके स्वर में संगीतमय लय का माधुर्य तो है ही, उसके अंग-अंग में नृत्य की आकर्षक थिरकन भी है। मनुष्य को कभी-कभी अपने अंदर छिपी प्रतिभा की अनुभूति नहीं होती है। लेकिन प्रशिक्षित होने पर जब उसकी प्रतिभा में निखार आता है, तब वह अपनी निपुणता पर स्वयं चमत्कृत हो जाता है।

समय का अंतराल कब व्यतीत हो जाता है, पता ही नहीं चलता। संगीत और नृत्य का प्रशिक्षण कब समाप्त हो गया, सालवती को महसूस ही नहीं हुआ। इसका ज्ञान सालवती को तब हुआ जब उसके प्रशिक्षक आचार्य ने एक दिन उसे अपने कक्ष में बुलाकर कहा—''सालवती! अब तुम संगीत और नृत्य में पूर्णतया पारंगत हो गई हो। तुम्हारे संगीत की स्वर लहरी में लोगों को मंत्रमुग्ध करने वाली एक अनुपम शक्ति है, और तुम्हारे नृत्य में, सभी को सम्मोहित करने वाला एक अद्भुत मादक आकर्षण है। अब तुम्हें किसी तरह के अधिक प्रशिक्षण की आवश्यकता नहीं है।''

आचार्य से अपनी प्रशंसा सुनकर सालवती कुछ क्षण लज्जाभिभूत मौन खड़ी रही, फिर नतमस्तक होकर उनके पांव छूकर बोली—''आचार्य! मुझमें जो भी गुणसम्पन्नता, आई है, वह आपकी ही देन है। आप ही मेरे अंदर की कला को शून्यता के अंधकार

से निकाल कर, प्रवीणता के प्रकाश की ओर ले गए हैं। इसके लिए मैं सदैव आपकी आभारी रहूंगी।''

सालवती के मस्तक पर आशीर्वचन की मुद्रा में हाथ रखकर आचार्य ने कहा—''यशस्विन भव! मेरा आशीर्वाद सदैव तुम्हारे साथ रहेगा। तुम नए जीवन के प्रगति-पथ पर सर्वदा अग्रसर होती रहो और अपनी कला निपुणता से लोगों का मनोरंजन करती रहो। हां, यह आवश्यक है कि तुम अपनी कला-साधना में सदैव लीन रहो और संगीत तथा नृत्य का अभ्यास निरंतर करती रहो। इससे तुम्हारी कला में निखार आता रहेगा।''

आचार्य की प्रशंसा से प्रोत्साहित सालवती ने अपना जीवन, कला-साधना के लिए समर्पित कर दिया। उसमें अपने हृदय में कलात्मक गुणों के प्रति संवर्धन की, परिष्कृत करने की, जीवन की ऊंचाइयों को छूने की, आकाश की ओर उड़ान भरने की ललक जागृत हो गई। वह अपना अधिक से अधिक समय कला-साधना में, कला में निखार लाने के अभ्यास में ही व्यतीत करने लगी। धीरे-धीरे वह कला प्रवीण हो गई। कला की पराकाष्ठा पर पहुंच गई।

8

मगध सम्राट बिम्बिसार अपने निजी एकांत कक्ष में महामात्य वर्षकार के साथ वार्तालाप में लीन हैं। आज कई माह पश्चात् बिम्बिसार का हृदय पुनः आम्रपाली के लिए तीव्र गति से धड़कने लगा है। उस रूपसी साथ बिताए एक रात्रि के मादक क्षणों की स्मृतियां उससे मिलने की ललक को और अधिक बढ़ा रही हैं।

वर्षकार उन्हें समझा रहे हैं—''राजन! आपके लिए शत्रु-प्रदेश में बार-बार अकेले जाना संकट को निमंत्रण देना होगा। वहां जाना आपके लिए कदापि उचित नहीं है। जब अपने राज्य में ही आम्रपाली जैसी लावण्यमयी सालवती अब उपलब्ध है, तब वहां जाने की क्या आवश्यकता है?''

''महामात्य! मनुष्य मन, विचित्र एवं चंचल होता है। जो उसके निकट उपलब्ध है, प्राप्य है, उसके प्रति वह निश्चिंत रहता है, परन्तु जो उससे दूर है, सहज प्राप्य नहीं है, उसके मन में उसे पाने की ललक व्यग्र हो जाती है। अप्राप्य की लालसा, उसके लिए व्यग्रता का कारण बनती है। आप इसे मनुष्य की मृगतृष्णा कहें या लोलुपता, पर यही सत्य है। मानवीय मन सदा ऐश्वर्य और भोग का जीवन व्यतीत

करना चाहता है। इसलिए आप आम्रपाली से मिलने की व्यवस्था शीघ्र करें।''

''परन्तु सम्राट! मृगतृष्णा के पीछे दौड़ने की अपेक्षा, गृह राज्य में ही उपलब्ध की प्राप्ति, अधिक सुखद और संतोषजनक होगी।''

''संतुष्टि तो वैयक्तिक इच्छापूर्ति से मिलती है, दूसरे के परामर्श से नहीं। मेरी इच्छा वैशाली चलने की है।''

''जैसी आज्ञा! पर वहां जाने के पूर्व मैं दूत भेजकर वैशाली के वातावरण का हालचाल ज्ञात कर लूं।''

दूत ने लौटकर समाचार दिया कि वैशाली को भोग विलास की मादक तरंगों से सदा तरंगित करने वाला सप्तभूमि प्रासाद आज शांत है। निष्प्राण, गतिहीन। भुवनमोहिनी आम्रपाली की एक झलक पाने के लिए जहां लोगों की भीड़ सदैव एकत्रित रहती थी आज वीरान है। देवी आम्रपाली ने लोगों को अपने सम्मुख आने की निषेधाज्ञा का आदेश दे दिया है। नगर के बहुत से श्रेष्ठ जन आ-आकर लौट गए थे। उन्हें जब ज्ञात हुआ कि देवी आम्रपाली अभी श्रांत-क्लांत हैं और उन्हें विश्राम की आवश्यकता है, तब किसी ने उनसे मिलने का हठ नहीं किया। सहस्त्र दीप-रश्मियों से सदा आलोकित रहने वाले सप्तभूमि प्रासाद में आज अंधकार व्याप्त है।

इस समाचार से मर्माहत बिम्बिसार के मन ने वैशाली की ओर उनके उठने वाले कदमों को रोक दिया।

इधर वैशाली में।

देवी आम्रपाली अपने एकांत कक्ष में विश्राम कर रही हैं और अपनी विश्वस्त परिचारिका चित्ररूपा से मंत्रणा भी कर रही हैं।

देवी ने प्रश्न किया—''क्या, मुझसे न मिलने की मेरी निषेधाज्ञा तुम्हें उचित नहीं लगी चित्ररूपे?''

''नहीं देवी, नहीं। आप तो एक प्रतिष्ठित नगरवधू हैं, जिसके शरीर के सौन्दर्य, शरीर की सुषमा-सौष्ठव का सदैव ही मूल्यांकन होता आया है। नारी की कोख में जब एक शिशु पलने लगता है, तब उसके शरीर में विकृतियां आने लगती हैं, जिसे छिपाना एक नगरवधू के लिए आवश्यक है। नहीं तो उसके रूप-लावण्य का अवमूल्यन हो जाएगा। आपकी निषेधाज्ञा इस कार्य के लिए सर्वथा उचित है देवी। बल्कि, मेरा परामर्श है कि प्रसव के बाद, आप शिशु को अपने साथ न रख कर किसी वन-कानन में छोड़ दें, लोगों को पता ही नहीं चलेगा कि आपका शरीर अब एक माता का शरीर बन गया है।''

“ऐसा सोचना भी नहीं चित्ररूपे। मैं स्वयं एक भुक्तभोगी शिशु रह चुकी हूं। अपनी माता द्वारा आम्रकानन में निःसहाय त्याग दिए जाने का दंश झेल चुकी हूं। न जाने मेरी माता की क्या विवशता रही होगी, जो उन्हें अपनी ममता के आंचल की छांव देने की अपेक्षा, मुझे त्याग देना अधिक उचित लगा होगा। मैं कितनी मर्माहत हुई थी जब बड़ी होने पर मैं इस तथ्य से अवगत हुई थी और मुझे पालने वाली मां ने, इसका अनुमोदन किया था। इसलिए मैं ऐसा निर्मम कार्य कदापि नहीं करूंगी। अपने हृदय की कली को कोई मां कैसे तोड़ कर, मुरझाने के लिए यहां-वहां फेंक देती है।”

“पर आपके आंगन में बच्चे की किलकारी सुनने से आपके चाहने वालों में, आपके लावण्य का अवमूल्यन हो जाएगा, आपकी प्रसिद्धि में कमी आ जाएगी।”

“भ्रम न पालो चित्ररूपे! मातृत्व तो नारी जीवन की एक सुखद अनुभूति होती है, मातृत्व जीवन में नई ऊर्जा का संचार करता है, नारी को नया दृष्टिकोण प्रदान करता है। मैं मातृत्व को अपनी प्रगति का बाधक नहीं मानती। समय की लीला अद्भुत होती है। तन का सौन्दर्य वैसे भी क्षणिक होता है, इसीलिए मन का सौन्दर्य, जो स्थाई होता है, को अधिक महत्त्व देना चाहिए। शरीर के सौन्दर्य-प्रदर्शन के लिए मेरा मन, कभी भी मातृत्व के पवित्र और स्नेहिल बंधन से अपने होने वाले शिशु को वंचित नहीं करेगा। वह भी ऐसे शिशु का, जो मगध राज्य का भावी युवराज घोषित होने वाला है। मैं समझती हूं कि एक मां का दायित्व निबाहने के लिए एक नारी को कितनी कठिनाइयों का सामना करना पड़ता है, कितने समझौते करने पड़ते हैं। मैं सभी कुछ करूंगी, पर अपने शिशु को मां के स्नेहिल स्पर्श से कभी भी विलग नहीं करूंगी। ऐसा करने का परामर्श मुझे मान्य नहीं है चित्ररूपे।”

यह कहती हुई आम्रपाली मौन हो गई। अपने उदर पर हाथ फेरने लगी, जैसे अपने बच्चे को सहला रही हो। आंखें मूंद लीं, संतान के भविष्य के सपने संजोने लगी।

चित्ररूपा कुछ क्षण मौन खड़ी रही, फिर अपने नित्य का कार्य-निष्पादन के लिए वहां से चल दी।

समय व्यतीत होता रहा। आम्रपाली के पांव दिन प्रतिदिन भारी होते गए। प्रसव का समय निकट आता गया। और एक दिन सत्यतः वह असह्य प्रसव वेदना से सिहर उठी। मुखाकृति पर उभरते श्वेद की अनगिनत बूंदें, उसकी पीड़ा को उजागर कर रहे थे। रह-रह कर वेदना के स्वर मुखर हो रहे थे। फिर धीरे-धीरे सब कुछ एकदम शांत। एक बालक ने जन्म ले लिया था। नवजात के रुदन से वातावरण

में प्रसन्नता की लहर फैल गई। "बधाई हो देवी, पुत्र-रत्न ने जन्म लिया है" के स्वर से वेदना से क्लांत आम्रपाली के अधरों पर भी मुस्कान की रेखाएं उभर आईं। उस पुत्र के सहारे वह मन ही मन मगध की भावी राजमाता बनने की स्वप्निल उड़ान भरने लगी। न जाने कब तक उस रात्रि, जागती रही देवी आम्रपाली।

आम्रपाली ने पुत्र-रत्न के जन्म की सूचना मगध नरेश को भिजवा दी। बालक का नाम रखा गया—विमल कौंडण्य। बिम्बिसार ने समाचार पाते ही मांग की कि उस बालक के पालन-पोषण के लिए उसे राजगृह के राजप्रासाद में भेज दिया जाए, परन्तु आम्रपाली को पुत्र-वियोग स्वीकार्य नहीं हुआ। इसलिए विमल कौंडण्य अपनी माता आम्रपाली के साथ ही रहा।

9

"आज की प्रातः बेला इतनी स्वर्णिम क्यों लग रहा है यहां? राजधानी राजगृह अभी से ही इतनी सजी-धजी, गतिशील और जीवंत क्यों दिखाई दे रही है? पूर्वकाल में जब यहां आए थे, तब ऐसा अभूतपूर्व दृश्य देखने को तो नहीं मिला था?" अपने सम्बंधी गृहपति से प्रश्नों की झड़ी लगा दी ग्रामीण क्षेत्र से आए अतिथि ने।

गृहपति ने मुस्कुराते हुए कहा—"समय और दिन अपनी निर्धारित गति से अग्रसर होते रहते हैं, न रुकते हैं, न थमते हैं, न अवरुद्ध होते हैं, बस आगे ही बढ़ते जाते हैं। कालचक्र की इसी गति के कारण आज फिर राजगृह-महोत्सव के आयोजन का दिन आया है। इस उत्सव के लिए ही गतिशीलता बढ़ गई है।"

"हां, मैं यह जानता हूं कि भारतीय संस्कृति में नागरिक अपनी मनोरंजन-प्रियता प्रकट करने के लिए, अपने जीवन में आनन्द-सरिता प्रवाहित करने के लिए सदैव उत्सवों और समारोहों का आयोजन करते आए हैं, जिनमें समस्त नागरिक अद्‌भुत उत्साह एवं उमंग के साथ भाग लेते हैं। राजा हो या रंक, धनी हो या साधारण जन, बच्चे हों या वृद्ध, स्त्री हो या पुरुष, समाज के समस्त जन, इन महोत्सवों में सम्मिलित होकर हर्षित होते हैं, परन्तु इस उत्सव में कुछ अधिक जीवंतता, कुछ अधिक उल्लास दिखाई दे रहा है।"

"मगध में इस महोत्सव की महत्ता आज इसलिए और भी अधिक बढ़ गई है, क्योंकि पहली बार इस महोत्सव में किसी सुन्दरी को 'नगरवधू' के सम्मानित पद से विभूषित किया जाएगा। यों तो किसी रमणीय नारी का दर्शन ही मनभावन होता

है लेकिन किसी सौन्दर्य की देवी के साथ साहचर्य की सम्भावना भी बढ़ जाए तो नागरिकों के उल्लास और उमंग में वृद्धि होना स्वाभाविक है।''

''मुझे भी आनन्द आ रहा है यह देखकर कि आज कितनी भव्यता के साथ राजधानी राजगृह सजाया गया है। मुख पर उल्लास और उमंग का भाव लिए उत्साहित नागरिक भी, विशिष्ट रूप से सजधज कर नगर में स्वच्छंद भ्रमण कर रहे हैं और मनोरंजन के विभिन्न साधनों से मनोविनोद कर रहे हैं।''

तभी दोनों की दृष्टि ऐसी दो युवतियों पर पड़ी, जो अपने प्रेमियों के गले में बांहें डालकर अठखेलियां करतीं भ्रमण कर रही थीं।

ग्रामीण अतिथि के मुख से अनायास निकल पड़ा, ''कैसे निर्लज्ज लोग हैं ये दोनों?''

गृहपति ने सस्मित समझाया, ''सम्भवतः ये युवतियां निम्न वर्गीय समाज की हैं, जिनके पास अर्थाभाव के कारण मनोरंजन के न कोई दूसरे साधन हैं, न कोई अन्य विकल्प। आमोद-प्रमोद के अन्य साधन और स्थान विहीन ये लोग जहां पाते हैं वहीं अपने यौवन- उमंग का प्रदर्शन करने लग जाते हैं।''

''परन्तु समाज पर ऐसे दृश्य का अच्छा प्रभाव नहीं पड़ता है।''

''सम्भ्रांत लोग ऐसे दृश्य को उपेक्षा के भाव से देखते हैं। यद्यपि आज के युग में भौतिकता और लौकिक आनन्द का महत्त्व अधिक बढ़ गया है, फिर भी ऐसे समारोह, जिसका स्वरूप मेले जैसा ही होता है, जहां एक ओर आनन्द का संचार करता है, वहीं दूसरी ओर सामाजिक एकता और समानता की लड़ी भी पिरोता है।''

ग्रामीण अतिथि का उद्वेलित मन कुछ क्षण शांत रहा, फिर धीमे स्वर में बोला, ''उस ओर चलिए, जहां शिल्प विक्रय केन्द्र है।''

गृहपति ने परामर्श दिया, ''भ्रमण करते-करते थक जाएंगे। आज संध्या बेला में नगरवधू के विशेष चयन-उत्सव में जाना अधिक आनन्ददायक होगा। इसलिए अभी घर लौट चलें और कुछ समय के लिए विश्राम कर लें। संध्या उत्सव में विश्राम से उर्जित शरीर आपके मन को अधिक आनन्द प्रदान करेगा।''

10

मगध की नगरवधू के प्रथम चयनोत्सव की संध्या, नागरिकों के लिए एक अभूतपूर्व उत्साह, उमंग और कौतूहल लेकर आई है। राजगृह राजप्रासाद का मुक्ताकाशी प्रांगण, नई नवेली दुल्हन की भांति, सज-धज कर लोगों की भीड़ को आकर्षित कर रहा है। पूर्ण चन्द्रमा ने स्वर्णिम होकर, प्रांगण को स्वर्णमय बनाना प्रारम्भ ही किया था, कि रंगमंच के अधिक निकट आसन ग्रहण करने की इच्छा, मन में संजोए, स्त्री-पुरुष निर्धारित समय से अतिपूर्व ही आने लगे हैं।

सौन्दर्य की देवी के नृत्य-थिरकन की परख के लिए बने मंच का अलंकरण अति शोभनीय है। बंदनवार, पताकाएं तथा रंग-बिरंगे पुष्प-मल्लिकाएं कई आकृतियों में सजाए गए हैं। ज्योति-दण्ड लेकर, ग्रीवा झुकाए, खड़ी सुन्दर नवयुवती दासियां, उत्सव स्थल को प्रकाशित कर रही हैं। धूप और अगरु की सुगंध सभी ओर फैल रही है। जन समूह एकटक मंच की ओर उत्कंठा से देख रहा है कि कब सम्राट आएं और चयनोत्सव प्रारम्भ हो।

रंगमंच के राजप्रासाद के निकट छोर पर, सम्राट तथा उनकी रानियों के लिए ऊंचे स्थान पर, रत्नजटित सिंहासन रखे हैं। महामात्य, मंत्री परिषद के सदस्यों, प्रशासन पदाधिकारियों, सामंतों, श्रेष्ठियों तथा सम्मानित अतिथियों के लिए भी उचित स्थान की व्यवस्था की गई है। निर्धारित समय तक जब सभी सम्मानित विशिष्ट व्यक्तियों ने अपना-अपना आसन ग्रहण कर लिया, तब चारण ने तूर्यनाद कर रानियों संग सम्राट के आगमन की सूचना दी। मंच पर पुष्प भरे थाल लिए खड़ी कुमारिकाओं ने, उन पर पुष्प वर्षा की। सम्मिलित जयघोष का निनाद हुआ। प्रतिनमन की मुद्रा में अभिवादन स्वीकार करते हुए जब सम्राट स्वयं पीठासीन हो गए, जनसमूह भी अपने-अपने आसन पर बैठ गए।

चारण ने पुनः तूर्यध्वनि कर, उत्सव प्रारम्भ करने की सम्राट की आज्ञा की सूचना दी। पिप्पणी एवं मृदंग के स्वर के साथ मंगलाचरण गायन के पश्चात्, महामात्य वर्षकार ने मंच पर आकर औपचारिक सम्बोधन के बाद, इस उत्सव की आवश्यकता और महत्ता का वर्णन करना प्रारम्भ किया—"मगध के प्रिय प्रजाजन! प्रतिवर्ष की भांति, आज हम अपनी मनोरंजनप्रियता को उल्लास एवं उमंग के साथ अभिव्यक्त करने, इस उत्सव में आए हैं परन्तु आनन्द की इस तरंगिनी में आज एक नए प्रवाह, एक नई धारा का मिलन, आपके लिए अधिक मनोरंजनकारी और सुखद

सिद्ध होगा।......"

"अति उत्तम, अति उत्तम!" जनसमूह की हर्षध्वनि।

"......हमें ज्ञात हुआ है कि भारत के अनेक जनपदों में, राज्यों में किसी सर्वश्रेष्ठ सुन्दरी को जनपदकल्याणी, नगरवधू के पद पर सुशोभित करना, सदैव अपनी विशेषता रही है। कुछ योजन दूर निकटवर्ती गणतंत्र वैशाली में भी, नगरवधू आम्रपाली की प्रसिद्धि दूर-दूर तक फैल कर, वैशाली के लिए एक गर्व का विषय रहा है। जहां तक भौतिक वैभव का प्रश्न है, वैशाली को आकाश की ऊंचाई पर पहुंचाने वाले सहस्रों राजप्रासादों, उद्यानों, पुष्करणियों की प्रतिस्पर्धा हम नहीं कर सकते, परन्तु विलास वैभव में हम वैशाली से पीछे क्यों रहें? इसीलिए इस उत्सव की महत्ता अधिक बढ़ गई है, क्योंकि आज मगध नरेश एक अनिंद्य सुन्दरी को, नगरवधू के पद पर सुशोभित कर मगध को भी शोभनीय बनाएंगे।......"

दीर्घ करतल ध्वनि के साथ "साधु-साधु" का सम्मिलित स्वर बार-बार ध्वनित हुआ।

"......यों तो मगध नरेश ने नगरवधू के पद के लिए एक रूपसी, जिसने संगीत और नृत्य में भी निपुणता प्राप्त कर ली है, के चयन का मन बना लिया है। किन्तु यदि किसी उससे भी अधिक रूपवती और कला-निपुण बाला की इच्छा हो, तो वे अपने रूप और कला का प्रदर्शन इस मंच पर करके, इस प्रतियोगिता में भाग ले सकती हैं। वे सादर आमंत्रित हैं।"

प्रतियोगियों की प्रतीक्षा में कुछ समय व्यतीत हुआ परन्तु एक-दो नाम ही ने भाग लेने की इच्छा प्रकट की। महामात्य के पीठासीन होते ही मंच की गतिशीलता बढ़ गई।

वाद्यवृंद के मधुर स्वर तरंगित होने लगे। चारण ने उद्घोष किया–"देवी सालवती अपनी कला का प्रदर्शन करने के लिए पधार रही हैं।"

तभी त्वरित गति से अपने रूपसुधा की मादकता बिखेरती, कटि लचकाती सालवती मंच पर आई और नमन मुद्रा में करबद्ध खड़ी हो गई। उसके पूर्ण खिले-खिले कमल-समान रूप की कमनीयता से सभी सम्मोहित हो गए। फिर वन-विहारिणी कोकिला की मधुर कूक-सी सुरीली वाणी में, उसके संगीत की स्वरलहरी के अनुगुंजन से दर्शकों के हृदय में रंग-बिरंगे पुष्पों की सुगंध सुवासित होने लगी।

"साधु, साधु! जैसा मादक सौन्दर्य, वैसा ही मदोन्मत्त करने वाला स्वर।" मंत्रमुग्ध जन समूह का उद्गार प्रतिध्वनित हुआ।

मधुर स्वरीय संगीत की एक-दो और प्रस्तुति से वातावरण में मधुरिमा बिखेरने के पश्चात्, सालवती नृत्य मुद्रा में आ गई। उसके नूपुर की संगीतमय एवं तालबद्ध

झंकार के साथ-साथ, उसके अंग-अंग में थिरकन होने लगी। उसके अप्रतिम सौन्दर्य और सुसज्जित केश-विन्यास के आकर्षण सदृश ही था, उसके नयनों का चुम्बकीय कटाक्ष, मनमोहक भाव प्रदर्शन, मनोहर ग्रीवा-संचालन एवं कलापूर्ण कटि की लचक। उसकी प्रत्येक थिरकन पर, नूपुर की झंकार पर, दर्शन का मन भी थिरकता, हृदय भी झंकृत होता। सालवती की 'राधा-कृष्ण प्रेमलीला' नृत्य की मादकता से, सभी प्रेम विभोर हो गए, यौवन-उमंग से झूम उठे। सुरीले संगीत के सदानीरा में मदोन्मादक नृत्य के रस-प्रवाह से प्लावित दर्शकों के "धन्य, धन्य" निनाद और करतल ध्वनि से सम्पूर्ण प्रांगण गुंजित होता रहा। सभी के मन में भाव उमड़ रहे थे कि यदि सालवती ही नगरवधू चुन ली जाए तो उसके रूप-लावण्य का आनन्द-रसपान, सदा सभी कर सकेंगे।

जन समूह को नमन करती, अपनी कला-उपलब्धि पर इतराती, बलखाती सालवती, मंच से नृत्य मुद्रा में ही बाहर चली गई।

चारण ने तूर्य बजा कर घोषणा की कि जो अन्य प्रतिभागी इस प्रतियोगिता में भाग लेना चाहती हैं, वे एक-एक कर मंच पर आकर अपनी कला का प्रदर्शन करें। कुछ समय प्रतीक्षा में व्यतीत हुआ, पर निराशा ही हाथ लगी। जिन युवतियों ने प्रारम्भ में प्रतियोगिता में भाग लेने की अपनी इच्छा व्यक्त की थी, वे सभी सालवती के रूप की आभा और कला के निखार तथा क्षमता के सामने, घुटने टेक चुकी थीं। उन सभी नवयौवनाओं ने मन ही मन अपनी पराजय स्वीकार कर ली थीं।

मंच पर किसी अन्य प्रतियोगी के नहीं आने पर सम्राट अपनी स्वर्ण-मंडित पीठ से उठे और उपस्थित नागरिकों के बीच घोषणा की—"मैं मगध नरेश, सालवती को मगध की नगरवधू, नगरश्री घोषित करता हूं। मगध की गरिमा में जो कमी थी, आज पूरी हो गई। सालवती की एक रात्रि का मूल्य वैशाली की गरिमा बढ़ाने वाली चर्चित नगरवधू आम्रपाली के मूल्य से दोगुनी, एक सौ मुद्राएं निर्धारित करता हूं। आज मैं सालवती का गणिकाभिषेक करता हूं। कल इनकी शोभा यात्रा निकलेगी, जो राजमार्ग पर उनके नए राजकीय निवास रंगप्रासाद तक जाएगी। सालवती अब राज-सम्मानित राजनर्तकी है, मगध साम्राज्य की गौरव गरिमा नगरश्री है।"

यह कहते हुए सम्राट ने पुष्प-किरीट सालवती के मस्तक पर रख दिया और अपने गले से रत्नजटित मूल्यवान हार निकाल कर, उसके गले में डाल दिया। सालवती गद्गद्-सी सम्राट को नमन करने के लिए विनय से झुकी। सम्राट ने कहा—"बधाई! अब तुम सभी के हृदय साम्राज्य की साम्राज्ञी हो।"

सभी ओर से रंग-बिरंगे पुष्पों की वर्षा होने लगी। "देवी सालवती की जय!" "नगरश्री सालवती की जय!" के जयघोष की अनुगूंज से सम्पूर्ण प्रांगण गुंजित हो उठा।

11

प्रातःकालीन समीर की ऊर्जा और मगध की प्रथम नगरवधू की शोभा यात्रा देखने की उमंग ने, मगधवासियों को कुछ अधिक उर्जित, उत्साहित कर दिया था। नगरश्री की शोभा यात्रा कैसीं होती है, कैसी होगी, यह जानने की कौतूहलता से सम्पूर्ण नगर जीवंत और गतिशील हो गया था। साधारण जन के मन में यह विचार भी था, कि जब नगरश्री का दर्शन और साक्षात्कार, राज्य निर्धारित शुल्क चुकाने पर ही हो सकता था, जो सभी के लिए सम्भव नहीं था, तब यही एक अवसर था, जब साधारण लोग भी निःशुल्क सार्वजनिक दर्शन कर सकते थे। इसीलिए सालवती के दर्शन अधिक निकट से करने की लालसा से, समय से पूर्व ही उचित स्थान-प्राप्ति के लिए राजमार्ग के दोनों किनारों पर भीड़ उमड़ने लगी थी।

स्फूर्ति और प्रफुल्लता सालवती के अस्थाई राजकीय आवास पर भी बढ़ गई थी। परिचारिकाएं, अंगरक्षिकाएं, प्रसाधिकाएं सभी सजग थीं, और सालवती की निद्रा टूटने की प्रतीक्षा कर रही थीं। सूर्य की लालिमा फैलनी आरम्भ ही हुआ था कि सालवती अंगड़ाइयां लेती, शैय्या पर उठ बैठी और कक्ष के इधर-उधर निहारने लगी। तभी एक परिचारिका आई और नमन करती बोली—"देवी! आपके पिताश्री आपसे भेंट करने के इच्छुक हैं।"

"पिताश्री?" आश्चर्य प्रकट करती सालवती ने पूछा, "पिताश्री, यहां आए हैं? कहां हैं वो?"

"प्रवेश-द्वार पर।"

सालवती शैय्या छोड़, आंचल सम्हालती, तीर की भांति प्रवेश-द्वार की ओर भागी।

आत्मीय ममता की भूखी पुत्री की आंखें और अपनी आत्मजा पर ममता लुटाने के लिए पिता की तरसती आंखें जब मिलीं, तब अश्रुजल प्रवाहित होने लगे नयनों से। पुत्री लिपट गई पिताश्री से। पिताश्री ने बांहों में भर लिया पुत्री को।

"पुत्री! कितने दिनों बाद तुम्हें गले से लगा पाया हूं।"

"पिताश्री! आपके बिना मैं कितनी अकेली और अधूरी थी।"

कुछ क्षण अश्रुजल ढुलकते रहे नयनों से। आत्मीयता के आनन्द रस प्रवाहित होते रहे हृदय में। फिर दोनों अलग हुए।

तभी सालवती की दृष्टि अपने पिता के पीछे खड़ी, बचपन से सहेली रही,

संगिनी नामक युवती पर पड़ी। वह उससे भी लिपट गई। दोनों कुछ क्षण एक दूसरे की पीठ सहलाते रहे।

"अच्छा हुआ पिताश्री, जो आप दोनों ग्रामीण जीवन त्याग कर, मेरे साथ रहने के लिए यहां चले आए।" सालवती का आह्लाद स्वर फूल पड़ा।

"नहीं बेटी, नहीं। मैं तो तुम से अंतिम विदाई लेने आया हूं। तुम्हें अंतिम बार गले से लगाने आया हूं। अब तुम मेरी पुत्री नहीं, एक राज सम्मानित व्यक्ति हो गई हो। दूसरे की कृतज्ञता और दया पर अपना जीवन-निर्वाह करने वाली एक गणिका मात्र बन गई हो। जो व्यक्ति स्वयं दूसरे के अनुग्रह पर निर्भर है, उसके अनुग्रह पर जीवन-निर्वाह करना मेरे लिए कितना अपमानजनक होगा। उससे भी अधिक मेरे लिए लज्जाजनक होगा, तुम्हें शुल्क चुकाने वाले भ्रमर-पुरुषों की बांहों में झूलते देखना। नहीं सालवती, नहीं। मैं यहां रहने नहीं, तुम्हें अंतिम बार देखने आया हूं। हां, माता-पिता विहीन संगिनी, यदि तुम्हारे साथ रहना चाहे, तो वह तुम्हारे साथ रह सकती है।"

"परन्तु पिताश्री! अब तक तो मैं आपकी ममता की छांव में ही पली-बढ़ी हूं। आपके बिना इस स्वार्थी संसार की नैय्या मैं अकेली कैसे पार कर सकूंगी? मुझे अकेली छोड़कर मत जाइए।"

संगिनी ने भी सालवती के पक्ष का ही साथ दिया। उसने कहा–"परम्परा और संस्कृति के नाम पर लीक पर चलने से नहीं, नए रास्ते ढूंढ़ने और उन पर चलने से ही मनुष्य प्रगति-पथ पर अग्रसर हो सकता है, नए इतिहास का सृजन कर सकता है। सालवती को भी नया मार्ग मिल गया है। उसे उस अपने मार्ग पर निविघ्न आगे बढ़ने दें चाचाजी।"

"परन्तु मनुष्य के लिए नई राह पर चलने की अपेक्षा मर्यादा का पालन करना, चरित्र के विकास पर ध्यान देना, चरित्र की लक्ष्मण रेखा नहीं पार करने पर अधिक बल देना, अधिक महत्त्व रखता है। मनुष्य का सौन्दर्य शरीर के निखार में नहीं, उसके चरित्र की सुंदरता, शुचिता में है। क्या सालवती की नई राह, उसके चरित्र को लक्ष्मण रेखा पार करने से रोक पाएगी?"

पिता का हाथ थाम कर सालवती बोली–"पिताश्री! मेरी नई राह एक नारी के स्वयं का चयन-वरण नहीं, बल्कि पुरुष-राज-थोपित नारी की विवशता है। क्या एक अबला को विवशता की मंझधार में अकेली छोड़ देना, एक अभिभावक के लिए उचित होगा? अपनी पुत्री को लांक्षण-पंक में डूबने से बचाइए पिताश्री!"

"पर अब ऐसा करना मेरे लिए सम्भव नहीं है पुत्री। राजतंत्र में राजशक्ति के विरुद्ध जन शक्ति का सर उठाना, अपना सर कुचलने के बराबर है। तुम्हारा चरित्र

हनन होता रहेगा और एक पिता की विवश आंखें केवल अश्रु बहाती रहेंगी, कुछ कर नहीं पाएंगी।''

परम्परा की लीक पर चलने वाला वृद्ध व्यक्ति कभी तर्क से तरंगित नहीं होता। दृढ़ निश्चयी वृद्ध पिता सालवती के मस्तक को चूमकर, उसके गालों को थप-थपाकर, वे तीर की तीव्रता से गृहद्वार के बाहर प्रस्थान कर गए। भावविभोर नेत्रों से उन्हें जाते हुए, दोनों उस समय तक देखते रहे जब तक वे आंखों से ओझल नहीं हो गए।

सालवती अपने कक्ष में जाकर शैय्या पर लेटकर, हिचकियां लेने लगी। संगिनी उसकी पीठ पर हाथ फेरती ढाढ़स बंधाती बोली—''रुदन से जीवन की गति थम जाती है। नियति की चोट को दृढ़ता से सहने में ही भलाई है। समय और परिस्थिति अब बदल गई है। नए जीवन-पथ पर जीवंत होकर अग्रसर होने के लिए तत्पर हो जाओ सखी।''

तभी एक परिचारिका ने आकर निवेदन किया—''देवी! क्षमा करेंगी। आपकी शोभा यात्रा निकलने में अधिक समय नहीं है। क्रंदन से आपका मुख मलिन हो जाएगा।''

समय, प्रतिकूल को भी अनुकूल बना देता है। सालवती को पूर्ण संयमित होने में देर नहीं लगी। संगिनी का साहचर्य भी उसे उर्जित करने में अधिक सहायक सिद्ध हुआ। व्यथित हृदय और संतृप्त मन के भारीपन को दूर करने के लिए, स्नानागार में जाकर अंग-प्रोंछण कर आई। तब परिचारिका जाकर प्रसाधिकाओं को लेकर कक्ष में आ गई और सालवती का सोलहों श्रृंगार प्रारम्भ हो गया। आकर्षक केश-विन्यास के साथ-साथ अंग-प्रत्यंग के रूप-विन्यास ने तथा कई प्रकार के आभूषणों से आभूषित अंग ने, उस रूपसी को एक अनिन्द्य, अलौकिक, सम्मोहक आभा से दीप्त कर दिया।

दर्पण में अपना श्रृंगारित रूप निहारती सालवती बोली—''संगिनी! मेरी शोभा यात्रा तो मेरे सौन्दर्य का सार्वजनिक प्रदर्शन मात्र ही है न। यह सोचकर मैं संकोच और लज्जा से मरी जा रही हूं।''

''यह कौन सी नई बात है? जिस भांति श्रृंगार और आभूषण नारी की नैसर्गिक अभिरुचि हैं, उसी प्रकार संकोच और लज्जा नारी का नैसर्गिक गुण है।''

पूर्ण श्रृंगारित अलंकृत सालवती जब इठलाती, मदमाती मंद गति से गृहद्वार पर खड़े पुष्प-सज्जित रथ पर बैठ गई, तब चारण ने तूर्य बजाकर शोभा यात्रा प्रारम्भ होने की घोषणा की। ''देवी! सालवती की जय!'' ''अपूर्व सुन्दरी सालवती की जय!'' के जयघोष से वातावरण गुंजित हो उठा। सालवती अपने प्रथम सार्वजनिक रूप प्रदर्शन और अपनी जयघोष से, अपने स्वर्ण आभूषण के भार से कहीं अधिक, नारी

के प्राकृतिक आभूषण लज्जा के भार से अभिभूत हो गई। नयन झुक गए, पर अधरों पर स्मिति की रेखा भी खींच गई। पर इससे उसके सौन्दर्य में एक नया निखार आ गया।

अपार भीड़ के मध्य से शोभा यात्रा मंथर गति से गंतव्य की ओर बढ़ती रही। सबसे आगे एक हाथी पर सवार राज्यध्वज और पताका धारक व्यक्ति चल रहा था। हाथी के पीछे थे दुंदुभी बजाते प्रतिहारी। उसके पीछे मधुर धुन बजा रहे थे वाद्यवृंद समूह। सालवती के पुष्परथ को घेरे चल रही थीं अनेक नवयुवती परिचारिकाएं।

शोभायात्रा के स्वागत में राजमार्ग के किनारे बने घर-द्वार सभी पुष्पमालाएं, वंदनवार और पताकाओं से सजाए गए थे। मार्ग के दोनों ओर खड़े जनसमूह भी सालवती के रथ पर विभिन्न रंग-बिरंगे सुंगधित-पुष्पों की वर्षा कर रहे थे। जन समूह के अभिवादन का उत्तर, वह मौन मुस्कान बिखेर कर दे रही थी।

सालवती के नयन बाण, काम बाण से कम नहीं थे। सम्राट जो स्वयं एक विलासी पुरुष थे, जानते थे कि वासना की आंच की ऊष्मा किसी तरुण हृदय को कोई अनर्गल कुकृत्य करने के लिए प्रेरित कर सकती है। इसीलिए, शोभयात्रा के सुरक्षित संचालन के लिए, उन्होंने राज्य सैनिक और अंगरक्षिकाओं का एक दल साथ चलने को नियुक्त कर दिया था। उसके रूप-सुगंध की मादकता की चर्चा से, उसे देखने के लिए लालायित मन को उसे देखने के पश्चात् उसके अप्रतिम सौन्दर्य का रसपान करने, उसे अपनी अंकशायिनी बनाने की लालसा, अब हर युवा हृदय में पनपने लगी परन्तु राज्य निर्धारित शुल्क चुकाने की बाध्यता और विवशता से, वे केवल उच्छ्वास भर कर रह गए।

भीड़ की हर्षध्वनि के बीच सालवती का रथ अपने निर्दिष्ट गंतव्य, राजनर्तकी के लिए निर्धारित आवास, रंगप्रासाद के द्वार तक पहुंच गया। रंगप्रासाद के प्राचीर पर खड़े प्रतिहारी ने तूर्य निनाद कर देवी सालवती का अभिवादन किया। द्वारपाल ने आगे बढ़ कर, रथ का द्वार खोलते हुए देवी का स्वागत किया। फिर मंगल घट लिए दासियां, सालवती तथा संगिनी आदि को अंतःपुर की ओर ले गईं। सालवती के अंतःपुर में चले जाने के पश्चात् भी, वहां एकत्रित तरुणों की भीड़ द्वारा हर्षध्वनि होती रही।

शोभा यात्रा समाप्त होने की घोषणा के बाद, जनसमूह की भीड़ धीरे-धीरे छंटने लगी।

12

कभी लजाती-लजाती, कभी सकुचाती-सकुचाती, कभी कृत्रिम मुस्कान बिखेरती-बिखेरती, कभी नयनबाण की वर्षा करती-करती, जिसकी वह अभ्यस्त नहीं थी, शोभायात्रा के लम्बे अंतराल में सालवती क्लांत हो गई थी। रंगप्रासाद में स्वामिनी नगरश्री बनकर आई थी, इसलिए कुछ औपचारिकताएं पूर्ण करने में भी विलम्ब होने से उसकी थकान और अधिक बढ़ गई थी। फलतः संध्या व्यतीत होते ही अपनी कक्ष-परिचारिका को यह आदेश देकर कि उसे किसी भी परिस्थिति में, उसकी निद्रा भंग नहीं की जाए, वह अपने सुसज्जित कक्ष में, सुसज्जित शैय्या पर कब निद्रामग्न हो गई, किसी को पता ही नहीं चला।

प्रातःकालीन संगीत की स्फूर्तिदायक झंकार से जब उसकी तंद्रिल आंखें खुलीं, तब उसने शैय्या पर लेटे-लेटे ही चारों ओर निहारा। अभाव में पली ग्रामीण बाला को, ऐश्वर्य और वैभव की विपुलता, मन का दिवास्वप्न लगा। उसने शैय्या को टटोला, हाथों में चिकोटी काटी, तब आभास हुआ कि ऐश्वर्य और वैभव के पुष्प, मन के आंगन में नहीं, उसके अपने रंगप्रासाद में खिले हैं, जिसकी वह अब स्वामिनी है। अपने प्रभुत्व की प्रचुरता का ज्ञान भी उसे शीघ्र ही हो गया, जब परिचारिकाएं आकर उसे प्रसाधन कक्ष में ले गईं। नित्यकर्म, स्नानादि के पश्चात् उसका पूर्ण शृंगार किया गया। जलपानादि समाप्त होने के बाद, रंगप्रासाद को अपने मनरूप सुव्यवस्थित करने के लिए परिचारिकाओं के साथ वह निकल पड़ी। कला-साधिका बन जाने से उसमें सृजनात्मकता आ गई थी, इसलिए उसके सभी कार्यों में नवीनता प्रकट हो रही थी।

नगरवधू के साथ सहायक नर्तकियां रहने का प्रावधान था, जो अच्छे कलाकार होने के साथ-साथ चारित्रिक रूप से दृढ़प्रतिज्ञ और उच्च शुल्क लेने वाली थीं। एक कक्ष में स्वेच्छा से गणिका बनने आई कुछ युवतियां, अपने लिए कक्ष आवंटन कराने हेतु सालवती की प्रतीक्षा कर रही थीं। ये वही युवतियां थीं, जो नगरश्री प्रतियोगिता में भाग लेने आई थीं, परन्तु सालवती के सौन्दर्य और गुण देखकर पीछे हट गई थीं। उन निःसहाय और निर्धन युवतियों के पास जीवनयापन का कोई दूसरा विकल्प नहीं था, इसलिए वे सभी महामात्य से मिलकर गणिका बनने की अपनी इच्छा व्यक्त कर चुकी थीं। महामात्य ने उन लोगों को सालवती से मिलने के लिए कहा, क्योंकि गणिकाओं का संचालन करना अब उसी के हाथ में है।

सालवती एक नारी थी। अभावपूर्ण जीवन का कष्ट झेल चुकी थी, इसलिए इन युवतियों के प्रति उसके हृदय में सहानुभूति थी। वह समझती थी कि नारी निर्धनता, वैधव्यता आदि परिस्थितिवश विवशता के कारण ही वारांगना बनने को विवश होती है। सालवती ने उनकी सुख-सुविधा को ध्यान में रखते हुए कक्ष के आवंटन के साथ-साथ कई उचित व्यवस्थाएं भी कर दी।

सभी ओर घूम-घूम कर रंगप्रासाद को सुव्यवस्थित और सुचारू ढंग से संचालन का आदेश देने में सालवती ने अपनी क्षमता, कार्यकुशलता और बुद्धि-तीक्ष्णता दिखाई। फिर परिचारिकाओं आदि के साथ, अपने कक्ष में लौट कर विश्राम करने लगी।

संध्या आई। रंगप्रासाद जीवंत हो उठा। गणिकाओं के जीवन में संध्या और रात्रि का विशेष महत्त्व रहता है, क्योंकि संध्या से ही रंगप्रासाद एक ऐसे उद्यान में परिवर्तित हो जाता है, जहां के सुन्दर पुष्पों पर पुरुष-भ्रमर मंडराने लगते हैं। निःसहाय नारी-शरीर का क्रय-विक्रय प्रारम्भ हो जाता है। अबला गणिका तेरी यही कहानी है, मन चाहे या न चाहे, तेरे तन तो है बिकानी।

नगरश्री सालवती का तो आज विशेष रूप-शृंगार होना है। सम्राट का ऐसा आदेश प्रसाधिकाओं को मिल चुका है। संगिनी ने हंसते हुए सहेली पर कटाक्ष किया—''देखो सालवती! आज सम्राट तुम पर विशेष कृपा की वर्षा करने वाले हैं।''

''धत् पगली! एक रूपलोलुप सम्राट, जो यौवन के मादक ज्वार की उथल-पुथल में हैं, जिन्हें राज्य-सत्ता के मद से कहीं अधिक काम-मद मदनोन्मत्त कर देता है, जो किसी रूपसुंदरी की चर्चा सुनते ही उसे प्राप्त करने के लिए कामातुर हो जाते हैं। उनसे अपनी वासना तृप्ति के अतिरिक्त और क्या उम्मीद की जा सकती है?''

''एक सम्राट के साहचर्य से तुम्हारी प्रभुता में वृद्धि होगी सखी।''

''पर ऐसी प्रभुता का प्रासाद, जो अपने तन विक्रय की नींव पर खड़ा हो, मेरे मन की अभिलाषा नहीं है संगिनी।''

''हर समय मन-अभिलषित सुख या वस्तु की प्राप्ति नहीं होती। समय नदी जल की भांति निरंतर प्रवाहित होते रहता है। चट्टानों की बाधाएं भी उसके वेग को रोक नहीं पातीं। उसी भांति जीवन के उतार-चढ़ाव को विचलित मन से नहीं, धैर्यपूर्वक सहन करके देखो। समस्या का समाधान उचित और आनन्दपूर्वक होगा।''

''तुम केवल उपदेश ही देती रहोगी या परिधान पहनने में मेरी सहायता भी करोगी।''

''मैं उपदेश नहीं दे रही हूं, तुम्हारा पथ-प्रदर्शन कर रही हूं। जीवन-संग्राम में विजय प्राप्ति के लिए एक कृष्णरूपी सारथी की आवश्यकता होती ही है।......''

तभी द्वार पर हलचल हुई।

"लो, मैं तुम्हारा कृष्ण, सारथी बनकर आ गया सालवती", यह कहते हुए सम्राट बिम्बिसार ने कक्ष में प्रवेश किया। फिर उनके 'एकांत' कहने पर वहां खड़ी संगिनी तथा अन्य परिचारिकाएं कक्ष से बाहर चली गईं।

एकांत हो जाने पर सम्राट सालवती के समीप चले गए। काम बाण प्रहार करने के पहले प्रशंसा बाण छोड़—"तुम्हारे मदनोन्मत्त करने वाले रूप की लचक-मचक तथा कला-निपुणता को तो प्रतियोगिता के दिन ही परख लिया था। आज रंगप्रासाद की सुव्यवस्था में तुम्हारी क्षमता और कार्यकुशलता से मैं अत्यंत प्रभावित हूं सालवती।"

"इस प्रशंसा के लिए राजन आपका आभार!"—सालवती चहक उठी।

कामकेलि के चतुर खिलाड़ी बिम्बिसार जानते थे कि नारी मन जब प्रशंसा से प्रफुल्लित रहता है, तब नारी शरीर की लक्ष्मण-रेखा की बंधन-डोर ढीली पड़ जाती है। ऐसे समय में उसके शरीर भोग के प्रयास में अधिक कठिनाई नहीं होती है। वे उसके और समीप चले गए। बायां हाथ उसके कोमल कंधे पर रख कर दाएं कर से उसका चिबुक पकड़ अपनी ओर खींचा। नेत्र से नेत्र मिले। सम्राट के हृदय की धड़कनें तीव्र हुईं। उन्होंने सालवती को अपनी भुजाओं में आलिंगनबद्ध कर लिया। सालवती सुगबुगाई, कुनमुनाई। आशंकित मन छूटने के लिए छटपटाई। पर बलिष्ठ भुजा का बंधन और कस गया। बाध्य-समर्पण में सालवती ने आंखें मींच लीं। अधरों में कम्पन था और शरीर निढाल। सम्राट की वासना-ज्वाला में उसकी शुचिता झुलसती रही, उसका शील हरण होता रहा, वह मौन पड़ी रही। मन में संताप की अंर्तज्वाला धधक रही थी, पर हृदय में यौन-संतुष्टि की एक अनोखी, अनबुझी बयार भी बह रही थी।

नारी जब एक बार शुचिता की लक्ष्मण-रेखा का बंधन पार कर लेती है, तब उसकी सारी झिझक समाप्त हो जाती है। सालवती के सौन्दर्य ने उसके जीवन को भ्रमर-पुरुषों के हाथों में बिकने के लिए अभिशापित कर दिया। रूप के भौंरे और कामुक पुरुष लुटेरे, उसकी सौन्दर्य-सुधा को लूटने के लिए सदैव तत्पर रहते। नियति के खेल में अब न वह झिझकती, सकुचाती, सिमटती है और न अब उसका मन ही संतृप्त होता है। रूपजीवा का जीवन जीने की बाध्यता, विवशता अब उसे सुखद लगने लगी। लेकिन सालवती की आज्ञा के बिना किसी को भी उसके प्रासाद में जाने की अनुमति नहीं थी। उसका द्वार केवल चयनित गणपुरुषों, सामान्तों और राजकीय व्यक्तियों के लिए ही खुलता था। सालवती मगध की नगरवधू थी। उसके रूप, सौन्दर्य की ख्याति दूर-दूर के राज्याध्याक्षों और सम्पन्न गणाधिपतियों तक पहुंच

चुकी थी। जितनी प्रसिद्धि और सम्पन्नता वह अर्जित करना चाहती थी, उससे अधिक उसके पास मौजूद थी।

13

सालवती अब नगरवधू के नए जीवन-रंग में रंग गई है, रम गई है। उसके सौन्दर्य की सुगंध सूंघने काम-लोलुप भ्रमर-पुरुष आते रहते और उसके शरीर-भोग की सुखद अनुभूति लेकर जाते रहते। प्रारम्भ में उसकी विवशता थी, अब उसकी कर्त्तव्यनिष्ठा।

समय अपनी चाल से बीतते गया, दिन बीता, मास बीता, अब वर्ष बीतने को है। सालवती कक्ष में लेटी है। आंखें निर्निमेष। मुखमंडल भावशून्य। तन शिथिल, निष्क्रिय, गतिहीन।

संगिनी कुछ क्षण खड़ी रही। मौन। ध्यान आकर्षित करने के लिए नूपुर सिंजित किए परन्तु राजनर्तकी निष्पंद ही रही।

"देवी! ध्यानमग्न होकर क्या निरख रही हैं?" संगिनी ने निस्तब्धता भंग की।

"नहीं री! कुछ देख नहीं रही हूं। केवल स्वप्न-चित्र उभर रहे हैं आंखों में।" सालवती मुखर हुई।

"परन्तु देवी! अपलक आंखों में तो स्वप्न का संसार नहीं, केवल संसार का यथार्थ ही उभरता है।"

"परन्तु कभी-कभी कटु सत्य-व्यथा का झंझावात हृदय को इतना आलोड़ित करता है कि पीड़क भविष्य के चित्र, स्वप्न सदृश अपलक आंखों के सामने भी अनावृत होने लगते हैं। मैं भी ऐसे ही भविष्य-चित्र के स्वप्न-जाल में उलझी थी। मैं आंखों से नहीं, मन-विचरण से देख रही थी। जीवन की यह कैसी विडम्बना है कि पुरुष अपनी काम वासना का तृप्ति-बीज, नारी की कोख में डालकर स्वयं तुष्टि-मुस्कान में मग्न हो जाता है, पर नारी, दूभर जीवन की विवशता झेलती रहती है।" सालवती की पीड़ा उभरने लगती है।

"तो क्या......आप......?"

"हां, संगिनी! मैं गर्भ से हूं।"

"किस महापुरुष का बीज आपकी कोख में पल रहा है देवी।"

"रूप-हाट में नित्य अनेकों ग्राहक आते हैं, इसलिए यह जानना अत्यंत कठिन

है कि किस ग्राहक ने अपना बीज मेरी कोख में डाल दिया है।''

''किन्तु, नारी के लिए मातृत्व-सुख तो अभिलाषनीय है। इससे चिंतित होने की क्या आवश्यकता है?''

''तुम भूल गई हो कि मैं अब एक रूपाजीवा बना दी गई हूं। राजनर्तकी रूपाजीवा ही होती है न। रूप की पण्यवीथि में नारी की अभिलाषा, इच्छा-अनिच्छा का कोई मूल्य नहीं होता, उसके रूप लावण्य का मूल्यांकन होता है। वैशाली की चर्चित राजनर्तकी आम्रपाली से भी अधिक शुल्क देकर मेरे समीप पुरुष-भ्रमर, मेरे सौन्दर्य का रसपान करने के लिए ही मंडराते रहते हैं। रूप-हाट में गर्भिणी या प्रसविनी नारी का न कोई आकर्षण होता है, न कोई मूल्य सखी। लोगों के हृदय की साम्राज्ञी बनी सालवती को अब अपने आकर्षण, अपनी मूल्यहीनता की समस्या सता रही है।''

''सखी! समस्या होने पर ही समाधान का सृजन होता है। समस्या उपस्थित होने पर नैराश्य भावना से पीड़ित रहने की अपेक्षा इसके समाधान की चेष्टा करनी चाहिए। निदान का कोई उचित विकल्प मिल ही जाएगा।''

''तुम सदैव ही मुझे उत्तम परामर्श देती रही हो। इसका समाधान सोचती हूं।''

''पर समाधान, सकारात्मक सोचना सखी, नकारात्मक नहीं। ऐसा समाधान सोचना जो समय की शिला पर ममता और संवेदना के रंग से सदैव चित्रित रहे।''

''सकारात्मक समाधान ही निकालूंगी सखी।.......''

''अब अपने मस्तिष्क को समाधान के प्रति विचार करने दीजिए और शरीर को नित्यकर्म करने पर।''

जलपान के समय सालवती ने कहा—''संगिनी! नारी का आकर्षण तभी कम होता है, जब लोगों को ज्ञात होता है कि वह गर्भिणी है। यदि मैं लोगों को ज्ञात ही न होने दूं कि मैं गर्भवती हूं, तो कैसा रहेगा? क्या मेरा आकर्षण तब भी कम होगा? नहीं न!''

''अर्थात्?'' संगिनी ने जिज्ञासा प्रकट की।

''यदि मैं अस्वस्थ होकर अपने शयनकक्ष में बंद रहूं, न नृत्य-गायन करूं, न किसी से मिलूं, तो लोगों को कैसे ज्ञात होगा कि मैं गर्भिणी हूं। अस्वस्थता का बहाना लोगों को मुझसे दूर रखेगा।.....''

''अर्थात् अज्ञानता का आवरण, आपके गर्भ को आच्छादित कर, आपके आकर्षण को यथावत रखेगा। क्या उचित समाधान सोचा है सखी। परन्तु आप कब तक अस्वस्थ रहेंगी?''

''जब तक मैं प्रसव क्रिया से मुक्त न हो लूं।.....तो मैं कुछ देर बाद, आज

से ही अस्वस्थ हो जाती हूं। मेरे शयनकक्ष में तुम्हारे अतिरिक्त किसी का भी प्रवेश वर्जित रहेगा। मेरी आवश्यकताओं की पूर्ति, केवल तुम्हारे हाथों ही होगी। द्वारपाल को आदेश दे दिया जाए कि यदि कोई व्यक्ति, चाहे कितना भी विशिष्ट क्यों न हो, आए और मुझसे मिलने की इच्छा प्रकट करे तो उसे मेरी अस्वस्थता की सूचना देकर लौटा दिया जाए।"

समय व्यतीत होता रहा। पुरुष-भ्रमर आते रहे और नैराश्य भाव से लौटते रहे। धीरे-धीरे राजगृह में यह बात फैल गई कि नगरश्री सालवती अभी अस्वस्थ है और किसी से भेंट नहीं करती। लोग उसके शीघ्र ही स्वस्थ होने की कामना-प्रार्थना करने लगे।

गर्भ की परिपक्वता पर सालवती ने रात्रि के तीसरे पहर एक सुन्दर बालक को जन्म दिया। उसे भय सताने लगा कि कहीं बालक का रुदन उसके प्रसव का भेद न खोल दे। मां की ममता के आंचल की तुलना में सालवती को अपने सौन्दर्य का आकर्षण, अधिक सुहावना-लुभावना लगा। उसने संगिनी को आदेश दिया कि वह शीघ्रतापूर्वक बच्चे को कचरे के सूप में रख कर बहुत सावधानी से बाहर किसी कूड़े के ढेर पर रख आए।

14

नियति कभी-कभी निराला चमत्कार दिखाती है। मरणासन्न को जीवित कर देती है और जीवित को मरणासन्न।

पक्षियों का प्रातःकालीन मधुर कलरव गुंजरित होते ही रात्रि का अंधकार क्लान्त-क्लान्त विलुप्त होने लगा था। ऊषा की लालिमा फैलने लगी थी। राजगृह के कुछ नगरवासी एक निर्जन मार्ग पर वायु सेवन के लिए विचरण करने निकले थे। उन्हें एक कोने में पड़े कूड़े के ढेर पर किसी नवजात शिशु का क्रंदन अनवरत गुंजित होता सुनाई पड़ा।

अनहोनी घटनाएं कौतूहल उत्पन्न करती हैं। एक निर्जन कूड़े के ढेर पर मंडराते कौवों के मध्य एक निःसहाय अनाथ शिशु की उपस्थिति? लोगों में उत्सुकतापूर्ण चर्चा आरम्भ हो गई।

"ऐसा लगता है कि कुछ समय पूर्व ही कोई निर्दयी इस बालक को यहां छोड़

गया है''—किसी ने कहा।

''हां, वह मां निर्दयी और हृदयहीन ही होगी जो इतने सुन्दर शिशु को अपने हृदय से अलग कर यहां मरने को छोड़ गई है।''

''नहीं, नहीं! वह एक कुमारी कन्या ही होगी, जिसने यौवन-उन्माद में उत्पन्न इस असहाय अवैध संतान को, अपना पाप छुपाने के लिए तथा अपयश से बचने के लिए यहां फेंक दिया है।''

''सम्भवतः इस बालक की नियति ने इसकी मां की निजी स्वार्थी भावनाओं के वशीभूत, इसे जीवन-मरण की अग्निपरीक्षा से जूझने के लिए यहां फेंक दिया है।''

जितने मुंह, उतने अनुमान, पर किसी ने भी नवजात उस शिशु के प्रति सहायता करने की न मानवता दिखाई, न ममता।

उसी समय सम्राट बिम्बिसार के पुत्र राजकुमार अभय, रथ पर सवार उधर से गुजरे। भीड़ देख सारथी ने रथ रोक दिया। कुमार के कानों में शिशु के रुदन के साथ-साथ कौवों की 'कांव-कांव' और छीना-झपटी की आवाज़ भी सुनाई पड़ी। उन्होंने वहां खड़े एक व्यक्ति से पूछा—''भाई! यहां कैसा क्रंदन गुंजित है और कौवों का 'कांव-कांव' कोलाहल मचा है?''

''देव! किसी मां ने अपने नवजात शिशु को कूड़े के ढेर पर फेंक दिया है, उसी का रुदन गुंजित है और उसे नोंचने-खसोटने के लिए उस पर मंडराते कौवे आपस में रार कर रहे हैं।''

''क्या बच्चा जीवित है?''

''हां देव! जीवित है, तभी न उसका क्रंदन अनवरत गुंजित है। इसीलिए भीड़ इसकी मां के ममताहीन कुकृत्यों की चर्चा कर रही है।''

''तुम लोगों का कृत्य क्या कम ममताहीन है? जिस अबोध, असहाय शिशु को काल के मुख में जाने से बचाने की तथा वात्सल्य और ममता की गोद की अविलम्ब आवश्यकता है, उसे सुरक्षा प्रदान करने की अपेक्षा, उसकी मां के कुकृत्यों पर केवल कोरी और व्यर्थ की चर्चा में व्यस्त हो। कितने ममताहीन हो तुम लोग। किसी शिशु को ममता की चर्चा की नहीं, ममता की गोद की, आंचल की छांव की आवश्यकता होती है।''

कुमार के दयावश आदेश पर सारथी ने कपड़े में लिपटे शिशु को कूड़े के ढेर से उठा कर कुमार की गोद में दे दिया और वे पुनः अपने अंतःपुर की ओर लौट गए। इस शिशु के पालन-पोषण का दायित्व कुमार ने अंतःपुर की दासियों को देकर, आदेश दिया कि इस बालक का पालन-पोषण मेरे पुत्र की भांति उचित रूप से किया जाए।

राजकुमार ने उसका नाम रखा 'जीवक'। जो शिशु असहाय छोड़ दिए जाने पर भी "जीवित रहता है", कहने से उसका नाम जीवक प्रसिद्ध हो गया और कुमार ने उसका पालन-पोषण किया, इसलिए जीवक का उपनाम "कौमार-भृत्य" हो गया।

15

नारी के मन ने जब मां की ममता से अधिक महत्त्व दिया अपने यौवनक्षय की आशंका को, तब उसने अपने से विलग कर दिया अपने नवजात शिशु को। पर जब उसके तन के स्तन का दूध मचलने लगा, पुकारने लगा—बताओ किस बाल-मुख के लिए लाई हो मुझको, तब उसके नयनों से अश्रु-बूंदें मोती की लड़ी-सी झरने लगीं।

सालवती सोचने लगी—"अपने रूप-लावण्य की लावण्यता को अक्षुण्ण रखने की मेरी यह कैसी ललक थी, जिसने छीन लिया मुझसे नारी में निहित मां की ममता- निधि? मां की ममता तो आकाश से भी ऊंची होती है और पाताल से भी गहरी। फिर भी अपने बच्चे को न मैं मां का चमत्कारिक स्पर्श दे पाई, न ममता का आंचल, न ममता की गोद। मैं कितनी अभागिन हूं, जो अपने यौवन-अवमूल्यन के भय से, अपने नन्हें बालक को हृदय से लगाए रखने की सुखद अनुभूति और आनन्द से स्वयं को वंचित कर दिया। अपने आंचल को स्वयं सूना कर लेने की पीड़ा, अब मुझे शूल-सी सालने लगी है। पश्चाताप से मैं विह्वल हूं। परिस्थितियां अब ऐसी हो गई हैं कि अपने पुत्र को न तो मैं अपना पुत्र कह सकती, न उसे अपने हृदय से लगा सकती हूं। यौवन-पुष्प की सुगंध बिखेर कर सामाजिक प्रतिष्ठा पाने में मैंने विजय प्राप्त की है, अपने मातृत्व की पराजय से, अपने मन में उपजी अनावश्यक, अनर्थक विवशता से।"

धीरे-धीरे सालवती की सिसकियां विलाप में परिणित हो गईं। संगिनी दौड़ी-दौड़ी आई, उसके मुख पर उंगलियां रखकर धीरे से बोली—"यह क्या सखी! पश्चाताप के आंसू तक तो ठीक है, पर अपने ऊंचे विलाप-स्वर से क्यों अपने असामाजिक कृत्य को सार्वजनिक कर देना चाहती हो, लोगों का कटाक्ष सुनना चाहती हो? शिशु के प्रति प्रेम, फूल भी है और शूल भी। जिस मां की गोद में शिशु है उसका प्रेम फूल सा खिलता रहता है और जिस मां की गोद सूनी हो जाती है, उसका शिशु-प्रेम शूल- सा चुभता रहता है। जो होना था, सो हो गया। अब पछताने क्या होत है, जब यौवन अवमूल्यन से बचने

के लिए नियति ने करवा दिया है मन में मातृत्व का हनन।''

सखी के व्यंग्य भरे सांत्वना-स्वर सुन, सालवती ने अपना सिर संगिनी की गोद में रख दिया। विलाप थम गया, पर सिसकियां नहीं रुकीं। संगिनी उसका पीठ सहलाती रही, ढाढ़स बंधाती रही और सालवती आंसू बहाती रही।

इधर उसका परित्यक्त नन्हा पुत्र, राजकुमार अभय के प्रासाद में पालने में लेटा-लेटा, हाथ-पैर उछालता शून्य की ओर निहारता रहता। वस्त्र गीला हो जाता तो आंखें मां को ढूंढ़ते-ढूंढ़ते थक जाती और वह क्रंदन करने लगता। दासी दौड़ कर आती, वस्त्र बदलती, उसे चुप कराती और वह निद्रा की गोद में चला जाता।

इसी भांति वह नन्हा बालक पलता, बढ़ता गया। लोग उसे 'कुमारभृत्य', राजकुमार का सेवक कहते, परन्तु राजकुमार अभय उसे पुत्रवत् मानते। जब 'जीवक- जीवक' कहकर अभय उसे पुकारते, वह उसके निकट आकर अपने स्नेहिल बांहें फैला देता और अभय उसे अपनी गोद में उठा कर उसके स्नेहिल स्पर्श से बहुत आह्लादित हो जाते।

समय व्यतीत होते देर नहीं लगती। जीवक बालक से किशोर हो गया था। उसके वार्तालापों और क्रियाकलापों में बुद्धि की प्रखरता प्रकट होने लगी थी। बचपन से ही बुद्धि की तीक्ष्णता प्रदर्शन करने वाले ही आगे चल कर लब्धप्रतिष्ठ व्यक्ति बनते हैं।

जीवक को राजकुमार का पूरा लाड़-प्यार प्राप्त हो रहा था। यदि उसे कोई कष्ट था, तो वह था मां की ममता से वंचित रहने का। संसार का प्रत्येक व्यक्ति कष्ट अनुभव करने पर 'मां-मां' ही कहकर पुकारता है। जीवक भी ऐसा ही करता, पर मां की अपेक्षा, विभिन्न दासियों को दौड़-दौड़ कर आते देखता। उनके स्पर्श से मां की ममता का नितांत अभाव मिलता, कर्त्तव्य-पालन का बोध अधिक झलकता। जीवक का हृदय कसक उठता, मन बेचैन हो जाता। बाल मन सोचता—''आखिर मेरी मां, पुकारने पर भी मेरे समीप क्यों नहीं आती, मुझे दुलारती क्यों नहीं है, मेरे सिर पर अपना हाथ क्यों नहीं फेरती? मेरे संगी-साथी कहते हैं कि मां की नर्म उंगलियों का स्पर्श, बहुत सुखद

(कभी-कभी सत्य अलिखित प्राचीन इतिहास के धुंध में छिप कर मतभेद उत्पन्न करते हैं। जीवक की उत्पत्ति पर भी एक मान्यता एक नई कहानी कहती है। सभी जानते हैं कि प्राचीन काल की नगरवधू सदा सम्राटों, राजकुमारों, अमात्यों, सामंतों, श्रेष्ठि पुत्रों, अभिजात्य वर्ग के नागरिकों की अर्चिता बन, उन्हें अपनी उंगलियों पर नचाती रही थी। एक मान्यता के अनुसार नगरवधू सालवती, राजकुमार अभय की भी भोग्या थी और उसकी कोख से उत्पन्न जीवक, अभय का ही पुत्र था परन्तु अभय अपने पुत्र को एक गणिका का पुत्र घोषित नहीं करना चाहता था। इसीलिए उसने माता का नाम छिपाया। यह भी सत्य हो सकता है कि उसकी माता कौन है, इस तथ्य से अभय सचमुच अनभिज्ञ हो। यथार्थ जो भी हो, जीवक राजकुमार अभय का वास्तविक पुत्र न भी हो, उसका पौष्य पुत्र तो था ही।)

अनुभूति देता है, पर मुझे ऐसा अनुभव क्यों नहीं होता?''

तभी किसी ने उससे कह दिया कि उसके माता और पिता के विषय में कोई कुछ नहीं जानता। जीवक की जिज्ञासा और बढ़ गई। एक दिन भोजन करते समय उसने कुमार अभय से प्रश्न कर ही डाला—''देव! मैं जानता हूं कि आप मेरे पालनहार हैं, परन्तु मेरी माता और मेरे पिता कौन हैं?''

जीवक के प्रश्न ने कुमार अभय को असमंजस में डाल दिया। दुविधाग्रस्त वे कुछ क्षण उसे निहारते रहे। सोचते रहे कि बाल-मन को क्या बताएं, क्या समझाएं। फिर बोले—''वत्स जीवक! एक बालक के पालन-पोषण का दायित्व, उसके माता- पिता पर ही होता है। जब तुम समझ रहे हो कि तुम्हारा पालनहार मैं ही हूं, तो मैं ही तुम्हारी माता और मैं ही तुम्हारा पिता भी हूं। क्या मेरे व्यवहार में तुम्हें माता-पिता के प्यार की कोई कमी प्रतीत होती है?''

''नहीं देव, नहीं! आपके प्यार में मैं एक पिताश्री और माताश्री दोनों के प्यार का अनुभव करता हूं। पर नारी रूप की किसी माता को नहीं देखा, तो मेरे मन में उत्पन्न जिज्ञासा हो गई थी।''

''वत्स! जब तुम्हें मुझसे ही माता का प्यार भी मिल रहा है, तब किसी नारी-रूपी दूसरी माता के विषय में शंका की क्या आवश्यकता है? ऐसे प्रश्न से मैं मर्माहत हो जाता हूं।''

अभय के कथन पर जीवक मौन हो गया, पर साथ ही साथ उसकी प्रखर बुद्धि चिंतन में लीन हो गई। मन ने कहा—''राजकुल अभिमानी होता है, इसलिए ये पूर्ण विश्वसनीय नहीं हो सकते। कुमार का प्यार तो मिला, पर राजप्रासाद के लोग तो मुझे कुमारभृत्य ही कहते हैं। राजकुल और राजप्रासाद में तो किसी विद्या में निपुण व्यक्ति ही प्रतिष्ठा पाते हैं, गुणहीन व्यक्ति नहीं। इसी कारण मुझे अपना भविष्य अनिश्चित लगता है। अपना भविष्य सुधारने के लिए मुझे अभी से उपाय करने होंगे। केवल प्यार-दुलार से जीविका नहीं चलती। जीविका चलाने के लिए किसी शिल्प में पारंगत होना अति आवश्यक है। प्रत्येक मनुष्य को ऐसी शिक्षा ग्रहण करनी चाहिए, जो उसे एक अच्छा शिल्पकार बना सके, किसी शिल्प में प्रवीणता प्रदान कर सके। पर ऐसी शिक्षा, व्यावहारिक शिक्षा मिलेगी कहां? राजगृह के धर्मगुरु तो केवल अपने-अपने दार्शनिक मतों की शिक्षा ही प्रदान करते हैं, जिसमें मुझे कोई रुचि नहीं है।''

दृढ़ निश्चयी जीवक प्रश्न के समाधान के लिए अपने शिक्षक के पास गया, चरण-स्पर्श कर कहा—''प्रणाम आचार्य! आपकी शिक्षा से, प्रारम्भिक ज्ञान से, मैं बहुत लाभान्वित हो चुका हूं। अब मैं ऐसी व्यावहारिक शिक्षा ग्रहण करना चाहता हूं, जो मुझे किसी ऐसे शिल्प का ज्ञान दे सके, जो जीवकोपार्जन में तथा समाजसेवा में मेरी सहायता

कर सके, मान-सम्मान दिला सके। कृपा कर मेरा मार्गदर्शन करें।''

''किन्तु शिष्य जीवक! तुम तो इस समृद्ध राज्य के एक राजकुमार के पौष्य पुत्र हो, इसलिए राज्यसम्पदा के उपभोग करने के अधिकारी भी हो। राज्यकोष से ही तुम्हें यथावश्यक धन की आपूर्ति हो जाएगी, फिर तुम्हें अलग से धनोपार्जन की क्या आवश्यकता है?''

''आपका कथन सत्य है आचार्य। परन्तु आपकी शिक्षा से ही मैं इस निष्कर्ष पर पहुंचा हूं कि राज्यसम्पदा, राष्ट्रहित में व्यय होनी चाहिए, परिवार हित में नहीं। दूसरे की सम्पदा का उपभोग, मनुष्य को आलसी और निकम्मा बना देता है। जब ईश्वर ने मुझे पर्याप्त क्षमता दी है कि मैं कोई शिल्प सीख कर स्वयं धन अर्जित कर सकूं, दूसरे के धन पर निर्भर न रहूं, तो मैं ऐसा क्यों न करूं?''

''उत्तम विचार जीवक! तुम्हारे विचार अति उत्तम भविष्य में सुख देने वाले हैं। गुलाबी जीवन की राहें कंटीले कांटों, संघर्षों से भरी हैं। सुखद जीवन की गुलाबी सुगंध वही पा सकता है, जो इन कांटों को भेदने की क्षमता, प्रतिभा रखता है और निरंतर प्रयासरत रहता है। क्षमता का सही आकलन और उपयोग से ही जीवन में विकास की अविरल धारा फूटती है। तुममें कुछ करने का, अपने पैरों पर खड़ा होने का मनोबल है, इसीलिए मुझे विश्वास है कि तुम अपने सार्थक कदम से सार्थक जीवन व्यतीत करोगे। तुम धुन के पक्के हो, मेधावी हो इसलिए अपने जीवन के चित्र में नए रंग भरने में तुम सफल होगे। लेकिन तुम किस शिल्प की शिक्षा प्राप्त करना चाहते हो?''

''आचार्य! मैं ऐसा शिल्प सीखना चाहता हूं जो मृत्यु-पथ पर अग्रसर मनुष्य को भी जीवन-दान दे सके, जो पीड़ित मानव के आंसू पोंछ सके, जो रोग-व्याधि-त्रस्त थके-हारे निराश व्यक्ति को भी रोगमुक्त कर, सुख का आनन्द दे सके। जो शिल्प पूरी मानवता के लिए कल्याणकारी है, मैं उसे ही सीख कर मानवता की सेवा करना चाहता हूं परन्तु ऐसी व्यावहारिक शिक्षा मुझे कहां और किससे प्राप्त हो सकती है आचार्य?''

''तुम जिस व्यावहारिक शिक्षा का ज्ञान अर्जित करना चाहते हो, वह यहां से बहुत दूर, दूसरे राज्य में अवस्थित, प्रसिद्ध तक्षशिला विद्यालय में ही प्राप्त हो सकता है। वहां अनेक प्रकार के शिल्प, जैसे आयुर्वेद, धनुर्विद्या, ज्योतिषविद्या, राजनीति शास्त्र, वेदान्त, गणित आदि की शिक्षा दी जाती है। वहां की डगर कठिन है, पर वहां प्रवेश पा जाने पर जीवन-फल, बहुत उपयोगी और लाभदायक सिद्ध होगा। मेरा विश्वास है कि एक मेधावी छात्र होने के कारण तुम्हें वहां प्रवेश पाने में कोई कठिनाई नहीं होगी। मेरा आशीर्वचन सदैव तुम्हारे साथ है।''

''यह तक्षशिला कहां और किधर है?''

''तक्षशिला, देश के उत्तर-पश्चिम में स्थित गान्धार राज्य की राजधानी है और

शिक्षा का एक महान केन्द्र है। एक अंतर्राष्ट्रीय व्यापार केन्द्र होने के कारण भी तक्षशिला मगध राज्य से राजगृह-तक्षशिला मार्ग* से जुड़ा है। इसी राजमार्ग से मिथिला, वैशाली, राजगृह आदि क्षेत्र के विद्यार्थी, ज्ञानार्जन के लिए तक्षशिला जाया करते हैं। तुम भी इसी मार्ग से वहां पहुंच सकते हो। वहां जा कर यदि तुम व्यावहारिक शिक्षा प्राप्त कर लेते हो, तब तुम्हें मान-सम्मान, पद-प्रतिष्ठा के साथ- साथ, धनोपार्जन करने के सुअवसर सदैव प्राप्त होते रहेंगे।''

ध्यानमग्न जीवक सब सुनता रहा। उसके मुख पर संतुष्टि के भाव झलकने लगे परन्तु वर्तमान की संतुष्टि, अधिक सुखद भविष्य की कल्पना को विलुप्त नहीं करती। आचार्य के परामर्श की कोख में उसे अपना सुखद और सुन्दर भविष्य अंकुरित होता ज्ञात हुआ। आचार्य का चरण स्पर्श कर वह लौट आया।

जीवक को अपनी मंजिल दिखाई पड़ गई थी। जब मंजिल तय हो गई तब उसने मन में निश्चय कर लिया कि अपनी इस मंजिल को वह पा कर ही रहेगा। पर साथ ही साथ मन, उलझनों में उलझ गया। वह सोचने लगा कि क्या उसके पालक पिता, तक्षशिला जाने की अनुमति उसे देंगे? यदि नहीं, तो कहीं उसके बाहर आने-जाने पर प्रतिबंध लगा दें। उसका मन आशंकाओं, दुश्चिंताओं से भर गया। उसकी समझ से समस्या का एक ही समाधान था। वह बिना किसी को बताए, चुपचाप अपनी मंजिल की राह पकड़ ले।

तब एक नई उलझन, एक नई समस्या सामने आ खड़ी हो गई। मंजिल जब दूर है, तब राह भी लम्बी होगी और वहां पहुंचने के लिए यात्रा-व्यय भी अधिक होंगे। इसके लिए पर्याप्त धन की व्यवस्था करना, जीवक के लिए एक नई समस्या बन कर उभरी।

लेकिन आशंका और नैराश्य की भावना, अपनी बुद्धि, क्षमता और शक्ति पर विश्वास रखने वालों को क्षण भर ही सताती है। उसने दृढ़ निश्चय कर लिया कि अपने शिल्प-अज्ञानता के अंधकार को, अपनी क्षमता और लगन के आशा-दीप से तथा प्रतिभा के प्रकाश से आलोकित करके ही रहेगा। जीवन-पथ के जो सुदृढ़ पथिक, राह में निराशा की धूल से घबराते नहीं, वही अपनी प्रगति के आशा-मार्ग ढूंढ़ पाते हैं। कर्मठ और धुन के पक्के लोग, गुलाब के कांटे की परवाह नहीं करते, उसकी सुगंध से सुवासित होने की चेष्टा करते हैं।

विषम स्थितियों को अपने अनुकूल करने की क्षमता और बुद्धि, जीवक को थी।

---

* उस समय राजगृह में नालन्दा विश्वविद्यालय का अस्तित्व नहीं था। इसीलिए विद्यार्जन के लिए लोग तक्षशिला जाते थे। इसी प्राचीन राजगृह-तक्षशिला राजमार्ग को पाणिनी ने उत्तरापथ कहा था, ग्रीकों ने उत्तर-मार्ग कहा था, शेरशाह सूरी ने इसी मार्ग की मरम्मत करवाई थी और अंग्रेजों इसे ग्रांड ट्रंक रोड नाम दिया था।

जीवक को समय लगा, परन्तु अपनी बुद्धि से संयमपूर्ण दिनचर्या व्यतीत कर, आवश्यक धन इकट्ठा करने में वह सफल हो गया और एक दिन चुपचाप बिना किसी को बताए, तक्षशिला मार्ग पर चल पड़ा।

16

एक मां के लिए अपने शिशु से बिछुड़ना सबसे अधिक उत्पीड़क एवं हृदय-विदारक होता है। इस पीड़ा को सालवती, केवल संगिनी संग बांटती, अकेली झेलती रही। नगरवधू थी, इसलिए अपने ग्राहकों के समक्ष झूठी मुस्कान बिखेरती, संगीत और नृत्य की झंकार से उन्हें बहलाती रही, परन्तु एकांत होते ही अपने शिशु को कूड़े पर फेंकने की भूल से मर्माहत आंसू बहाती रहती। नियति, सालवती को वेदनाओं के भंवर में सदा डालती रही, पर वह हर भंवर पार करती गई।

उसे केवल इतना ही संतोष था कि संगिनी द्वारा वह पता लगा चुकी थी कि उसका पुत्र जीवित है और राजकुमार अभय के प्रासाद में जीवक नाम से पल-बढ़ रहा है। संगिनी को जब ज्ञात हुआ था कि उस शिशु की देख-भाल के लिए कुमार एक विशेष दासी ढूंढ़ रहे हैं, तब सालवती ने अपनी एक विश्वस्त दासी को वहां पदस्थापित करा दिया था। इसी दासी द्वारा जीवक की सारी सूचनाएं संगिनी के माध यम से सालवती को मिलती रहती थीं। उस बालक के किसी कष्ट की सूचना मिलती तो सालवती की भृकुटि में चिंता-प्रवाह और आंखों में अश्रु-प्रवाह अधिक तीव्र गति से बहने लगता।

गतिशीलता, समय की मूल प्रवृत्ति है। सालवती के समय को भी उसकी पीड़ा न बांध सकी, न रोक सकी। साथ ही साथ समय का प्रवाह, जो स्वयं एक प्रभावशाली पीड़ा-निवारक औषधि होता है, उसकी पीड़ा को स्मृति-शेष करने में जुट गया। इसीलिए अपने कर्म और स्वयं पर विश्वास रखने वाली सालवती का मन, धीरे-धीरे उसे कुरेदने लगा कि अतीत की भूलों से सबक सीख कर, दुख-निवारक उपाय ढूंढ़ने की अपेक्षा, वह शिशु-वियोग का दर्द क्यों झेलती रही?

उसकी सहेली संगिनी ने भी उसे समझाया—"तुमने एक शिशु को स्वयं खोया है, पर जीवन एक शिशु को जन्म देकर ही नहीं ठहर जाता है। यदि तुम एक पुत्राभिलाषिणी नारी हो तो एक दूसरे शिशु को जन्म देकर स्नेह और ममता के ध

ागों से एक नया सुखद भविष्य तो बुन ही सकती हो। इसके लिए विलास से विमुख न होकर, उसमें रम जाओ, एक नया शिशु फल अवश्य ग्रहण करोगी।''

सालवती को बात जंच गई। उसने मन के दर्पण में झांका तो उसे अतीत में अपने वत्स का परित्याग करने वाली मां का रूप नहीं, वर्तमान की एक वत्स-कामा, एक वत्सला नारी की छवि दिखाई पड़ी। उसके अंदर छिपा ऊर्जा पुंज, जो कुछ समय से मृतप्राय था, फिर से जाग्रत हो गया। उसमें एक नया जोश, एक नई उमंग भर गई। उसके मन में स्वप्निल भावनाएं हिलोरें मारने लगीं।

एक रूपसी नगरवधू के द्वार पर कामबाण लिए पुरुष शिकारियों की कमी तो रहती नहीं है। अब वह सुन्दर, मनमोहक और प्रभावशाली ग्राहकों का स्वागत कामना भरे हृदय से करने लगी। उसके रंगप्रासाद में जब संगीत सभा सजती, तब संगीत के सागर में ऐसी लहरें उठतीं, उस रूपसी की आंखों में ऐसे निमंत्रण-भाव रहते और पांवों में ऐसी थिरकन रहती कि उसके प्रति आकृष्ट सभी लोग वाह-वाह कर उठते। उसके साथ सुखद और आनन्दमय रात्रि व्यतीत करने की होड़ मच जाती। पर सालवती किसी एक पुरुष के साथ ही रात्रि में विलास क्रीड़ा करती।

इसी भांति काम केलि पूर्ण रात्रि उसके उर्जित जीवन में निरंतर व्यतीत होती रही। पर सालवती को पता ही नहीं चला कि कब और किस रात्रि को नियति ने उसकी कोख में इच्छित नवजीवन का बीजारोपण कर दिया है। यह तो कुछ समय पश्चात् उसे अंगानुभूति हुई कि वह गर्भ से है। उसका तृषित हृदय, नई आशा, नई आकांछा से पूर्ण हो उठा।

ममता भरे हाथों से उसने अपना पेट धीरे-धीरे सहलाया। उसे लगा कि गर्भ में आकार ले रहा शिशु उससे कह रहा है–''मत घबराओ, तुम्हारे अंधेरे और उदासी की गलियों को रौशन करने, तुम्हें जगाने-गुदगुदाने, हंसाने-खिलखिलाने, मैं आ रहा हूं मां।''

मन में उठती इन तरंगों से तरंगित उसके अधरों पर मंद-मंद मृदुल मुस्कान थिरक उठी। अपने पेट पर दो मीठी-मीठी चपत लगाती सालवती बहुत मृदु-मंद स्वर में बोली–''शैतान कहीं का, अभी आया भी नहीं और अभी से मुझे बहलाने-फुसलाने की कोशिश कर रहा है। पहले बाहर आ तो सही, तब मेरे अशांत जीवन में नया रंग भरना।''

अपने स्वप्निल विचारों पर हंसती हुई वह अपनी शैय्या पर लेट कर विचार-मंथन में लीन हो गई। उसे स्मरण हो आया कि कैसे वह प्रथम गर्भ-धारण पर यौवन-क्षय के भ्रामक भय से, कितनी भयभीत हो गई थी और आज नए गर्भ-धारण की अनुभूति,

उसे कितनी सुखद प्रतीत हो रही है। नवीन का आगमन-संदेश, पुरातन वियोग-अवसाद का क्षय कर ही देता है। सृष्टि का कदाचित यही नियमन है।

सालवती का अह्लादित मन सुनहरे भविष्य के सुहाने सपने बुन ही रहा था कि दौड़ती-हांफती संगिनी, कक्ष में प्रवेश कर बोली—''आपके लिए मैं एक समाचार लाई हूं।''

''मेरे पास भी तुम्हारे लिए एक समाचार है। पर पहले तुम सुनाओ।''

''मेरा समाचार दुखद है, इसलिए पहले आप सुनाइए।''

''मेरे पास शुभ समाचार है। शोक समाचार के घाव की पीड़ा को सुख समाचार की औषधि से ही कम किया जा सकता है, इसलिए पहले तुम सुनाओ।''

''दुख भरे हृदय से कहना पड़ रहा है कि आपकी कोख से उत्पन्न पुत्र जीवक .....राजकुमार अभय के प्रासाद को छोड़कर कहीं अनयत्र चला गया है।.....''

''क्या?'' भग्नमना सालवती का व्यथित प्रश्न उभरा। आंखों में ममता के आंसू छलकने के कगार पर आ गए।

''हां सखी, बहुत ढूंढ़ने पर भी वह न किसी को मिल रहा है, न किसी को पता चल रहा है कि वह कहां और किधर चला गया है। वह जीवित है भी या..... ।''

मर्माहत सालवती ने संयत हो, उसके अधरों पर अपनी उंगली रख दी और कहा—''नहीं, नहीं! ऐसा न बोलो, न सोचो। एक ऐसी मां, जो समाज को बता नहीं सकती कि वही उसकी मां है, जो उस बालक को ममता का प्यार नहीं दे सकी, वह मां उसे ममता भरा आशीर्वचन तो दे ही सकती है कि उसका पुत्र जहां भी रहे, कुशलपूर्वक जीवित और जीवंत रहे।''

''ईश्वर करे, ऐसा ही हो। उसके मिल जाने पर मुझे भी प्रसन्नता ही होगी देवी। .....अब आप अपने शुभ समाचार की औषधि से हमें आह्लादित करें।'' संगिनी ने व्यथित वातावरण को अनुकूल परिस्थिति में बदलना चाहा।

मौन-भंगिमा में सालवती कुछ क्षण कक्ष में टहलती रही। मन से दुख के उमड़ते-घुमड़ते बादल छंट कर, आनन्द-आकाश में स्थिर हो जाने में समय लगता ही है। आंखों से अश्रु-छलकन के भाव की जगह पर पुलकित भाव मचलने लगे थे। अधर सुख-संवाद उगलने के लिए आतुर होने लगे। एक क्षण झेंपी, फिर मुस्कुरा कर संगिनी को अपने अंक में भर कर बोली—''तुम मेरी सूनी गोद में नए शिशु को खिलखिलाते देखना चाहती थी न, तो ईश्वर ने तुम्हारी सुन ली।''

''सत्य सखी, सत्य! तुम पुनः गर्भ से हो? बहुत समय बाद सुखद समाचार सुनने का सौभाग्य प्राप्त हुआ।'' यह कहते हुए सालवती का हाथ पकड़, संगिनी

नृत्य करने लगी।

सालवती शर्माई, सकुचाई और अपने दोनों हाथ छुड़ाकर उसने आंखें मीच लीं, पर अधरों पर खिले हर्षोत्फुल्लता के भाव को न छिपा सकी। प्रथम गर्भ के समय सालवती जिस भय के भ्रम-भंवर में थी वह अब आनन्द-प्रवाह की वेग-धारा में बदल गई थी। समय का परिवर्तन सचमुच अनोखा होता है।

17

एक तरुण तीव्र गति से राजगृह-तक्षशिला राजमार्ग पर बढ़ता चला जा रहा है। यदा-कदा वह पीछे मुड़ कर देख भी लेता है कि कहीं कोई राज-सैनिक उसे पकड़ने के लिए तो नहीं आ रहे हैं। उसके मुख पर दृढ़ निश्चय के भाव थे। आंखों में अपनी क्षमता में वृद्धि करने की उमंग थी, हृदय में राजप्रासाद के सुख-वैभव में बंद रहने की अपेक्षा, अपने पैरों पर खड़े होकर लोक-कल्याण करने की ललक थी।

यह नवयुवक कोई और नहीं, सालवती का परित्यक्त पुत्र और राजकुमार अभय का पौष्य पुत्र जीवक ही था। एक किशोर मन बावरा होता है और बावरे मन का विचारण विचित्र। कभी उसके मन में तरंग उठती थी कि जिस तरह एक पुष्प राजउद्यान में खिले, ग्राम की पगडंडियों में खिले या राजगृह की पहाड़ियों में खिले, उसके रूपरंग में, उसकी पंखुड़ियों के सौन्दर्य में या उसकी सुगंध में कोई अंतर नहीं आता, ठीक उसी तरह एक व्यक्ति मां की गोद में पले या राजप्रासाद में पले, उसे अपने गुण और क्षमता से समाज का कल्याण करके, पुष्प की भांति अपने सुयश की सुगंध बिखेरते रहना चाहिए।

कभी मन की इस तरंग से उद्विग्न हो जाता कि कोई नहीं जानता कि उसकी माता कौन है, किस माता-पिता ने उसे जन्म दिया था। वह सोचने लगता कि संसार में उसका अस्तित्व मां की ममता से नहीं, समाज की दया से ही सम्भव हो सका है। अर्थात् वह समाज का ऋणी है, इसलिए समाज के प्रति भी उसका कुछ दायित्व और कर्त्तव्य है। लोगों द्वारा कौमारभृत्य कहे जाने से उसके मन में बैठ गया था कि राजकुमार के टुकड़े पर जीने की अपेक्षा, किसी शिल्प में पारंगत होकर जनहित और लोक-कल्याण का कार्य करके समाज में सुयश प्राप्त करे। इसीलिए चिकित्सा पद्धति का ज्ञान-लाभ करने वह तक्षशिला विद्यालय की ओर निकल पड़ा था।

राह लम्बी थी, वह अकेला था। इसलिए कठिनाइयां भी अधिक थीं परन्तु उसकी

मंजिल इसी राह पर थी। उसकी इच्छित ज्ञान-प्राप्ति के अवसर इसी मार्ग पर थे। इसी कारण वह दृढ़संकल्पित नवयुवक न रुका, न डरा, न ही उसने पीछे मुड़ कर देखा, बस आगे बढ़ता ही गया। थक जाता तो किसी बरगद-वृक्ष की छांव तले या किसी ग्राम में कुछ क्षण विश्राम कर लेता, कुछ कलेवा खा कर जल ग्रहण कर लेता और फिर अपनी राह पर अग्रसर हो जाता।

इसी भांति जीवक शनैः-शनैः अपने मार्ग पर बढ़ता जा रहा था। एक ग्राम के अंतिम छोर पर जब उसने एक वृद्ध ग्रामीण से जल पीने की इच्छा प्रकट की तो उसके मुख पर क्लांत भाव देखकर वृद्ध ने कहा—"वत्स तुम थके-थके से प्रतीत हो रहे हो। कहां से आ रहे हो और कहां जाने का लक्ष्य है?"

"मैं राजगृह से आ रहा हूं और विद्या अध्ययन के लिए तक्षशिला विश्वविद्यालय जा रहा हूं।"

जीवक के मुख पर थकान के भाव के साथ-साथ, एक मेधावी आभा भी फूट रही थी, जिससे प्रभावित वृद्ध ने परामर्श दिया—"देखो वत्स, तुम एक होनहार व्यक्ति लगते हो, परन्तु अभी तो एक बालक ही हो। इस ग्राम से कुछ दूर आगे का मार्ग वीरान-सुनसान रहता है, जहां अकेले-दुकेले यात्रियों को, चोर-डाकुओं के उपद्रव से बहुत संकट झेलना पड़ता है। संध्या होने वाली है। मेरी राय है कि रात्रि-यात्रा स्थगित कर, यहीं विश्राम कर लो।"

"परन्तु चोर-डाकुओं का भय तो कल भी सताएगा?" जीवक ने प्रश्न किया।

"नहीं, प्रातःकालीन बेला में कई व्यापारियों के समूह तक्षशिला में व्यापार करने के लिए इस मार्ग से गुजरते हैं। उनसे विनती करूंगा कि वे तुम्हें अपने समूह में ले लें। बड़े समूह को चोर-डाकू नहीं छेड़ते और संगी-साथी पाकार तुम निरापद रहोगे।"

जीवक को वृद्ध का परामर्श उचित लगा और वहां रात्रि-विश्राम करने के लिए वह सहमत हो गया।

वृद्ध ने एक खाट बिछा कर कहा—"पहले इस खाट पर लेट कर कुछ समय अपनी थकान मिटा लो। फिर भोजन करने के पश्चात् निंद्रा की गोद में चले जाना।"

शैय्या पर लेटते ही जीवक की तंद्रिल आंखें और थकान से बोझिल शरीर, सोने के लिए मचलने लगे, पर पेट की ज्वाला ने उसे ऐसा नहीं करने दिया। उसका कृतज्ञ मन सोचने लगा, गांव के लोग कितने संवेदनशील और सद्भावपूर्ण होते हैं, जब कि नगर के लोग केवल औपचारिकता निभाने में ही रह जाते हैं।

जीवन को तक्षशिला जाने की बहुत आतुरता थी, पर प्रातःकालीन पक्षियों की

चहचहाहट भी उसके शैथिल्य शरीर को न जगा सकी। उसकी नींद तब खुली जब सूर्योदय के बाद राजमार्ग पर अश्व-टापों की ध्वनि, बैलगाड़ियों की चरमराहट का निनाद तथा लोगों के आवागमन के कोलाहल गूंजने लगे। व्यग्रतापूर्वक वह नित्यकर्म से शीघ्र ही निपट कर, यात्रा करने के लिए तत्पर हो गया।

इधर गृहपति वृद्ध ने एक व्यापारी समूह से याचना कर, जीवक को अपने साथ ले जाने की अनुमति ले ली थी। जाने के समय जीवक ने वृद्ध के चरण स्पर्श कर अपना आभार प्रकट किया और उनका आशीर्वचन लेकर, तक्षशिला की ओर प्रस्थान कर गया।

लम्बी राह तय करने में देर होती है, पर समय व्यतीत होने में देर नहीं लगती। जीवक अंततः अपनी बहुइच्छित एवं बहुप्रतीक्षित मंजिल तक्षशिला पहुंच ही गया। जिन व्यापारियों के संग वह राह की चुनौतियों का सामना करता रहा, कठिनाइयों को सुगमतापूर्वक झेलते हुए तक्षशिला पहुंचा था, उनसे विदाई लेकर और धन्यवाद देकर वह सीधे विश्वविद्यालय में प्रवेश पाने के लिए नामांकन कराने चला गया।

सर्वप्रथम उसने विश्वविद्यालय में घूम-घूम कर देखा कि वास्तव में यह प्राचीन विश्वविद्यालय बहुत भव्य है और शिक्षा का एक महान केन्द्र है। यहां प्रवेश पाने के लिए न जाति का कोई बंधन है, न राज परिवार और साधारण जन में कोई भेद-भाव। सबका रहन-सहन एक समान है। प्रवेश पाने के नियम कठिन हैं और यहां का अनुशासन बहुत कठोर है, नियमबद्ध है।

चिकित्सा शिक्षा, जो जीवक का इच्छित विषय था, का तक्षशिला एक विख्यात केन्द्र था, जहां चिकित्सा विज्ञान, शल्य क्रिया और व्यावहारिक ज्ञान की शिक्षा दी जाती थी। एक बहुत प्रसिद्ध वैद्याचार्य इस शिक्षा के प्रभारी थे। जीवक उनके पास गया और नमन कर बोला—"आचार्य मैं मगध की राजधानी राजगृह से आया हूं और चिकित्सा शिल्प का ज्ञानार्जन करना चाहता हूं।"

जीवक द्वारा अपने प्रश्नों के उत्तर से आचार्य को ज्ञात हो गया कि वह एक मेधावी और प्रतिभावान युवक है।

जीवक ने तक्षशिला में प्रवेश प्राप्त कर लिया। लोगों को रोगमुक्त रखने का लक्ष्य पाकर जीवक के जुनून को अपनी मंज़िल मिल गई थी।

18

जिस युग में हम विचरण कर रहे थे वह था बुद्धकालीन युग। जिस मगध राज्य की अतीत-गाथा का हम वर्णन कर रहे हैं, उसकी राजधानी राजगृह, बुद्ध को बहुत प्रिय थी। बुद्धत्व प्राप्त करने के लिए जब राजकुमार सिद्धार्थ ने कपिलवस्तु में गृहत्याग किया तब वहां से साठ योजन (480 मील) की दूरी पर स्थित राजगृह के लिए ही वे वैशाली होते हुए निकल पड़े थे।

प्रातःकालीन सूरज की रोशनी से निकली असंख्य किरणों का प्रतिबिम्ब पुष्करणियों में झिलमिला रहा था और प्रकाश से झूम रहा था प्रकृति की गोद में बसा सुन्दर नगर राजगृह, जब सिद्धार्थ वहां पधारे। प्रकृति के सान्निध्य में रहना सिद्धार्थ की बहुत मनभावन रुचि थी। इसीलिए जब सिद्धार्थ हरे-भरे पर्वतों से घिरे राजगृह पहुंचे, तब वहां के अति सुन्दर प्राकृतिक सौन्दर्य से वे अभिभूत हो गए। उनके मुख से अनायास हृदय की भावनाएं फूट पड़ीं—''अद्भुत, सौन्दर्यपूर्ण, दर्शनीय, अतिरमणीय।''

राजगृह के राजमार्ग पर सिद्धार्थ आगे बढ़ते जा रहे हैं। कभी किसी गृह के सम्मुख खड़े हो जाते और भोजन के लिए भिक्षापात्र गृहपति के सामने बढ़ा देते। नगरवासी उनके सौम्य, सुन्दर गौर वर्ण, आकर्षक और तेजस्वी व्यक्तित्व से प्रभावित होकर, मंत्रमुग्ध-सा स्वयं भिक्षा पात्र में भोजन डाल देते।

प्रतिभा की आभा में इतना तेज होता है कि वह लोगों को अपनी ओर खींच ही लेता है। पर युग-युग में कभी-कभी अवतरित होने वाले भविष्य के भगवानतुल्य व्यक्तित्व को आकर्षित करने वाली आभा में कितना तेज होगा, इसका केवल अनुमान ही लगाया जा सकता है। संन्यासी-सा दिखने वाले इस युवक की मंद-मंद संयत चाल, गम्भीर चिंतन मुद्रा, वाणी मुखर नहीं फिर भी मुखमंडल पर झलकते दिव्य तेज तथा अलौकिक भाव से लोग, इनकी उपस्थिति को किसी देव पुरुष के आगमन की चर्चा करने लगे।

एक राज कर्मचारी ने इस आश्चर्यजनक युवा श्रमण के आगमन की सूचना, सम्राट बिम्बिसार तक पहुंचा दी। राजप्रासाद के झरोखे से सम्राट ने जब राजमार्ग पर सिद्धार्थ को जाते देखा तो देखते ही रह गए। उन्हें आभास हुआ कि महापुरुष के लक्षणों से युक्त, इस असाधारण व्यक्ति का पावन पग, राजधानी की धरती पर पड़ना, शुभ-सौभाग्य सूचक है।

उन्होंने अपने अनुचर को आदेश दिया—''इस असाधारण श्रमण को आदरपूर्वक

राजप्रासाद में बुलाकर ले आओ।''

परन्तु अपने राजप्रासाद का त्याग करने वाले सिद्धार्थ, किसी दूसरे राजप्रासाद में जाने का निमंत्रण भला कैसे स्वीकार कर सकते थे। उनके आचरण से ऐसा बोध हुआ कि उन्होंने दूत का आग्रह सुना ही न हो। वे राजमार्ग पर चलते हुए आगे बढ़ते गए और जब हरी-भरी लताओं और वृक्षों से आच्छादित पाण्डव-पर्वत आया, तब उसकी रमणीयता से आकर्षित, वे उस पर चढ़ गए।

अपने अनुचर से सम्पूर्ण वृत्तांत सुनकर सम्राट की उनके प्रति जिज्ञासा तथा उनसे मिलने की उत्कंठा और तीव्र हो गई। वे स्वयं अपने रथ पर आरूढ़ हो, उनके जाने की दिशा में चल दिए। पर्वतीय भूमि आ गई थी, इसलिए जहां तक रथ सरलतापूर्वक जा सकता था, वहां तक वे रथ से गए और फिर रथ से उतर कर पैदल पाण्डव पर्वत पर चढ़ गए।

सिद्धार्थ एक हरे-भरे घने वृक्ष के नीचे पद्मासन में बैठे थे। उन्हें श्रद्धापूर्वक नमन कर बिम्बिसार ने अपना परिचय दिया और उनका परिचय तथा आने का प्रयोजन पूछा।

''राजन्, मैं धन और पराक्रम से युक्त शाक्यवंशीय राजा शुद्धोदन का पुत्र सिद्धार्थ हूं। बौद्धिक ज्ञानलाभ प्राप्त कर, संसार का कल्याण करने की इच्छा से अपने गृह का त्याग कर, भ्रमण कर रहा हूं।'' सिद्धार्थ ने उत्तर दिया।

''परन्तु अभी आपकी आयु गृहत्याग के लिए उपयुक्त नहीं है। गृह सुख से विरक्ति की भावना, उच्च कुल के एक यौवन से पूर्ण व्यक्ति को शोभा नहीं देती। यौवन काल में गृहत्याग की अपेक्षा वैराग्य का त्याग करना, अधिक उचित होगा।''

''राजन् अभी मेरी आयु उन्तीस वर्ष है। इस उम्र में ही विषय वासना के दुष्परिणामों से अवगत होकर मैंने अपनी पत्नी, पुत्र, राज परिवार तथा सभी सुखों को छोड़ दिया है। विषयों की कामना अब नहीं करता। ज्ञान की प्राप्ति मेरा लक्ष्य है। सत्य की खोज के मार्ग पर ही मैं निकल पड़ा हूं।''

चौबीस वर्षीय राजा बिम्बिसार समझ गए कि सिद्धार्थ उनसे पांच वर्ष बड़े हैं। फिर भी उन्हें समझाते हुए उन्होंने कहा—''हे तरुण! संन्यास ग्रहण करना तो वृद्धावस्था की परम्परा है, यौवन काल की नहीं। अभी आपको गृहत्याग की नहीं, जीवन के समस्त भोगों का, सुखों का तथा ऐश्वर्य का जी भर कर उपभोग करना चाहिए।''

''राजन्, सांसारिक कष्टों को मैंने निकट से देखा है। जरा—मृत्यु के भय को जाना है। इसीलिए मोक्ष प्राप्ति की इच्छा से मैंने अपने बंधु-बांधवों को छोड़कर, वैराग्य धारण किया है। काम वासना के प्रति मेरा मोह भंग हो चुका है। अब पुनः उसमें लौटना सम्भव नहीं है।''

बिम्बिसार ने नम्र निवेदन किया—''यदि आर्यपुत्र को अपना प्रासाद रुचिकर नहीं लगता है, तब आप मेरे प्रासाद में निवास कर सकते हैं। या चाहें तो मेरे राज्य का अर्ध भाग लेकर, सुखपूर्वक आनन्द-विहार करने के साथ-साथ प्रजा का पालन करें, जिसकी क्षमता और शक्ति आप में है।''

सिद्धार्थ ने निर्विकार भाव से उत्तर दिया—''राजन्! यह आपकी महानता है जो आपने एक गृहत्यागी को नए आश्रय का आश्वासन दिया लेकिन एक बंधनमुक्त प्राणी पुनः सांसारिक बंधन में नहीं बंधना चाहता। यौवन, ऐश्वर्य तथा संसार के सभी सुख-भोग क्षणिक हैं। इनका विनाश तो निश्चित है। फिर नाशवान के प्रति कैसा राग, कैसा मोह। मेरे विचार में आया कि जब वृद्धावस्था का आना सुनिश्चित है, तब मैं युवावस्था में ही प्राणियों के दुखों को दूर करने के मार्ग की खोज क्यों न करूं। कामनाओं की आसक्ति से पूर्णतया मुक्त होकर मैं सत्य की खोज करने निकल पड़ा हूं और यह कार्य करके रहूंगा।''

सिद्धार्थ के दृढ़ संकल्प से बिम्बिसार निरुत्तर हो गए। उन्होंने कहा—''आप जैसे दृढ़प्रतिज्ञ और विचारवान व्यक्ति अपनी साधना में अवश्य सिद्धि प्राप्त करते हैं, ऐसा मेरा विश्वास है। अब मेरा आपसे विनम्र अनुरोध है कि बुद्धत्व प्राप्ति के पश्चात् आप मेरे राज्य में अवश्य पधारें। अपने दर्शनलाभ तथा ज्ञानलाभ से मुझे तथा मेरे राज्य का कृतार्थ करें।''

सिद्धार्थ ने राजन् को राजगृह पुनः आने का आश्वासन दिया और विदा लेने की अनुमति मांगते हुए अपना भिक्षापात्र उठाकर दक्षिण की ओर चल दिए। उनके देवस्वरूप पदचालन को देखने के लिए संध्या, वृक्षों की झुरमुट से झांक रही थी, शरमा रही थी। रात्रि प्रारम्भ ही नहीं हुई थी तो अंधकार की कालिमा जवां कैसे होती, इसीलिए सम्राट बिम्बिसार उन्हें जाते हुए देखते रहे। पर युवा श्रमण ने पीछे मुड़कर एक बार भी नहीं देखा। आंखों से उनके ओझल होते ही सम्राट अपने प्रासाद में लौट आए।

19

तक्षशिला विश्वविद्यालय। चिकित्सा शिक्षा के प्रभारी प्रसिद्ध वैद्य का कक्ष। प्रवेश पाने वाले छात्रों की पात्रता, ज्ञान, बुद्धि की प्रखरता आदि को परखने के लिए वह सभी से एक-एक कर मिलते थे। आज जीवक की बारी थी।

"युवक! तुम तक्षशिला निवासी नहीं लगते। अपना परिचय दो, कहां से आए हो?"

"आचार्य! मेरा नाम जीवक है। मैं मगध की राजधानी राजगृह से चिकित्सा विज्ञान में निपुण होने का सपना संजोए, यहां आया हूं।"

"वत्स जीवक! राजगृह तो यहां से बहुत दूर स्थित है। राह भी बहुत दुर्गम है, फिर यहां आने का कष्ट क्यों?"

बिना झिझक जीवक ने उत्तर दिया. "केवल सपने संजोने से मंजिल नहीं मिलती आचार्य! उसके लिए प्रयास करना पड़ता है। कांटों के बीच भी नई राहें ढूंढ़नी पड़ती हैं। जब कमल के फूल भी पंक में ही खिलते हैं, तो दुर्गम राहों के पंक में ज्ञान का कमल खिलाने की चेष्टा करने में कैसा कष्ट? फूल में सौन्दर्य और सुगंध रहने पर भी वह मनुष्य के गले की शोभा तब तक नहीं बनता, जब तक उसे माला में पिरोया नहीं जाता है। लोगों को रोग-व्याधि से मुक्त रखने के अपने जुनून की माला को ज्ञान के धागा में पिरोने के लिए ही मैं तक्षशिला आया हूं आचार्य।"

जीवक के कथन से वैद्याचार्य के अधरों पर संतुष्टि के भावों से मृदु-मंद मुस्कान थिरकने लगी थी। उनका अगला प्रश्न था–"चिकित्सा शिक्षा ग्रहण करने की ही इच्छा तुममें क्यों और कैसे जागृत हुई?"

"मनुष्य एक सामाजिक प्राणी है, उसका अस्तित्व ही समाज से है। इसीलिए समाज के प्रति उसका कुछ दायित्व भी है। आज मनुष्य विषम परिस्थितियों, बाधाओं एवं रोग-व्याधियों की आपदाओं से त्रस्त है। प्रत्येक व्यक्ति का कर्त्तव्य है कि वह जनहित और लोक-कल्याण के बारे में सोचे। उनकी समस्या, चिंता, रोग-व्याधि के निदान खोजने की चेष्टा करे। लक्ष्यहीन व्यक्ति की तरह इधर-उधर भटकने के निरर्थक जीवन जीने की अपेक्षा, मैंने लोगों को रोग-मुक्त करने का सार्थक लक्ष्य निर्धारित किया है। व्याधिग्रस्त समाज का विकास असम्भव है। समाज निरोग रहेगा तभी विकास के पथ पर अग्रसर हो पाएगा। रोग मुक्त समाज के निर्माण हेतु ही मैं चिकित्सा शिक्षा में पारंगत होने के उद्देश्य से यहां आया हूं।"

जीवक के उत्तर से प्रभावित वैद्याचार्य ने कहा—"प्रसन्नता की बात है कि समाज में आज भी ऐसे लोग हैं जो अपने से अधिक समाज-कल्याण के बारे में सोचते हैं।" फिर उसके शीश पर हाथ रखकर उन्होंने आशीर्वचन दिया—"समाज को रोग मुक्त करने का तुम्हारा लक्ष्य सराहनीय है जीवक। अपने दृढ़ संकल्प से तुम इस लोकहित कार्य में अवश्य सफल होगे वत्स!"

जीवक की चिकित्सा शिक्षा आरम्भ हो गई। वह बहुत एकाग्रचित्त होकर विद्या ग्रहण करने लगा। जीवक मेधावी तो था ही, अपने शिक्षक का प्रिय छात्र भी बन गया। अपने स्वभाव, अध्ययनशीलता और परिश्रम से उसने सभी का मन जीत लिया। उसकी बुद्धि कुशाग्रता का लाभ, उसके सहपाठी भी उठाते। शिक्षक द्वारा बताई जो बात उन्हें समझ में नहीं आती, जीवक उन्हें बहुत सरलतापूर्वक समझा देता। शिक्षकगण तो उसकी क्षमता और ग्रहणशीलता की प्रशंसा करते थकते नहीं थे। उसकी अनुसंधानप्रिय बुद्धि, रोग की प्रखर परख तथा उसके निदान की प्रबल तीव्र सूझ से विश्वविद्यालय प्रांगण में चिकित्सा शिक्षा क्षेत्र में जीवक का नाम गुंजित होने लगा।

आज जीवक का मन बहुत उद्विग्न था। विद्यालय के एकांत कोने में बैठककर वह चिंतामग्न था। जब उसके एक सहपाठी की दृष्टि उस पर पड़ी, तब वह उसके समीप जाकर पूछ बैठा—"क्यों मित्र! आज इस एकांत में किस विषय का पठन-मनन कर रहे हो?"

"नहीं मित्र! मैं कोई पठन-मनन कार्य नहीं कर रहा हूं। मैं तो आज अपने गृह की स्मृतियों का पीड़न सहन कर रहा हूं। देखो न, यहां पढ़ते हुए सात वर्ष की लम्बी अवधि बीत गई, किन्तु चिकित्सा शिल्प का कहीं अंत दिखाई नहीं देता। गृह जाने की व्याकुलता भी अलग से सताने लगी है।"

मित्र ने सुझाव दिया—"इस समस्या का समाधान तो आचार्य ही कर सकते हैं।"

कुछ समय पश्चात् जब जीवक पूर्णतया संयमित हो गया, तब आचार्य के कक्ष में जाकर उसने अपनी अंतर्वेदना प्रकट की—"मन लगाकर पढ़ते-पढ़ते सात वर्ष बीत गए आचार्य। अब इस शिल्प का अंत कब जान पड़ेगा? मेरे मन में गृह जाने की इच्छा भी प्रबल होने लगी है।"

आचार्य मंद-मंद मुस्कुराए। आदेश दिया—"वत्स जीवक! तुम तक्षशिला के

चारों ओर एक योजन तक घूम-घूम कर देखो, यदि कोई ऐसा वनस्पति, पौधा मिले जिसका किसी औषधि में उपयोग नहीं है, तो उसे ले आओ।''

आदेशानुसार जीवक तक्षशिला के चारों ओर परिक्रमा करने निकल पड़ा। जहां कहीं किसी वनस्पति, पौधे, जड़ी-बूटी पर उसकी दृष्टि पड़ती, वह अच्छी तरह उसे निरखता, परखता पर सभी में कोई न कोई औषधिय गुण विद्यमान पाता। ढूंढ़ते-ढूंढ़ते पूरा दिन व्यतीत हो गया, किन्तु उसे एक भी ऐसा पौधा या वनस्पति नहीं मिली, जिसका उपयोग किसी न किसी औषधि में नहीं किया जा सकता हो। वह निराश हुआ। आशंका से त्रस्त हुआ, कहीं आचार्य उसे निकम्मा न समझें।

सांध्य बेला में वह व्यथित मन लौट आया। आचार्य से आशंकित स्वर में बोला–''तक्षशिला के चारों ओर मुझे औषधि के अयोग्य एक भी वनस्पति नहीं मिली। मैं क्या करता, निराश हृदय से वापिस लौट आया आचार्य।''

उसकी उलझन के विपरीत आचार्य प्रसन्न हो, उसकी पीठ थपथपाने लगे। कहा–''जीवक! तुम्हारे कार्य और कथन से स्पष्ट है कि तुम्हें आयुर्वेद का गहरा ज्ञान प्राप्त हो गया है। तुम अब एक निपुण चिकित्सक बन गए हो। अब तुम अपने गृह लौट सकते हो। अपने ज्ञान से एक रोग मुक्त समाज का निर्माण कर सकते हो। सदैव स्मरण रखो कि एक गुणी, बुद्धिमान, लगनशील और कर्मठ व्यक्ति के जीवन में, सदा बसंत की सुनहरी बयार बहती रहती है और सफलता के सुगंधित पुष्प, खिलते रहते हैं।''

राजगृह लौटने के सकारात्मक आदेश से जीवक हर्ष और उल्लास से भर गया। उसने आचार्य का चरण छूकर प्रणाम किया। आचार्य ने आशीर्वाद देते हुए कहा– ''यात्रा में पाथेय (राह खर्च) की आवश्यकता होती है, जो मैं जानता हूं, तुम्हारे पास नहीं है। मैं इसका प्रबंध कर देता हूं। राह में कम पड़ जाए, तो अपने चिकित्सा-ज्ञान से अर्जित कर लेना।''

जीवक ने अपने आचार्य, सहपाठियों और तक्षशिला से अंतिम विदा ली और राजगृह के मार्ग पर चल पड़ा। मन में ज्ञानार्जन का जोश, हृदय में घर लौटने की प्रफुल्लता, उसे स्फूर्ति प्रदान कर रही थी।

20

राजगृह की पहाड़ियों और तलहटियों की ओर अपने झरोखे से निहारती सालवती बोली—"देखो संगिनी, सावन की रिमझिम फुहार तथा झमाझम बारिश के पश्चात् मौसम कितना सुहाना हो गया है। प्रकृति भी अपने श्रृंगार में जुट गई है, सजने-संवरने लगी है। चारों ओर हरियाली ही हरियाली दिखाई पड़ रही है, रंग-बिरंगे फूल खिल रहे हैं। जब प्रकृति श्रृंगार करने से स्वयं को रोक नहीं पा रही है, तब मैं एक साधारण मानवी होकर इससे मैं वंचित क्यों रहूं? आज मेरा भी अच्छी तरह श्रृंगार कर दोगी सखी?"

विस्मित संगिनी, कुछ क्षण सालवती को देखती-परखती रही, फिर बोली—"सखी! तुम्हारे जीवन के कई प्रश्न मेरी समझ से परे हैं। सजना-संवरना तो एक नगरवधू का नित्य-कर्म है परन्तु जब तुम गर्भ से रहती हो तब लोगों से मिलने-जुलने के साथ-साथ, श्रृंगार करना भी बंद कर देती हो। लेकिन पुनः गर्भवती होने पर भी आज सजने-संवरने के लिए इतनी उतावली क्यों हो रही हो? गर्भावस्था के अंतिम माह में अपने शरीर की विकृतियों की ओर देखो। तुम्हें श्रृंगार से अधिक, विश्राम की आवश्यकता है।"

संगिनी की चिबुक हिलाती, सालवती हंसती हुई बोली—"वाह री मेरी परामर्शदात्री सखी! तुम्हें ज्ञात होना चाहिए कि गर्भावस्था नारी के लिए एक सुखद अनुभूति होती है, विशेषकर मेरी जैसी नारी के लिए। मैं अतीत में अनचाहे बालक से छुटकारा पाने की भूल कर चुकी हूं।......"

बीच में ही उसे टोकती हुई संगिनी बोली—"उस बालक से छुटकारा पाने के तुम्हारे कृत्य की कितनी निंदा, कितना छिद्रान्वेषण हुआ था। संतोष यही था कि लोग नहीं जानते थे कि नवजात से छुटकारा तुमने पाया था, नहीं तो तुम्हारी दुर्गति हो जाती।"

उच्छवास लेती हुई सालवती ने कहा—"लोगों का क्या, कुछ स्वभाववश, कुछ ईर्ष्यावश, परनिंदा में वे स्वादिष्ट भोजन से भी अधिक आनन्द लेते हैं। अब तो वे क्षण बीत गए हैं सखी। जब हृदय में परिवर्तन आता है, तब मन-दृष्टि भी बदल जाती है। कांटों की राह भी फूलों से खिली-खिली दिखाई देने लगती है। सूनी गोद भी वात्सल्य की किलकारियों से गुंजित लगती है। मेरे मन में अब वात्सल्य प्रेम और ममता की वर्षा में हर क्षण भीगती रहने की इच्छा पनपने लगी है। मैं अब समझने

लगी हूं कि मेरे गर्भ से जन्म लेने वाला शिशु, मेरे लिए प्रकृति का एक अनुपम उपहार होगा। इसलिए भावनात्मक हुए बिना, स्वयं के और शिशु के भविष्य को ध्यान में रखते हुए कुछ अद्भुत कार्य करना चाहती हूं।''

संगिनी विश्राम करने के लिए सालवती को उत्प्रेरित भी कर रही है और उसका केश-विन्यास भी कर रही है। चोटी गूंथती-गूंथती बोली—''बड़े-बूढ़ों को कहते सुना है कि गर्भावस्था में महिला को ऊर्जा की आवश्यकता होती है, जिससे शिशु का सही विकास हो सके। ऊर्जा विश्राम से ही मिलती है, शृंगार से नहीं।''

''परन्तु जब ऐसी अवस्था में महिला का तन और मन मलिन रहता है, तब उसका हृदय भी निष्प्राण सा हो जाता है। उसमें हीन भावनाएं पनपती हैं, ऊर्जा नहीं। गर्भावस्था के अमूल्य सुन्दर पलों में वह क्या करती है, क्या सोचती है, कैसे रहती है, क्या खाती है, इन सब बातों प्रभाव, होने वाले शिशु पर पड़ता है। इसीलिए मैं सजना-संवरना चाहती हूं कि मेरा शिशु यह नहीं समझे कि उसको जन्म देने वाली मां, एक मलिन तन और मन वाली नारी है।......हां, शृंगार तो तुमने अच्छा कर दिया है। अब मैं विश्राम कर सकती हूं।''

अपने कक्ष में शैय्या पर लेट कर, सालवती निद्रा देवी की गोद में विश्राम करना चाह रही है। नए शिशु की उसकी लालसा एक है, पर उसे दुलारने-पुचकारने के सपने अनेक। उसकी आंखें, नए शिशु के आगमन की, उसके फुदक-फुदक कर चलने की, ठुमक-ठुमक कर नाचने की, कल्पना के ताने-बाने बुनने में ही व्यस्त है। निद्रा आए तो आए कैसे?

वह सोच रही है कि उत्कंठा और उत्सुकता से भरे नौ माह व्यतीत होने में भी अब अधिक देर नहीं है। उसकी इच्छा है कि उसका शिशु जितना शीघ्र जन्म ले, उसे उतनी ही अधिक प्रसन्नता होगी परन्तु प्रकृति का अपना ही नियम है। वह अपने समय के कालचक्र के अनुसार ही चलता है। अपने शिशु के सपने संजोती-संजोती, वह कब स्वप्निल संसार में चली गई, उसे पता ही नहीं चला।

कुछ ही दिन व्यतीत हुए होंगे कि एक संध्या सालवती को एकाएक नए शिशु के आने की आहट सुनाई देने लगी। मातृत्व की सुखानुभूति हृदय में ऐसी हिलोरें मारने लगी कि प्रसव वेदना का कष्ट भी असहनीय लगने लगा। कभी-कभी पीड़ा से वह कराहती अवश्य, पर संगिनी का हाथ पकड़, यह कहना नहीं भूलती कि—''देखो सखी, मेरे नन्हें मेहमान को आने में कोई कष्ट न हो।''

धीरे-धीरे प्रसव वेदना के उतार-चढ़ाव के मध्य, सालवती की नई खुशी का

आगमन हो गया। रंगप्रासाद में आनंदातिरेक छा गया। सालवती ने एक सुन्दर सलोनी पुत्री को जन्म दिया था। नवजात बच्ची के क्रंदनक्रम में भावविभोर सालवती को, अपने नव मातृत्व जीवन का भैरवी संगीत सुनाई पड़ा। वह मुस्कुराई।

तभी संगिनी का चेतावनी स्वर उभरा—"नन्हीं बच्ची भूख से बिलख रही है, उसे स्तनपान तो कराओ।"

21

राजगृह से विदा होने के पश्चात् सिद्धार्थ को गया के मार्ग में कई धर्माचार्यों के आश्रम में रहने का तथा उनके दर्शन के विषय में जानने का अवसर मिला। लेकिन उनके विचारों को सिद्धार्थ ने दुखों को मिटाने के अयोग्य तथा मानव के कल्याण में सहायक नहीं माना। उनका लक्ष्य तो था सत्य की खोज करना, मानव के दुखों का अंत करने का मार्ग ढूंढ़ना। अतृप्त मन लिए सिद्धार्थ इन आश्रमों से विदा लेकर अपने लक्ष्य प्राप्ति के लिए आगे बढ़ चले।

सिद्धार्थ उरूवेला (वर्तमान बोधगया) पहुंचे। उन दिनों उरूवेला में कल-कल बहती निरंजना नदी (फल्गु नदी) के तट पर अत्यंत एकांत और रमणीय गहन कानन था। साधना के लिए इस स्थान को उपयुक्त मानकर, सिद्धार्थ यहां के एक वृक्ष के नीचे ध्यान में लीन हो, साधनारत हो गए।

उरूवेला के समीप ही सेनानी नामक ग्राम में एक सुखी-सम्पन्न परिवार की पुत्री थी सुजाता। सर्वगुणों से युक्त सौन्दर्यमयी सुजाता की धर्म-कर्म में बहुत आस्था थी। एक शुभ अवसर पर वह उरूवेला के कानन में एक वृक्ष की पूजा कर कह रही थी—"हे वृक्ष देवता, कृपा करके मुझे एक सुन्दर पति और उससे प्रथम संतान, एक पुत्र दीजिए तो मैं पुनः आपकी पूजा करने आऊंगी।"

कुछ समय पश्चात् उसकी इच्छा पूर्ण हुई। मनोवांछित सुन्दर पति से विवाह हुआ और उससे उत्पन्न संतान पुत्ररत्न ही हुआ। अति प्रसन्न सुजाता ने अपनी दासी को आदेश दिया कि जिस वृक्ष की उसने पूजा की थी उसके चारों ओर अच्छी तरह साफ-सफाई कर दे, जिससे वहां पुनः पूजा करने में उसे कोई कष्ट न हो।

दासी जब उरूवेला के उस वन में गई तो वहां उसने वृक्ष के नीचे, सिद्धार्थ को ध्यान मुद्रा में बैठे पाया। उसके मन में आया कि वृक्ष देवता स्वयं मानवरूप में देवी

सुजाता की पूजा स्वीकार करने पधारे हैं। उसने हाथ जोड़ कर ध्यानमग्न सिद्धार्थ को प्रणाम किया, वृक्ष के चारों ओर सफाई करने के बाद घर लौट कर सुजाता से बोली– ''देवी! शीघ्रता करें, आपकी पूजा के लिए वृक्ष देवता अभी वहां स्वयं बैठे हैं।''

प्रसन्नतावश सुजाता ने वहां पधारे वृक्षदेवता को खीर खिलाने की सोची। उसने एक सहस्र गायों का दूध पांच सौ गायों को पिलाया, फिर पांच सौ गायों का दूध ढाई सौ गायों को पिलाया। पुनः ढाई सौ गायों का दूध सवा सौ गायों को पिलाया। इसी भांति करते-करते सोलह गायों का दूध आठ गायों को पिलाया। आठ गायों का दूध से, जिसमें पानी की एक भी बूंद नहीं मिली थी, बहुत स्वादिष्ट खीर बनाई।

खीर बन जाने के पश्चात् सुजाता स्नान करके अपना श्रृंगार, अलंकरण कर, विशेष प्रसाधन से सजधज गई। आंखों में काजल की रेखा, ललाट पर चंद्रिका तिलक तथा आलता रंजित युगल-चरण। पुष्प-सज्जित सुन्दर केशविन्यास, पुष्प-गुंथित आकर्षक गलहार। रूप दर्शनीय अधिक, कथनीय कम। स्वर्ण पात्र में खीर भर कर, अपने सर पर रख कर, वृक्ष देवता की पूजा-अर्चना करने दासी संग निकल पड़ी।

बैशाख माह की पूर्णिमा का दिन था। सुजाता अपने वृक्ष देवता के निकट चली गई। ध्यानमुद्रा में बैठे सिद्धार्थ की सौम्यता, तेजस्विता और आकर्षक व्यक्तित्व को देख, सुजाता को दासी के कथन पर विश्वास हो गया कि सत्य में वृक्ष देवता उसकी पूजा स्वीकार करने स्वयं पधारे हैं। सिर पर रखे खीर पात्र को उतार, सुजाता ने सिद्धार्थ को नमन किया, फिर वृक्ष देवता की परिक्रमा की। इसके बाद सिद्धार्थ के सम्मुख खड़ी हो, करबद्ध उनकी वंदना करने लगी।

एकांत कानन में वंदना के गुंजित स्वर से सिद्धार्थ के नयन खुल गए। अपने सामने, मन में आस्था, हृदय में भक्ति भाव, मुख में याचना लिए एक सुन्दरी को खड़ी पाया।

वृक्ष देवता की सजग आंखों को अपनी ओर निहारते देख, सुजाता की बांछें खिल गईं। उसके पुलकित स्वर फूट पड़े–''यह मेरा सौभाग्य है कि वृक्ष देवता ने स्वयं यहां प्रकट होकर, अपने दर्शन से मुझको कृतार्थ किया है। मैं अति प्रसन्न हूं कि आपने मेरी सभी मनोकामनाएं पूर्ण की हैं। आभार स्वरूप, आपकी यह सेविका सुजाता, अपने हाथों से, शुद्ध दूध की यह खीर बनाकर, आपके लिए लाई है। इसे स्वीकार करें प्रभु!''

सुजाता के श्रद्धाभाव देख, सिद्धार्थ के अधरों पर मुस्कुराहट तरंगित होने लगी। उन्होंने कहा–''मैं देव नहीं बालिके। तुम्हारी भांति एक मानव हूं। अंधविश्वास के भ्रमचक्षु से न देखकर, संसार को सत्य को आंखों से निरखना-परखना सीखो सुजाता।''

''देव! आप जो भी हों, आपकी वाणी, देववाणी की भांति कर्णप्रिय और कल्याणकारी प्रतीत होती है। इसी कारण मेरे लिए आप देवतुल्य हैं। आपको शत शत नमन!''

''सत्य की खोज में इस गहन कानन में आने वाला मैं एक तपस्वी मात्र हूं सुजाता। तुम्हारी श्रद्धाभाव से बनाई इस खीर से मुझे विश्वास हो रहा है कि मेरी खोज में यह सहायक सिद्ध होगी।''

''धन्यवाद देव! मैं बहुत सौभाग्यशालिनी हूं, जो आपने मेरी खीर को स्वीकार किया।'' यह कहती हुई सुजाता ने सिद्धार्थ को पुनः नमन किया, वृक्ष की प्रदक्षिणा की और खीर पात्र को वहीं छोड़, वहां से साथ आई दासी संग, प्रस्थान कर गई। वह उन्हें वृक्ष देवता ही मानती हुई, उनके ध्यान में लीन, अपने गृह पहुंच गई।

इधर सिद्धार्थ खीर के पात्र को लेकर निरंजना नदी के तट पर गए। स्नानादि से निवृत हो, पूर्व मुख कर बैठ गए। पवित्र खीर का उन्चास ग्रास बनाकर भोजन किया। उन्होंने सोचा, पीपल वृक्ष के नीचे उनके उन्चास दिनों तक के निवासकाल के लिए, उन्चास ग्रास पर्याप्त थे। भोजनोपरांत उन्होंने स्वर्ण पात्र को निरंजना नदी में प्रवाहित कर, अपने चयनित वृक्ष के निकट लौट आए। मन में दृढ़ निश्चय लिए कि बिना लक्ष्य-प्राप्ति के, इस स्थान का त्याग नहीं करेंगे। वे वहां बैठ कर ध्यानलीन हो गए।

दिन बीता, रात आई, गई। ध्यानस्थ सिद्धार्थ को पता ही नहीं चला कि समय कैसे व्यतीत हो रहा है। इसी तरह बैशाख पूर्णिमा की रात आई। पूर्ण चंद्रमा की चांदनी खिली। रात्रि के प्रथम प्रहर में सिद्धार्थ को पूर्व में सैकड़ों जन्म लेने की अनुभूति हुई। रात्रि के मध्य प्रहर में दिव्य दृष्टि मिली, जिससे समस्त संसार का चित्र, उनके मन दर्पण में नाचता-घूमता दिखाई दिया। अंतिम प्रहर में सिद्धार्थ को प्रतित्यसमुत्पाद का ज्ञान हुआ, जिसका अर्थ है एक के कारण दूसरे की उत्पत्ति होती है। जैसे जन्म के कारण जरा होती है। जरा के कारण मृत्यु, शोक, रुदन, दुख आदि होते हैं।

सिद्धार्थ ने बुद्धत्व प्राप्त कर लिया था। वे अब सिद्धार्थ से बुद्ध हो गए, सर्वज्ञ हो गए।

22

मन में घर लौटने की उमंग से जीवक को पता ही नहीं चला कि आचार्य द्वारा दिए गए पाथेय के सहारे, तक्षशिला से साकेत (वर्तमान अयोध्या) तक कैसे पहुंच गया। उसके मन में अभी भी निरंतर महक रही थी राजगृह की भीनी-भीनी सुगंध। वहां की पहाड़ियों की हरियाली, नाचती-झूमती पंख फैलाई मोरनियां, वनों की पुष्प लहलहाती लताएं, प्रपातों की कल-कल बहती जल धाराएं।

परन्तु मन की ललक, अभिलाषा की तुष्टि तभी होती है, जब नियति की इच्छा होती है। साकेत पहुंचने पर उसका पाथेय समाप्त हो गया। उसे चिंता सताने लगी—"आगे की दुष्कर राह में बिना मार्ग खर्च और खाद्य पदार्थ के जाना बहुत कठिन होगा, इसीलिए उसने सोचा कि पाथेय का प्रबंध वह क्यों न यहीं कर ले।"

उसे तक्षशिला के आचार्य का कथन भी स्मरण हो आया कि ऐसी स्थिति में वह अपने चिकित्साज्ञान से पाथेय अर्जित कर सकता है। जीवक को अपनी क्षमता और ज्ञान पर पूर्ण विश्वास था। वह पाथेय की जुगाड़ करने में जुट गया।

साकेत में घूमते समय एक पनघट पर उसे कुछ महिलाओं की बातें सुन, ज्ञात हुआ कि वहां के नगर सेठ (श्रेष्ठी) की पत्नी को सात वर्षों से भयंकर सिर दर्द सता रहा है। बहुत बड़े-बड़े विख्यात वैद्य आए, द्रव्य भी अधिक व्यय हुआ, मगर उनका उपचार नहीं हो पाया।

जीवक को अपने पाथेय ढूंढ़ने का मार्ग दिखाई दे गया। उन महिलाओं से श्रेष्ठी का पता पूछ, वह उनके भव्य भवन जा पहुंचा! उसने द्वारपाल से कहा—"ज्ञात हुआ है कि श्रेष्ठी- भार्या रोग-ग्रस्त हैं। उनसे जाकर कहो कि तक्षशिला से एक वैद्य आया है और उनको रोगमुक्त करना चाहता है।"

"अच्छा आर्य!" द्वारपाल ने श्रेष्ठी-भार्या के पास जाकर निवेदन किया—"स्वामिनी! एक नया वैद्य आपका उपचार करने की इच्छा रखता है।"

श्रेष्ठी-भार्या ने पूछा—"वैद्य कैसा है, उसकी उम्र क्या है?"

"तरुण है।"

"जब बड़े-बड़े विख्यात वैद्य मेरा उपचार नहीं कर सके, तब यह अनुभवहीन तरुण, केवल कुछ औषधि पिलाएगा, कुछ द्रव्य मांगेगा और चला जाएगा। पर मेरा रोग, मेरा साथ नहीं छोड़ेगा। जा, उसे जाने के लिए कह दे। मुझे उससे उपचार नहीं कराना है।"

द्वारपाल ने जीवक को वैसा ही बता दिया।

जीवक ने द्वारपाल से कहा—"अपनी स्वामिनी से जाकर कहो कि वैद्य उपचार के लिए कोई द्रव्य नहीं लेगा। यदि वे मेरे उपचार से निरोग हो गई, तब चाहें तो कुछ दें या न दें, उनकी इच्छा।"

द्वारपाल ने वैसा ही किया और सेठानी से वैद्य की बात कह दी।

सेठानी ने सोचा कि जब बिना कोई शुल्क के वैद्य उपचार करने के लिए सहमत है, तब क्या हानि है। उसने उपचार कराने की स्वीकृति दे दी।

जीवक भवन के अंदर आकर सेठानी को नमस्कार कर बोला—"देखिए! संसार में हर कार्य सम्भव और साध्य होता है। जो असम्भव और असाध्य दिखाई देता है, वह कार्य भी पूर्ण होता है। केवल उसमें समय और श्रम अधिक लगता है।"

"भाषण देने में और कार्य पूर्ण करने में अंतर होता है तरुण। पहले मुझे निरोग करके तो दिखाओ।"

जीवक ने सेठानी की नाड़ी टटोली, जीभ देखी, सर दबा कर देखा और फिर रोग के विषय में कुछ प्रश्न किए। जीवक को रोग की पहचान हो गई। उसने चिकित्सा के लिए उचित मात्रा में घी की मांग की।

सेठानी ने जीवक को घी दिलवा दिया। जीवक ने उस घी में नाना प्रकार की अपनी औषधि मिला कर पकाया और एक दवा तैयार की। सेठानी को सिर लटका कर चारपाई पर लेटने को कहा और उसके दोनों नथुनों में औषधि-मिश्रित घी डाल दी। नाक में दिया गया वह घी, मुख से निकलने लगा। सेठानी ने पीकदान में घी को थूक कर, दासी को आज्ञा दी कि पीकदान में गिरे सभी घी को एक दूसरे बर्तन में जमा कर ले।

जीवक ने मन ही मन सोचा कि जो सेठानी इतनी कृपण है कि फेंकने योग्य घी को भी बर्तन में एकत्रित करवा रही है, वह मेरी मूल्यवान औषधि की क्या कीमत देगी?

चतुर सेठानी वैद्य के आश्चर्य-भाव को ताड़ कर बोली—"वैद्य जी! मैं एक गृहिणी हूं। संयमित जीवन व्यतीत करना जानती हूं। यह घी जब दीपक जलाने के काम आ सकता है, तब इसे व्यर्थ फेंकने से क्या लाभ?"

यह बोलते-बोलते सेठानी को एक के बाद एक कई छींक आना प्रारम्भ हो गया। जब छींक आना बंद हुआ, तब सेठानी चारपाई पर उठ कर बैठ गई। सात वर्ष की पीड़ा से अति क्लांत मुख पर आज पहली बार खुशियां खिल उठीं। पीड़ा की समाप्ति से सिर हल्का लगने लगा। नव-जीवन की प्राप्ति से प्रफुल्लित सेठानी के मन ने कहा—"वैद्यराज उम्र में छोटा है, व्यवहार में बहुत नम्र हैं, पर ज्ञान और यश में बहुत

बड़े हैं, इसलिए अच्छे शुल्क के भागीदार हैं।''

अति सम्पन्न सेठानी ने वैद्यराज जीवक को प्रसन्नतावश चार सहस्र मुद्राएं प्रदान कीं। उसके पुत्र और पुत्रवधू ने भी चार-चार हजार मुद्राएं अपनी माता को निरोग करने के लिए जीवक प्रदान कीं। श्रेष्ठी गृहपति ने अपनी भार्या को दीर्घकालीन रोग से मुक्ति दिलाने के लिए जीवक को चार सहस्र मुद्राओं के अतिरिक्त एक दास, एक दासी और घोड़ों के साथ, एक रथ भी दिया।

जब अपने ज्ञानार्जन से कमाया प्रथम धनार्जन, अपेक्षा से अधिक प्राप्त होता है, तब मनुष्य के अधरों पर मंद-मंद मुस्कान थिरक उठती है। पर प्रफुल्लता भरे जीवक के नाचते मन-मयूर को लम्बी अवधि से दूर रहे, अपने गृह की स्मृतियां कुरेदने लगीं। उसने शीघ्रतापूर्वक अपनी स्वअर्जित राशि तथा लाव-लश्कर के साथ, राजगृह की ओर प्रस्थान किया।

राजगृह के साथ जीवक का, जहां वह जन्मा था, जहां वह पला-बढ़ा था, एक भावनात्मक सम्बध था। इसीलिए कुछ दिनों पश्चात् जब जीवक राजगृह की रम्य भूमि पर वर्षों बाद पहुंचा, तब भावविभोर हो गया। उसके हृदय में राजकुमार अभय के प्रासाद में तो वहां बिताए पलों की स्मृतियां, सागर की लहरों की तरह तरंगित होने लगीं।

राजकुमार का चरणस्पर्श कर जीवक बोला—''देव! मेरा पालन-पोषण कर, आपने मुझे एक चिकित्सक बनने का जो अवसर प्रदान किया है, उसके लिए मैं आपका सदैव आभारी रहूंगा। आभार स्वरूप मेरा प्रथम स्वअर्जित धन, दास-दासी तथा अश्व रथ, सब आपको अर्पित हैं, इन्हें स्वीकार करें।''

''नहीं वत्स, नहीं। ये सब तुम्हारे परिश्रम, बुद्धि और कर्म के फल हैं। जब तुम राजगृह छोड़ कर गए थे, तुम एक अज्ञानी किशोर थे। जब पुनः लौट कर आए, तुम एक ज्ञानी चिकित्सक हो, जिसका जुनून संसार को रोगमुक्त कराना है। मेरा आशीर्वचन सदैव तुम्हारे साथ है। फूलो-फलो, प्रगति-पथ पर निरंतर आगे बढ़ते रहो। इस धन से तुम अपने योग्य एक गृह और चिकित्सालय बनवा लो, जो तुम्हारे उद्देश्य में सहायक सिद्ध होगा।''

''अच्छा देव!'' कहकर, जीवक ने वैसा ही किया। धीरे-धीरे एक अलग गृह और ''जीवक चिकित्सालय'' बनकर तैयार हो गया।

मगध सम्राट बिम्बिसार के राजप्रासाद में सम्राट का निजी कक्ष। रंगीन स्वभाव के सम्राट यों तो इन कक्षों में अपनी रानियों को अपने परिहासों से लुभाया करते थे। किन्तु आज परिस्थिति अलग लग रही थी। रानियां ही अपने परिहास-बाणों से सम्राट

की दुखती रगों को बींध रही थीं और सम्राट के मुख पर हास्य की नहीं, व्यथा की बूंदें झलक रही थीं।

सम्राट बिम्बिसार को भगन्दर का भयानक रोग हो गया था। उनके वस्त्र, रक्त से लाल हो जाते थे। रानियां देखकर परिहास करतीं। एक कहती–''देखो-देखो, सम्राट आज ऋतुमती हैं।'' दूसरी छौंकती–''सम्राट शीघ्र ही प्रसव भी कर सकते हैं।''

व्यंग्य-बाणों से आहत सम्राट, चुप रह जाया करते थे। उन्होंने राजकुमार अभय को बुलाकर कहा–''प्रिय वत्स, जब पिता कष्ट में होता है, तब उसकी देख-भाल की जिम्मेदारी पुत्र का कर्त्तव्य होती है। मुझे ऐसा रोग है, जिससे मेरे वस्त्र रक्तरंजित हो जाते हैं। देवियां देखकर परिहास करती हैं। अभय! कोई ऐसा वैद्य ढूंढ़ो, जो मुझे इस रोग से मुक्ति दिला सके।''

''घबराने की आवश्यकता नहीं है पिताश्री, अब घर में ही एक वैद्य उपस्थित है। आपका पौत्र जीवक अभी हाल में ही तक्षशिला से चिकित्सा ज्ञान की शिक्षा प्राप्त कर लौटा है।......''

''मेरा पौत्र? कब हुआ? कहां और कौन है?''

''आपको तो स्मरण होगा कि मैंने एक नवजात शिशु को कूड़े के ढेर से उठाकर पाला-पोसा था। वह जीवक आपका पौष्य पौत्र हुआ न।''

कुछ क्षण सम्राट सोचते रहे, फिर बोले–''हां, स्मरण आया। कहां है वह?''

''तक्षशिला से शिक्षा ग्रहण कर, वह राजगृह लौट आया है। आपकी अनुमति हो तब आपके उपचार के लिए उसे भेज दूं?''

''एक पुत्र के कर्त्तव्य को अनुमति की क्या आवश्यकता?''

राजकुमार अभय का आदेश पाते ही जीवक सम्राट के पास गया, चरणस्पर्श कर रोग की पूर्ण जानकारी ली। तब उनके शरीर की जांच की और औषधि बना कर रोगस्थल पर लेप लगाया। जीवक के उपचार से सम्राट शीघ्र ही रोगमुक्त हो गए।

प्रसन्नतावश सम्राट ने जीवक को पुरस्कृत किया। करबद्ध जीवक ने आभार प्रकट करते हुए विनम्रता पूर्वक कहा–''देव! मेरे लिए आपके आशीर्वचन से बड़ा कोई पुरस्कार नहीं है।''

सम्राट ने कहा–''जीवक मैं तुम से भी कुछ उम्मीद रखता हूं।''

''आदेश दें सम्राट।''

''तुम्हें आज से मैं मगध का राजवैद्य नियुक्त करता हूं। राज परिवार तथा बुद्ध प्रमुख भिक्षुसंघ की चिकित्सा का उत्तरदायित्व भी तुम्हारा होगा।''

''जैसी देव की इच्छा।'' कहकर जीवक ने सम्राट का आदेश स्वीकार कर लिया।

23

उरुवेल के एक वृक्ष के नीचे सिद्धार्थ की साधना पूर्ण हुई, लक्ष्य प्राप्त हो गया। फिर भी सिद्धार्थ सात सप्ताह तक बोधिवृक्ष के निकट ही अन्य वृक्षों की छाया में चिंतन-मनन करते रहे। दिव्य दृष्टि मिलने से, सर्वज्ञ हो जाने से सिद्धार्थ के मुखमंडल पर एक नई आभा चमकने लगी थी।

इसी आभा से आकर्षित उत्कल देश के दो व्यापारी, जो उसी मार्ग से अपने नगर लौट रहे थे, बुद्ध के दर्शनार्थ उनके पास चले गए। तपस्सु और भल्लिक नामक इन दोनों भाइयों ने महसूस किया कि बुद्ध कई दिनों से निराहार हैं। उन्होंने अपने पास रखे मट्ठा और लड्डू को बुद्ध के सामने रख दिया, जिसे सर्वज्ञ ने ग्रहण किया।

दोनों भाइयों ने तब एक दूसरे की तरफ देखा। आंखों-आंखों में विचार-विमर्श हुआ और फिर बुद्ध के चरण स्पर्श कर उन्होंने कहा—"देव! हमारी आपके धर्म और आपकी शरण में जाने की इच्छा है।"

बुद्ध की मौन सहमति तथा आशीष प्राप्त होते ही, वे बुद्ध के प्रथम उपासक माने गए। दोनों भाइयों के मुख से निकल पड़ा—

"बुद्धं सरणं गच्छामि।
धम्मं सरणं गच्छामि।"

बुद्ध को लगा कि उनका नवीन ज्ञान, नवीन मत अवश्य लोक कल्याणकारी सिद्ध होगा, लेकिन यह तब सम्भव होगा जब लोग इसके विषय में जानेंगे। उन्हें इसके प्रचार-प्रसार की चिंता हुई। इसके लिए वे पहले सारनाथ के मृगदाव वन में गए, जहां पंचवर्गीय भिक्खुओं का निवास और तपस्या स्थल था। इन पांचों संन्यासियों की तपस्या अभी तक सफल नहीं हुई थी। सिद्धार्थ को वे साधनाभ्रष्ट मानते थे और उनके प्रति उपेक्षाभाव रखते थे।

शांतभाव से सिद्धार्थ को अपनी ओर आते देख उनका कौतूहल बढ़ता गया। उन लोगों ने निश्चय कर लिया कि वे उनका सत्कार नहीं करेंगे, बल्कि अवहेलना ही करेंगे।

लेकिन सिद्धार्थ के बुद्धत्व-प्राप्ति का चमत्कार। वे जैसे-जैसे उनके समीप आते गए, उन लोगों का उपेक्षाभाव छू-मंतर होता चला गया। पांचों तापसी उनके सत्कार में जुट गए।

उनके बिछाए आसन पर बैठ कर बुद्ध ने कहा–''मेरी साधना सफल हुई। मुझे ज्ञान का अमृत प्राप्त हो गया है, जिसे मैं आप लोगों को बांटने आया हूं।''

''हम लोगों को अपनी मिथ्या मीठी बोल में न उलझाएं सिद्धार्थ। साधनाभ्रष्ट लोगों को ज्ञान का अमृत कैसे प्राप्त हो सकता है?''

''भिक्खुओं! सत्य को जानना सीखो। मैं अब सिद्धार्थ नहीं, बुद्ध हो गया हूं। मैंने वास्तव में दिव्य ज्ञान प्राप्त कर लिया है। उसे मैं आप लोगों को देना चाहता हूं, जिससे आप भी धर्म का वास्तविक स्वरूप जान सकें।''

बुद्ध के मुखमंडल की नई आभा का प्रभाव, धीरे-धीरे उन लोगों पर पड़ने लगा था। आपस में विचार-विमर्श कर बुद्ध का उपदेश सुनने के लिए वे सहमत हो गए।

बुद्ध ने कहा–''मनुष्य को विलास से, कामवासना से, बहुत आराम में जीने से तथा शरीर को अति कष्ट देने से बचना चाहिए।''

''हम समझते हैं कि साधना, शरीर को कष्ट देने से ही सफल होती है।''

''इस भ्रम से कोई साधना सिद्ध नहीं होती।''

इस तरह बुद्ध ने धर्म सम्बंधी अनेक बातें बता कर अपना प्रथम धम्मोपदेश दिया। उसके बाद तो अन्य अनेक व्यक्तियों को प्रव्रजित करने का सिलसिला प्रारम्भ हो गया। बुद्ध सहित इकसठ भिक्षुओं का संघ बन चुका था। अपना प्रथम वर्षावास सारनाथ में ही व्यतीत करने के पश्चात्, उन्हें मगध सम्राट बिम्बिसार को दिए वचन की याद आई और वे राजगृह के लिए निकल पड़े।

बुद्ध पहले उरुवेला पहुंचे। वहां तीन जटाधारी, अग्निपूजक और घोर कर्मकांडी बंधुओं–उरुवेला काश्यप, नदी काश्यप और गया काश्यप, अपने-अपने शिष्यों सहित रहते थे। बुद्ध उरुवेला काश्यप के आश्रम में उनकी अनुमति से ठहरे। दिखावे के लिए उरुवेला काश्यप, बुद्ध का सम्मान करता, किन्तु उसका अहम् अपने आपको बुद्ध से श्रेष्ठ मानता रहा।

बुद्ध के अंतर्मन को उसके मन की भावनाओं को समझने में देर नहीं लगी। तब एक बार उन्होंने उससे कहा–''देखो उरुवेला काश्यप! सत्य, सत्य होता है। सत्य देखना और सत्य मार्ग पर चलना ही सुखद और सफल होता है। केवल लम्बी जटा रखने से, अनवरत अग्नि पूजन से तथा कर्मकांड करने से, साधना सफल नहीं होती। साधना का मार्ग बदलो, सत्कर्म करो, ब्रह्मचर्य का पालन करो, ईर्ष्या और तृष्णा का परित्याग करो, तभी सफल होकर पुनर्जन्म से मुक्ति पा सकोगे।''

बुद्ध के ज्ञान की आभा से पराजित उरुवेला काश्यप का हृदय-परिवर्तन हो गया। बुद्ध की शरण में जाना ही उसे उचित लगा। उसने अपनी जटाएं काट कर, उन्हें निरंजना नदी में प्रवाहित कर दिया और बुद्ध ने उसे शिष्यों संग प्रव्रजित किया।

उसके दोनों भाइयों ने भी उसका अनुसरण किया। बुद्ध के भिक्षु संघ को अब एक हजार नए शिष्य मिल गए। सभी के साथ बुद्ध, राजगृह की ओर चल पड़े। राह में उद्घोष गूंजता रहा—

बुद्धं सरणं गच्छामि।
धम्मं सरणं गच्छामि।
संघं सरणं गच्छामि।

पौष मास की पूर्णिमा का दिन था। राजगृह में बुद्ध के आगमन का समाचार फैलने लगा। सम्राट बिम्बिसार ने अपने मंत्रियों, सेनानायकों आदि एक लाख बीस हजार लोगों के साथ, राजगृह के दक्षिण में स्थित येष्ठिवन उद्यान में, बुद्ध का भव्य स्वागत किया।

"भन्ते, मेरा करबद्ध निवेदन है कि कल, आप अपनी भिक्षु मंडली के साथ, मेरे निवास पर भोजन करें"—सम्राट ने कहा।

बुद्ध ने अपनी मौन सहमति प्रदान की। दूसरे दिन सम्राट ने स्वयं अपने हाथों से परोस कर भिक्षुमंडली के सभी सदस्यों को राजप्रासाद में भोजन कराया। भोजनोपरांत बुद्ध ने सबको धर्मोपदेश दिया।

सम्राट बिम्बिसार ने अपना सुन्दर वेणुवन उद्यान, भिक्षुसंघ को दान में अर्पित कर दिया। वेणुवन भांति-भांति के पुष्पों तथा लताओं से सुशोभित एक अत्याधिक रमणीय उद्यान था। बाद में सम्राट ने वहां एक सुन्दर महाविहार का निर्माण करा दिया।

उद्यान के रूप में बिम्बिसार द्वारा भिक्षुसंघ को दिया गया वेणुवन की यह भेंट, प्रथम दान था। इसके बाद ही उद्यानों और बौद्ध विहारों के दान का क्रम आरम्भ हुआ।

24

''देख रही हूं कि अपनी नन्हीं बच्ची को थपकी दे-दे कर सुलाने में तुम्हें बहुत आनन्द आ रहा है सखी।'' संगिनी ने सालवती से कहा।

सालवती मुस्कुराई। बच्ची, जिसका नाम उसने 'सिरिमा' रखा था, को चादर ओढ़ाती बोली–''सखी! मैं इसको थपकी देने का आनन्द भी ले रही थी और सोच रही थी कि सौभाग्य का सुख भोगना और दुर्भाग्य का दुख झेलना, मनुष्य के जीवन में आता जाता ही रहता है।......''

उसको बीच में ही टोकती संगिनी बोली–''मातृत्व सुख के आनन्द की अनुभूति के साथ, दुर्भाग्य के दुख का राग कहां से अलापने लगी? वैभव, सम्पदा से परिपूर्ण, सम्पूर्ण मगध की चहेती बनी एक नगरवधू को तो दुख, छू भी नहीं सकता। फिर किस दुर्भाग्य की बात कर रही हो?''

''नहीं सखी! ऐसी बात नहीं है। महिला शब्द में ही ममता, मृदुलता और मातृत्व का समावेश है। एक मां के लिए अपने शिशु पर ममता की वर्षा करना, सौभाग्य का सुख है। पर जब वह अपनी ममता का त्याग कर देती है, तब दुर्भाग्य का दुख बन जाता है। आज मुझे स्मरण हो आया कि यह मेरा कैसा मतिभ्रम था कि अपनी ममता को त्याग कर, अपने प्रथम पुत्ररत्न को कूड़े के ढेर पर फेंकवा दिया था। आज मेरा वही पुत्र, चिकित्सा क्षेत्र में इतिहास रच रहा है, पर मैं उस पर न तो गर्व कर सकती हूं, न उसे अपना पुत्र ही कह सकती हूं। यह दुर्भाग्य का दुख नहीं, तो और क्या है?''

''तुम्हारे कथन में वजन तो है सखी। मां की ममता भरे प्यार में सूर्योदय की अरुणिम आभा है, पक्षियों के कलरव के समान मंद-मधुर संगीत के सुरों की झंकार है। पर अगर मां अपनी ममता का परित्याग कर दे, तो उसका जीवन अस्ताचलगामी सूर्य के समान आकाश में विलीन होकर, कालिमा की मोटी चादर ओढ़ लेता है। खैर, छोड़ो इन बीती बातों को, इस पर मंथन से अब कोई लाभ नहीं।''

''हां, यह सत्य है कि अतीत की पीड़ा पर रोने से, वर्तमान सुखमय नहीं होता, उसके लिए प्रयास करना पड़ता है। पर मन करे तो क्या करे? चेष्टा करने पर भी पीड़ादायक अनुभूतियां भूलती नहीं, केवल मन को सालना जानती हैं। ऐसा क्यों?'' सालवती ने प्रश्न किया।

''ऐसा, इसलिए कि कष्टप्रद वेदनाएं मनुष्य के स्मृति पटल से ऐसा चिपकी

रहती हैं कि उन्हें भूलना कठिन हो जाता है। वे बार-बार उभरती रहती हैं, जबकि सुखमय घटनाएं, आनन्दतिरेक में डूबती-डूबती मन में उभरना तो दूर, मन से ही विलुप्त हो जाती हैं।......पर सखी! ईश्वर ने जब कृपा कर तुम्हारी सूनी गोद को, सिरिमा जैसी सुन्दर बालिका की मुस्कान से भर दिया है, तब सौभाग्य का सुख भोगने की अपेक्षा, अतीत की पीड़ा पर व्यर्थ चिंतन की क्या आवश्यकता? अब तो सिरिमा को मां की ममता की छांव में पाल-पोस कर, बड़ी करने का सुख भोगना चाहिए।'' संगिनी का सुझाव था।

''ठीक ही कहती हो। अतीत पर व्यर्थ चिंतन की अपेक्षा, वर्तमान के प्रति सृजनशील ध्यान से ही भविष्य भी सुन्दर, समृद्ध और सुखमय होगा। मन का मैल निकाल देने से ही हम अन्य कार्य सुचारू रीति से कर सकते हैं। मन को तितली की भांति एक फूल से दूसरे फूल पर मंडराने न देकर, संयमित रूप से क्रियाशील रखने में ही सभी कार्य उत्तम रीति से सम्पन्न होगा। मैं अब यही करूंगी।''

तभी नन्हीं सिरिमा क्रंदन करने लगी। संगिनी हंस कर बोली, ''देखो सखी, अभी नन्हीं-सी कली है, पर तुम्हारे वक्षस्थल से निकलने वाली अमृत की बूंदों पर, वह अपना अधिकार मांग रही है। उसे शीघ्र ही स्तनपान कराओ।''

सिरिमा को अपनी गोद में उठा कर सालवती बोली—''मेरी गोद में कैसे यह बच्ची दुबक कर शांत हो जाती है।''

''ऐसा इसलिए कि बच्चों के लिए मां की गोद, बहुत सुदृढ़, भरोसेमंद, सुख तथा सुरक्षा प्रदान करने वाला सम्बल होती है। मां भी बच्चों को क्षण भर में समझने, समेटने और सहेजने की कला से पूर्णतया अवगत रहती है।'' संगिनी का उत्तर था।

सालवती के मुख पर ममत्व की रेखाएं सरल, सहज और सपाट रूप में झलक रही थीं। उसके मुख से दृढ़ वाणी निकली—''हां, इस नन्हीं कली की मां, अब एक प्रकाश पुंज बनकर, इसे ऐसा प्रस्फुटित करेगी कि यह एक सुगंधित पुष्प-सा खिल कर, अपनी सुगंध चारों ओर बिखेरेगी।''

धीरे-धीरे संगिनी को महसूस होने लगा कि यह सालवती की कोरी वचनबद्धता नहीं थी, उसकी सत्यनिष्ठा थी। सालवती बहुत लगन, ध्यान और यत्न से सिरिमा का पालन-पोषण करने लगी। सालवती अब सिरिमा की केवल मां नहीं थी, उसकी सहेली और आलोचक भी थी। सहेली बनकर उसे नारी के गुण तथा कला के गुर सिखाती और आलोचक बनकर, उसकी गलतियों को सुधारती। अपनी क्षमता को सदैव विकसित करते रहने और आत्मविश्वास कभी न खोने की सीख देती, पर अहंकार से दूर रहने को कहती। वह सोचती रहती कि मेरी पुत्री को भविष्य में छोटी से लेकर बड़ी समस्याओं का समाधान स्वयं ढूंढ़ना पड़ेगा, इसलिए वह अभी से ही

उसे जीवन में आने वाली चुनौतियों से जूझने के उपाय बताती रहती।

25

जीवक चिकित्सालय के द्वार से एक कमजोर रुग्ण रोगी को सहारा देते हुए बाहर निकलते, परिजन कह रहे थे–"भला हो वैद्य जीवक का, जो कई महिनों से असाध्य रोग से पीड़ित मेरा यह भ्राता, आज रोगमुक्त हो गया। राजगृह में जीवक वैद्य का आगमन एक नए स्वस्थ आकाश का सृजन कर रहा है।"

एक दूसरे रोगी ने कहा–"यह सत्य है कि अगर जीवक वैद्य किसी मृतप्राय व्यक्ति की नब्ज पर हाथ रख दें, तो वह भी जीवित हो जाता है। जीवक जी शल्यक्रिया में भी निपुण हैं। मैं स्वयं उनके उपचार का लाभ उठा चुका हूं।"

उन लोगों की बातों से आकर्षित एक तीसरे व्यक्ति ने कहा–"सुना है कि बाल्यावस्था में राह पर फेंक दिए गए एक अनाथ जीवन जीने वाले जीवक जी, जिन पर समाज हंसा था, आज उन्होंने अपनी बुद्धि और जुनून के कारण, चिकित्सा क्षेत्र में इतिहास रच दिया है।"

राज्य का एक अधिकारी, जो जीवक के गुण और कार्यकुशलता के विषय में जानने आया था, इस वार्तालाप से संतुष्ट हो, वहीं से लौट गया। उसे चिंता थी राजगृह के श्रेष्ठी की, जो सात वर्ष से सिर की पीड़ा से दुखी था। अनेक विख्यात वैद्य आए, मुद्राएं लेकर चले गए, पर उनकी पीड़ा को दूर नहीं कर पाए। उनमें से कुछ वैद्य कह गए कि श्रेष्ठी की मृत्यु पांच दिनों में हो जाएगी। कुछ ने घोषणा की कि श्रेष्ठी सात दिनों तक ही जीवित है।

इस अधिकारी के विचार से यह श्रेष्ठी राजा तथा राज अधिकारियों के लिए बहुत कल्याणकारी और सेवा करने वाला है। इसकी मृत्यु राज्य के लिए बहुत अहितकर होगी। जीवक के गुणों के विषय में जान कर, उसे लगा कि यदि राजा बिम्बिसार, जीवक को श्रेष्ठी का उपचार करने को कहें, तब अति उत्तम होगा।

उस अधिकारी ने सम्राट बिम्बिसार के सम्मुख जा कर निवेदन किया–"राजन! देव तथा राज्य के लिए नगर श्रेष्ठी बहुत उपयोगी व्यक्ति है, मगर अभी रोगग्रस्त है। उसका रोगमुक्त होना अति आवश्यक है। उचित होगा राजन कि जीवक राजवैद्य को आज्ञा दें कि नगर श्रेष्ठी का उपचार करें।"

उसकी बात से सहमत बिम्बिसार ने जीवक को बुला कर कहा–"भणे जीवक!

नगर श्रेष्ठी किसी रोग से अति पीड़ित हैं अतः उसकी उचित चिकित्सा कर, राज और समाज को उपकृत करो।''

''जैसी आज्ञा देव!'' यह कह जीवक श्रेष्ठी के गृह पर पहुंच गया। उसका भलीभांति परीक्षण कर, परिजनों से कहा कि इसके मस्तिष्क को चीरना पड़ेगा।

श्रेष्ठी से जीवक ने पूछा—''क्या तुम एक करवट से सात मास लेटे रह सकते हो?''

नैराश्य भरे श्रेष्ठी ने उत्तर दिया—''हां आचार्य! मैं ऐसा कर सकता हूं।''

जीवक—''क्या तुम दूसरी करवट से भी सात मास लेटे रह सकते हो?''

''हां आचार्य! मैं लेटे रह सकता हूं।''

तब जीवक ने श्रेष्ठी को चारपाई पर लिटाकर चारपाई से बांध दिया और उसकी खोपड़ी में बड़ा सा चीरा लगाया। खोपड़ी के अंदर से एक बड़े और एक छोटे कीड़े को निकाल कर परिजनों को दिखाया। फिर उन्हें बताया—''जिस वैद्य ने श्रेष्ठी के पांचवें दिन मरने की बात कही थी, उन्होंने इस बड़े कीड़े को देखा था, जो पांच दिन में इनकी गुद्दी चाट कर, इनको मौत की नींद सुला देता। जिस वैद्य ने सातवें दिन मरने की घोषणा की थी, उन्होंने इस छोटे कीड़े को देखा था, जो सात दिन में मस्तिष्क को खा जाता।''

जीवक ने खोपड़ी को यथापूर्वक पुनः सीकर, लेप लगा दिया और पट्टी बांध दी। श्रेष्ठी ने सात माह तक एक ही करवट लेटे रहने का वचन दिया था, पर सात दिन पश्चात् ही उसे ऐसा करना कष्टकर लगने लगा। तब उसे दूसरी करवट से सात माह तक लेटने को कहा गया परन्तु फिर सात दिन बाद ही उसकी बेचैनी बढ़ने लगी। किसी तरह वह केवल कुल तीन सप्ताह ही लेटने के पश्चात् उसने अपनी असमर्थता जताई। जीवक ने पूछा—''तुमने मुझसे क्यों कहा था कि तुम सात-सात मास तक दोनों करवट लेटे रह सकते हो?''

''आचार्य! यदि मैंने कहा भी था, तो मर भले ही जाऊं, किन्तु मैं अब इतनी अधिक दिनों तक एक ही करवट लेटा नहीं रह सकता।''

जीवक ने मुस्कुराते हुए कहा—''श्रेष्ठी! मैं जानता था कि तुम तीन सप्ताह में निरोग हो जाओगे। पर यदि मैंने इतना अधिक लेटने को नहीं कहा होता, तो तुम इतने दिन भी नहीं लेटते। उठो श्रेष्ठी, अब तुम निरोग हो गए हो।''

श्रेष्ठी उठ बैठा और रोगमुक्त होने की प्रसन्नता में एक लाख स्वर्ण मुद्राएं, जीवक को और एक लाख राजकोष में दिए।

जीवक द्वारा किया गया यह शल्य चिकित्सा, प्राचीन भारत का एक श्रेष्ठ

उदाहरण है। भारतीय संस्कृति सदैव ही से गुणों की खान रही है। गुण की पूजा सर्वत्र होती आई है। केवल राजगृह ही नहीं, पूरा देश जीवक की सेवा से धन्य हो गया और उन पर गर्व करने लगा।

एक अन्य स्मरणीय उदाहरण है जीवक ने वाराणसी के नगर सेठ के उदर रोग से पीड़ित पुत्र की शल्य चिकित्सा की। उसे न खाना पचता था, न मल-मूत्र ठीक से होता था। वह अति दुर्बल, पीला, ठठरी मात्र रह गया था। किसी वैद्य का उपचार फलीभूत नहीं हो रहा था। वाराणसी के श्रेष्ठी को लगा कि मेरे पुत्र को कोई ऐसा गम्भीर रोग है, जिसका कोई उपचार सम्भव नहीं है।

उसने सुन रखा था कि उपचार की असफलता से निराशाजनक स्थिति में, रोगी को दवा के साथ दुआ की भी आवश्यकता होती है। उसने मंदिर जा कर पूजा-अर्चना की कि उनका पुत्र ठीक हो जाए। यह उनकी प्रार्थना का प्रभाव था या उनके प्रारब्ध का फल, कि मंदिर से लौटते समय मार्ग में एक शुभचिंतक से उनकी भेंट हो गई। श्रेष्ठी की व्यथा से द्रवित, उसने परामर्श दिया कि क्यों न इसका उपचार राजगृह के विख्यात राजवैद्य जीवक से कराया जाए। यह विचार श्रेष्ठी को उचित ज्ञात हुआ और वह शीघ्र ही राजगृह के लिए प्रस्थान कर गए।

राजगृह पहुंच कर श्रेष्ठी ने सम्राट बिम्बिसार से याचना की–"देव! मेरा पुत्र एक असाध्य रोग से पीड़ित है, जिसका उपचार अब राजवैद्य जीवक के द्वारा ही सम्भव है। कृपा कर राजवैद्य जीवक को उसकी चिकित्सा करने की आज्ञा दे कर मुझे उपकृत करें।"

तब सम्राट बिम्बिसार ने जीवक को बुलाकर कहा–"वत्स जीवक! वाराणसी जाओ और वहां के श्रेष्ठी-पुत्र को रोगमुक्त करो।"

जीवक वाराणसी गया और श्रेष्ठी के रोगी पुत्र की जांच कर, रोग को पहचान लिया। रोगी के पेट में चीरा लगा कर आंत को निकाला। उसकी पत्नी को आंत में पड़ी गांठ, दिखा कर बोला–"यही है तुम्हारे स्वामी का रोग, जिसके चलते तरल पदार्थ भी पीने से नहीं पचता था।"

जीवक ने गांठ को सुलझा कर आंत को पुनः पेट के भीतर डाला। चमड़े की सिलाई कर, लेप लगा दिया। कुछ ही दिनों में वह रोगमुक्त और स्वस्थ हो गया। प्रसन्नतावश श्रेष्ठी ने जीवक को सोलह हजार काषार्पण दिए, जिसे लेकर जीवक राजगृह लौट आया।

इस भांति जीवक ने अनेक रोगियों के अत्यंत गम्भीर रोगों का उपचार किया, जिससे उसका यश चारों ओर फैलने लगा। सम्पूर्ण देश में जीवक के चिकित्सिय गुण की गाथा चर्चित हो रही थी। इसका उदाहरण है सुदूर उज्जैन के राजा द्वारा

चिकित्सा कार्य के लिए उनका बुलावा आना।

उज्जैन के राजा प्रद्योत, जो सम्राट बिम्बिसार के मित्र थे, पांण्डु रोग से पीड़ित थे। बहुत से विख्यात वैद्य द्वारा चिकित्सा हुई, पर सभी असफल रहे। रोग बढ़ता गया। किसी की दवा काम नहीं आई। तब जीवक की चर्चा ज्ञात हुई। मरता क्या नहीं करता। लाचार राजा प्रद्योत ने बिम्बिसार के पास अपना दूत भेज कर अनुरोध किया कि वे राजवैद्य जीवक को, उनके असाध्य रोग के उपचार के लिए भेज दें।

तब सम्राट बिम्बिसार ने मित्रता निभाते हुए जीवक को आज्ञा दी–''मेरा मित्र अवन्ती नरेश प्रद्योत किसी रोग के कारण अति कष्ट में है। तुम उज्जैन जाओ और उसका कष्ट हरण करो। हां, इस बात से तुम्हें अवगत करा देता हूं कि मेरा मित्र अत्यंत क्रोधी स्वभाव का है, जिस कारण लोग उसे 'चंडप्रद्योत' भी कहते हैं। तुम उसके क्रोध से बचने की सावधानी बरतना।''

''जी! मैं इस चेतावनी का विशेष ध्यान रखूंगा।''

उज्जैन जा कर जीवक ने राजा प्रद्योत के रोग की परीक्षा कर कहा–''राजन! आपका रोग असाध्य नहीं है, केवल उचित औषधि का उपयोग नहीं हुआ है। आपकी औषधि बनाने के लिए मुझे उचित मात्रा में घी की आवश्यकता है, आप मुझे पर्याप्त मात्रा में घी उपलब्ध करा दीजिए।''

''जीवक वैद्य! तुम्हारी ख्याति से परिचित होने के कारण ही मैं अब तक शांत हूं, क्योंकि मुझे घी की सुगंध और स्वाद दोनों से ही घृणा है। घी का नाम भी मुझे सहन नहीं होता। बस, घी के बिना किसी अन्य औषधि से मुझे निरोग करो।''

यह सुनकर, जीवक के मन में चिंता की रेखाएं उदित होने लगीं, लेकिन उसने अपने मुख पर इसे उभरने नहीं दिया। जीवक के पास कोई ओढ़ी हुई क्षमता तो थी नहीं, बल्कि स्वाभाविक एवं तक्षशिला जैसे विश्वविद्यालय से अर्जित क्षमता थी। वह जानता था कि बिना घी मिश्रित औषधि के, प्रद्योत का उपचार करना सम्भव नहीं है। अतः उसने निर्णय लिया कि राजन को भुलावे में रख कर, छल से ही घी की औषधि पिलानी पड़ेगी।

उसने विनीत स्वर में कहा–''जैसी आज्ञा राजन! मेरा तो काम ही है दूसरे की सेवा करना। विशेषकर रोगी के मनोनुकूल सेवा करना। रोगी की प्रसन्नता से मुझे शाश्वत आनंद प्राप्त होता है। मेरा हृदय सर्वथा प्रफुल्लित रहता है। मैं ऐसी औषधि बनाऊंगा जिससे आप शीघ्र ही रोगमुक्त हो जाएंगे।''

जीवक ने एक बंद कमरे में नाना औषधियों को मिला कर काषाय वर्ण (गेहुंआ

रंग), काषाय गंध (कसैली गंध), काषाय रस (कसैला रस) का घी पकाया। उसने सोचा–''पीते समय राजा को घी का पता नहीं चलेगा, पर पचते समय डकार आने पर, घी के स्वाद का पता चल जाएगा। तब यह क्रोधी राजा मुझे मरवा न डाले। क्यों न मैं पहले से ही बचने का उपाय ठीक कर लूं?''

राजा प्रद्योत के पास जाकर उसने नम्रतापूर्वक कहा–''राजन! हम वैद्य लोग विशेष मुहूर्त में जंगलों में पाई जाने वाली जड़ी-बूटियों से औषधि तैयार करते हैं। इसलिए अच्छा हो, यदि देव मुझे एक अति द्रुत वाहन प्रदान करें और नगरद्वार के प्रहरियों को आदेश दें कि जीवक जिस द्वार से जिस समय चाहे, उस समय जाए और जिस समय चाहे, उस समय नगर के अंदर आए।''

तब राजा प्रद्योत ने वाहनचालकों को आज्ञा दी कि सबसे तेज, दिन में पचास योजन, चलने वाली हथिनी 'भद्रवतिका' को, जीवक के सेवा में नियुक्त कर दिया जाए और द्वारपालों को भी वैसी ही आज्ञा दे दी, जैसी जीवक ने मांग की थी।

पलायन करने का मार्ग सुगम हो जाने पर जीवक, प्रद्योत के पास गया और औषधि मिश्रित घी देकर कहा–''देव काषाय पिए, इससे आप पूर्णतया ठीक हो जाएंगे।''

राजा को घी पिला कर जीवक हथियार से भद्रवतिका हथिनी पर सवार हो, नगर से बाहर राजगृह की ओर जाने के मार्ग पर भाग निकला। संकट को अपने पीछे आने के आभास से ही, मनुष्य के बचाव के कदमों में तीव्रता आ जाती है। जीवक चाहता था कि जितना शीघ्र हो, वह अवन्ती राज्य की सीमा के बाहर चला जाए, इसलिए भद्रवतिका को और तेज, और तेज चलने के लिए पुचकारता रहता।

इधर औषधि पीने के कुछ समय पश्चात् ही प्रद्योत को घी की डकार आने लगी। क्रोध से उसका मुख लाल हो उठा। आंखों से चिनगारियां निकलने लगीं। वह चिल्ला उठा–''सैनिकों, वैद्य जीवक ने मुझे घी पिलाया है। उसे बंदी बनाकर मेरे सामने उपस्थित करो।''

परन्तु जीवक वहां था वहां, जो सैनिक उसे ढूंढ़ पाते। उसके भागने के समाचार से प्रद्योत और भी क्रोधित हो उठा। उसने अपने उस दास को बुलाया, जिसने अभ्यास कर, अपने अंदर इतनी ऊर्जा का संचार कर लिया था कि जब वह दौड़ता, तो लगता कि किसी दैवी शक्ति से वह हवा में उड़ रहा है। उसका नाम था काक। काक को आदेश मिला कि शीघ्रता से जाओ और जीवक को, जहां भी मिले, पकड़ कर ले आओ। यह स्मरण रखना कि वैद्य लोग बहुत मायावी होते हैं, उनके हाथ का दिया कुछ नहीं खाना।

काक तीव्र गति से निकल पड़ा।

इधर जीवक अवन्ती से सटा वत्सराज्य की राजधानी कौशाम्बी पहुंच चुका था। अन्य राज्य में सूर्योदय की किरणें, सुप्रभात के साथ-साथ जीवक के हृदय से अवन्ती नरेश का भय मिटा रही थी। भागम-भाग की आवश्यकता अब उसे नहीं थी। विश्राम के लिए एक जगह ठहर कर वह जलपान कर रहा था कि उसे खोजता-खोजता काक वहां पहुंच गया।

जीवक को ढूंढ़ने की प्रसन्नता काक के मुख पर झलक रही थी। काक के आने के कारण की समझ जीवक के मुख पर थी। एक को दूसरे को लौटा कर ले चलने की समस्या थी, दूसरे को इससे बचने की।

जीवक ने मुस्कुरा कर काक का स्वागत करते हुए कहा—"थक गए होंगे, आओ विश्राम कर लो। यह औषधि मिश्रित आंवला खाओ, तुम्हारी सारी थकान मिट जाएगी।"

अवन्ती नरेश की बात स्मरण कर काक ने आंवला खाने में आनाकानी की। तब जीवक ने स्वयं औषधि मिश्रित आंवला खा कर पानी पिया। काक ने सोचा जब यह वैद्य आंवला खा कर पानी पी रहा है, तो मुझे भी कोई हानि नहीं होगी। उसने आंवला खा कर पानी पिया। पर उसका खाया वह आंवला कुछ ही क्षण में उल्टी होकर निकल गया।

काक चिंतित हो उठा। उसने जीवक से पूछा—"आचार्य! उल्टी हो रही है, क्या मैं जीवित रहूंगा?"

"भन्ते काक! डर मत, तुझे कुछ नहीं होगा। तू भी निरोग रहेगा और तेरा राजा भी।"

"परन्तु वैद्यराज, अवन्ती नरेश आपको स्मरण कर रहे हैं। मैं आपको लेने ही आया हूं।" काक ने कहा।

"अवन्ती नरेश के जिस चिकित्सिय कार्य के लिए मैं बुलाया गया था, वह कार्य तो मैंने कर दिया। मेरी औषधि से वे रोगमुक्त हो गए होंगे। अब वे मुझे क्यों स्मरण कर रहे हैं?"

"सम्भवतः पुरस्कृत करने के लिए।"

"नहीं काक। मैं उनके बुलाने का अभिप्राय समझता हूं। कुछ मनुष्य रोग के उपचार की सफलता में भी औषधि के रोचक स्वाद पर ध्यान देते हैं। उपचार में वांछित परिणाम की उपलब्धि उचित प्रयास और उचित औषधि पर निर्भर करता है। औषधि के रुचिकर स्वाद पर नहीं। तुम्हारे नरेश को घी की सुगंध और स्वाद दोनों से घृणा है, पर औषधि के लिए घी आवश्यक होने के कारण, मुझे उन्हें घी पिलाना पड़ा। इसलिए वे आक्रोश में मुझे प्राणदंड देना चाहते होंगे। मैं राजगृह अपने नरेश

के पास जा रहा हूं। तुम वापस लौट जाओ और इस भद्रवतिका हथिनी को ले जाकर, अपने नरेश को मेरे धन्यवाद के साथ लौटा देना।''

राजगृह लौट कर जीवक सम्राट बिम्बिसार से सबसे पहले भेंट करने गया। सारा वृत्तांत सुनकर वे बहुत हंसे और कहा कि प्रद्योत के प्रचंड आक्रोश से बच कर तुमने अच्छा किया।

कुछ दिनों पश्चात् अवन्ती का एक दूत जीवक के पास आया। साथ में जीवक के लिए एक पत्र के साथ बहुमूल्य उपहार और बहुमूल्य दुशाला लाया था। राजा प्रद्योत को सौ हजार दुशालों में श्रेष्ठ शिवी देश के दुशालों का एक जोड़ा प्राप्त हुआ था, जिसे उन्होंने जीवक के लिए भेजा था। पत्र में अपने निरोग होने की सूचना देकर, अवन्ती नरेश ने अपने दुर्व्यवहार के लिए बहुत दुख प्रकट किया था।

26

नारी के हृदय में भी प्रेम-बीज का अंकुरण-प्रस्फुटन सदा से होता आया है। भ्रमर-पुरुष द्वारा ऐसी प्रेम-विह्वल नारी के दोहन और छलने की क्रिया भी प्रायः सभी युगों में देखने को मिलती रही है। आजकल प्रेम-प्रसंग में छली गई नारी की सिसकियां गली-गली में सुनाई पड़ती हैं, जबकि प्राचीन काल में ऐसे प्रसंग कम लेकिन उदाहरण स्वरूप उभर कर आए हैं।

बुद्ध काल में भी मनभावन सौन्दर्य के प्रति आकर्षित एक प्रेम-पिपासित नारी भद्रा कुण्डल केशा के छले जाने की कहानी मिलती है। किन्तु उस साहसी और चतुर नारी ने छलने वाले कुचक्री पुरुष को सबक सिखा कर, न केवल स्वयं को सशक्त किया, बल्कि देश की दूसरी नारियों के लिए भी प्रेरणादायिनी बनी।

भद्रा, एक अतिशय सुन्दर नवयुवती, राजगृह नगर के प्रभावशाली कोषाध्यक्ष की पुत्री थी। उसके घुंघराले केश इतने आकर्षक थे कि लोग उसे 'कुण्डलकेशा' भी कहते थे। लाड़-प्यार में पली इस मातृहीन सुन्दरी को, जीवन के सभी सुख एवं ऐश्वर्य प्राप्त थे। यौवन की सुगंध जब उसके कोमल बदन में अंगड़ाइयां लेने लगीं, तब उसको विवाह-बंधन में बांधने के लिए उसके पिता, सुयोग्य वर की खोज में प्रयत्नशील रहने लगे।

किन्तु चंचल युवा हृदय कब काम-बाण से बिंध कर किसी पर आसक्त हो जाता है, कोई नहीं जानता। सुकेशिनी भद्रा के साथ भी यही हुआ। एक दिन अपने प्रासाद से भद्रा, व्यस्त राजमार्ग की ओर झांक रही थी, तभी उसकी दृष्टि एक अति सुन्दर गौर वर्ण के मनलुभावन युवक पर पड़ी। उसे कुछ सैनिक बंदी की तरह बांध कर ले जा रहे थे। दो दिन बाद उसे राजगृह के उस 'चोर प्रपात' की ओर ले जाया जाएगा, जहां से मृत्यु-दण्ड प्राप्त चोर को नीचे धकेल दिया जाता था।

उसकी आकर्षक मोहिनी आंखों में न जाने क्या जादू था कि उससे कुण्डलकेशा की आंखें चार होते ही, यौवन मद में झूमती नारी के हृदय-वीणा के तार झंकृत होने लगे। इससे गुंजित मधुर संगीत ने उसके हृदय-धड़कन को इतना तेज और प्रेमातुर कर दिया कि उसे पाने की लालसा, उसके हृदय में तीव्र से तीव्रतर होती चली गई।

प्रेम अंधा होता ही है। नयन बाण से घायल नवयौवना ने यह जानने की भी आवश्यकता नहीं समझी कि वह पुरुष उसकी तरह सम्भ्रांत परिवार का है भी या नहीं? किस अपराध के लिए बंदी बना है, दोषमुक्त हो सकता है या नहीं? बस हृदय मचल गया तो मचल गया, उसने उसे अपने मन में अपना बनाने की इच्छा ठान ली, तो ठान लिया। उसका हृदय मचलने लगा, विवाह करूंगी तो इसी से, अन्यथा अपने प्राण त्याग दूंगी।

हृदय की पुकार पर उसने अन्नजल त्याग दिया और अपने कक्ष में चुपचाप लेट गई। बाहर से केवल सिसकियों की ध्वनि ही सुनाई पड़ रही थी। अपनी लाडली की क्रंदन-ध्वनि से मर्माहत पिता, अपनी कुमारी कन्या के अधरों पर प्रसन्नता की रेखाएं देखने के लिए व्यग्र हो गए। इस जटिल समस्या का समाधान सोचने लगे। करें तो क्या करें। प्रेम अंधा है, तो सम्राट बिम्बिसार का कानून भी अंधा है। विशेष कर चोरी का अपराधी तो उनके राज्य में मृत्यु-दण्ड का ही भागी होता है। यहां दण्ड, दण्ड होता है, क्षमा का कोई प्रावधान नहीं है।

जैसे-जैसे सिसकियों की आवाज बढ़ती, उनकी चिंता भी बढ़ती जाती। लाड़-प्यार से पालने वाले पिता अपनी पुत्री की इच्छा-पूर्ति के उपाय तीव्रता से सोचने लगे। बुद्धि तीक्ष्ण थी ही। वे यों ही राज्य के एक प्रभावशाली अधिकारी नहीं बने थे। एकाएक एक युक्ति उनके मस्तिष्क में कौंध गई। क्यों न उस व्यक्ति को पटाया जाए, जिसके आवेदन पर भद्रा को आकर्षित करने वाले युवक को दण्डित किया गया था?

पुत्री के अधरों पर मुस्कान बिखेरने के लिए पिता क्या नहीं करता है। प्रयास कर उन्होंने उस आवेदक को ढूंढ ही लिया, जिसके घर चोरी करने के अपराध में उस

अपराधी को दण्डित किया गया था। उन्होंने उस व्यक्ति से भेंट की। उसे समझाते हुए उससे पूछा—"क्या अपराधी के मृत्यु-आदेश से उस आवेदक का चोरी गया धन प्राप्त हो गया?"

"नहीं, पर मन में संतोष तो होगा।"

"क्या यह क्षणिक मानसिक संतोष उसे नष्ट हुए धन के उपयोग का सुख दे पाएगा। नहीं न। परन्तु, यदि मेरी बात तुम मानो, तो मैं तुम्हें अधिक धन दूंगा। तुम्हें केवल नए सिरे से आवेदन देना होगा, कि चोर ने तुम्हारी चोरी गई राशि से अधिक लौटा दी है, इसलिए अपनी याचिका वापस लेता हूं। इससे उसके प्राण भी बच जाएंगे और तुम्हें उपयोग करने के लिए राशि-लाभ भी हो जाएगा।"

ऐसा करने में अपनी भलाई और लाभ देखकर, उसने अपनी सहमति दे दी। भद्रा के पिता ने एक मोटी राशि चुपचाप उसे भेंट कर दी। याचिकाकर्ता के नए आवेदन से, नए सिरे से सुनवाई हुई। पक्ष-विपक्ष में वाद-विवाद हुआ। अधिकारी पिता के प्रभाव और प्रयत्न से किसी तरह युवक की प्राणरक्षा हो गई।

उस नवयुवक के दोषमुक्त हो जाने के समाचार से प्रेमासक्त भद्रा कुण्डलकेशा के हृदय की क्यारी में अपने आराध्य से मिलन की उमंग के मनोहारी फूल खिलने लगे। पिता से लिपट कर हर्षित पुत्री ने कृतज्ञता व्यक्त की। पर जैसे ही पीछे से पिता के साथ आए उस दोषमुक्त युवक पर जब उसकी दृष्टि पड़ी, वह लजाई, सकुचाई और मुस्कुराती हुई अंदर की ओर भागी। नवयुवक ने भागती सुन्दरी को देखा, किन्तु उसकी दृष्टि घर की सम्पदा और वैभव को निरखने में अधिक थी।

उस नवयुवक का नाम था सत्यकुमार, लेकिन लोग उसे 'सत्थुक' नाम से पुकारते थे। सौन्दर्य से परिपूर्ण, गौरवर्ण के इस नवयुवक के अधरों पर बिखरी चित्ताकर्षक मुस्कान तथा सम्मोहक आंखों की तिरछी चितवन, किसी भी नारी को काम-बाण से बींधने में सक्षम थी। उसका दुर्भाग्य यही था कि परिवार-विहीन इस युवक की संगति राजगृह के अपराधिक प्रवृत्ति वाले लोगों से हो गई थी, जिनके साहचर्य में वह अपराध कर्म में लिप्त रहता था। सत्थुक के इस पक्ष से कुण्डलकेशा बिल्कुल अनभिज्ञ थी। प्रेम-विह्वलता में मनुष्य मन की नहीं सुनता, केवल हृदय-धड़कन के आनन्द-प्रवाह में गोते लगाते रहना चाहता है। कुण्डलकेशा भी सत्यकुमार के बाह्य सौन्दर्य पर अति मुग्ध होकर, उसके आकर्षक अंक में लिपटी रहना चाहती थी।

सत्यकुमार ने सोचा कुण्डलकेशा से विवाह करने में उसके दोनों हाथों में लड्डू ही प्राप्त होंगे। एक हाथ में कुण्डलकेशा के सौन्दर्य-भोग की मिठास, दूसरे हाथ में उसकी धन-सम्पदा के सुख की मिठास। एक साथ विलासपूर्ण और वैभवपूर्ण जीवन

से अधिक, मनुष्य को और क्या सुख चाहिए। विवाह करने की सहमति उसने दे दी और विवाह सम्पन्न हो गया। एक ने लोभवश विवाह किया, दूसरे ने प्रेमवश।

कुछ दिनों तक अधिकारी के गृह में प्रेमराग की मधुर ध्वनि गुंजित होती रही। कुण्डलकेशा मनवांछित पति पाकर प्रसन्न थी। सत्यकुमार अह्लादित था अपने साथ एक जमाता की तरह आदरभाव और व्यवहार देखकर। कई दास-दासी उसकी सेवा में लगे रहते, उसका बदन दबाते, रेशमी वस्त्र धारण कराते, भोजनोपरांत हाथ धुलाते। आराम की हर वस्तु उसकी इच्छानुसार उपलब्ध हो जाती। न कोई कमी थी, न कोई अहेलना। सत्यकुमार आश्वस्त हो गया कि अब उसकी इच्छा और कार्य के विरुद्ध कोई नहीं जाएगा। अब उसने अपना असली रूप दिखाना प्रारम्भ कर दिया।

मनुष्य का स्वभाव, सबका अलग-अलग और अपरिवर्तनीय होता है। कुत्सित स्वभाव तथा असामाजिक प्रवृत्ति वाले व्यक्ति को जब भी अवसर मिलता है, ऐसा आचरण करने लगता है, जो न उसके स्वयं के हित में होता है, न उसके परिवार और समाज के।

सत्यकुमार को प्राणदण्ड से मुक्ति मिली थी, स्वभाव की दुश्चरित्रता से नहीं। वह अब खुलकर अमर्यादित आचरण करने लगा। उसके असामाजिक मित्रों का घर में आगमन होने लगा। मदिरापान भी होता, असामाजिक कार्य की योजना भी बनती।

यह सब देखकर कुण्डलकेशा के पिता को अपनी प्रतिष्ठा धूल में मिलती दिखाई देने लगी। अपने स्वअर्जित धन की लूट से मन में एक विचित्र घुटन, बेचैनी और झुंझलाहट पनपने लगी। जब असह्य परिस्थितियों से उत्पन्न कुंठा उन्हें सताने लगी, तब उन्होंने कुण्डलकेशा को बुला कर अपनी वेदना प्रकट की—"देख रही हो पुत्री! जब यौवन मद में मदमाती नवयुवती, हृदय में प्रेम की तुला पर गुण और सामाजिक प्रतिष्ठा की अपेक्षा बाह्य सौन्दर्य को अधिक महत्त्व देती है, तब परिणाम कितना कष्टकर होता है। तुम्हारे साथ-साथ मेरा जीवन भी अप्रतिष्ठित तथा नर्कमय हो गया है।"

"हां पिताश्री! आपका कथन मुझको भी उचित लग रहा है।"

"उसके असामाजिक आचरण से इस क्षेत्र में हमारे विरुद्ध लांछन के गपशप की कहानियां चर्चित होने लगी हैं, जहां मुझ पर कीचड़ उछाले जा रहे हैं। यदि सम्राट को इसकी भनक लग गई, तो मेरे अधिकार छिन जाने के साथ, मेरा प्रभाव भी क्षीण हो जाएगा।"

"पति के बदले-बदले रंग-ढंग और व्यवहार से मैं स्वयं अत्यंत दुखी हूं पिताश्री। मैं स्वयं महसूस कर रही हूं कि ऐसी परिस्थिति में मेरा जीवन-रथ कैसे चल पाएगा?

मैं करूं तो क्या करूं?''

''उसको अपना जीवन-साथी बनाने का सपना तुमने ही पाला था कुण्डलकेशा, अब उसे सही मार्ग पर लाने का प्रयत्न भी तुम्हें ही करना पड़ेगा।''

''ठीक है पिताश्री! उसका जीवन सुधरेगा, तभी मेरा जीवन भी सुधरेगा। इसके लिए मैं आज से ही प्रयत्न करूंगी।''

कुण्डलकेशा की समझ में यह बात आ चुकी थी कि प्रेमरस प्रवाहित करने से ही नारी, पुरुष का मन जीत सकती है। इसलिए रात्रि, जिसकी प्रतीक्षा वह मोहक शृंगार से सजधज कर व्यग्रता से कर रही थी, आशा के पल लेकर आई। शयनकक्ष में जैसे ही सत्यकुमार मद प्रभाव से झूमते हुए आया, कुण्डलकेशा उससे लिपट गई। शृंगारित, आभूषित नारी, जब मदिरा-उन्मादित युवा शरीर की गोद में, प्रेमोन्मत्त अंगड़ाइयां लेने लगती है, तब दोनों के लिए प्रेमानंद का स्वाद चखना निश्चित हो जाता है।

प्रेमक्रीड़ा की समाप्ति के पश्चात् भी कुण्डलकेशा अपने पति पर प्रेमवर्षा की फुहार छोड़ती रही। उसका मानना था कि प्रेम की चाशनी में जब पुरुष मन घुला-पगा रहता है, तब नारी की बातों को सरलता से स्वीकार कर लेता है। उसने देखा, सत्यकुमार की उंगलियां अभी भी उसके कान के अलंकार को छूते-छूते उसके गालों को सहलाने लगती हैं, उसके हाथ गलहार को स्पर्श करते-करते उसके वक्षस्थल को स्पर्श करने लगते हैं, तब उसको लगा कि उसका पति अभी भी प्रेमासक्त है। इसको उपयुक्त समय समझकर कुण्डलकेशा ने अपने सुधार-राग को अलापना प्रारम्भ कर दिया।

''देखिए स्वामी! आप प्रसन्न तो होंगे ही कि बहुत सरलता-सहजता से मेरी जैसी भोली-भाली प्रेमिल पत्नी के साथ-साथ अपार सम्पत्ति, जो सबको उपलब्ध नहीं होती, आपको मिल गई है। इस सहज उपलब्धि को यदि आप दुर्व्यसनों में निरर्थक नष्ट करेंगे, तो इसका उपभोग बहुत अधिक समय तक नहीं कर पाएंगे। धन जमा करने में समय अधिक लगता है, पर नष्ट करने में क्षण भर। आपके संगी-साथी भी आपका साथ तभी तक देंगे, जब तक आपके पास धन है। अब भी आप यदि सम्हल जाएं, तो हम सब का कल्याण होगा। निरर्थक सोच के स्थान पर सकारात्मक सोच अपना कर देखें।''

सत्यकुमार मौन, मुस्कुराता रहा। कुण्डलकेशा के केशों में गुंथे आभूषणों को टटोलता रहा। पत्नी ने समझा पति उसके सुन्दर बालों को सहला रहा है। पति की मौन मुस्कुराहट को पत्नी ने अपने सुझावों से उसकी सहमति का, अर्थात् अपने

प्रयत्नों की सफलता का, द्योतक समझा। पति का प्रतिवाद नहीं करने का, पत्नी ने अपने सुझावों का असरदार प्रभाव समझा। पर पत्नी की सोच-समझ अलग थी, जबकि पति के मन में एक अलग खिचड़ी पक रही थी, प्रेम का नहीं, लालच-लोभ का सागर हिलोरें मार रहा था।

सत्यकुमार भविष्य के कल्पनालोक के सपने देखने में विश्वास नहीं रखता था। वर्तमान के सुखलोक में किसी प्रकार से, गलत ढंग से ही सही, विचरण करते रहना चाहता था। पत्नी के रत्नाभूषणों को वह टटोल रहा था, उनका मूल्य आंकने के लिए, पत्नी ने समझा प्रेमातुर पति, उसके कोमल शरीर से खेल रहा है। नियति कभी-कभी अलग-अलग मन में, अलग-अलग राग गुनगुनाने लगती है। किसी के मन में प्रेमराग, तो किसी के मन में लोभराग।

उषा आई, दोनों के लिए आशा की नई किरणें लेकर। अरुणोदय के साथ उनकी निद्रा टूटी, पर उन्होंने शैय्या नहीं त्यागी। कलरव करते पक्षियों की तरह उनके मन भी अपनी-अपनी योजना की उड़ानें भरने में लीन थे। कुण्डलकेशा पति के साथ अपनी प्रेमाकांक्षाओं का संसार रच रही थी। सत्यकुमार, जो सीमित जीवन जीने का पक्षधर नहीं था, किसी एक नारी विशेष के साथ भोग लिप्सा के इन्द्रजाल में फंसे रहने की अपेक्षा, स्वछंद जीवन जीने का मुक्ति का मार्ग ढूंढ रहा था। योजना बनती, बिगड़ती, जब उसे लगता कि लक्ष्य-प्राप्ति में रुकावट के भटकाव की सम्भावना है। पर अंततः एक कारगर षड्यंत्र उसने मन ही मन रच डाला। उसके अधरों पर संतुष्टि की मुस्कान थिरक उठी।

मन और तन, प्रसन्नता की अंगड़ाइयां लेते हुए शैय्या पर उठ बैठा। बगल में लेटी भद्रा कुण्डलकेशा पर उसकी दृष्टि पड़ी, तो उसे अपनी मांसल भुजाओं के संचालन की ओर निरखते पाया। अपनी योजना को साकार करने की दिशा में उसने क़दम उठाना प्रारम्भ कर दिया। प्रेम प्रदर्शित करते हुए उसने भद्रा को अपने अंक में भर कर आलिंगन की झड़ी लगा दी।

इस अनायास, असमय और अप्रत्याशित प्रेम-प्रदर्शन से चकित भद्रा, उसकी बांहों से मुक्त होकर पूछ बैठी—''आज उषा की लालिमा उल्टी दिशा में अपनी रोशनी बिखेर रही है क्या? अभी रात्रि के प्रेमोन्माद का स्वाद समाप्त भी नहीं हुआ है, फिर प्रातः होते ही प्रेमालिंगन की यह कैसी हिलोर स्वामी।''

''यह प्रसन्नता है, अपनी मांगी हुई मन्नत पूरी करने का स्मरण हो आने का। तुम जानती हो होगी प्रिय, कि मन्नत पूरी नहीं करने से अनिष्ट होता है।''

''कैसी मन्नत स्वामी? कुछ समझी नहीं।''

"जब मुझे मृत्युदण्ड दिए जाने की घोषणा हुई थी, तब मैं बहुत घबरा गया था। पर्वत से ढकेले जाने की जानकारी होते ही, मैंने पर्वत के देवता से मन्नत मांगी थी कि यदि आप मेरे प्राण बचा लें और किसी सुन्दर नारी से विवाह करा दें, तो जीवन पर्यंत आभारी रहूंगा और पत्नी के साथ आपकी पूजा करने आऊंगा। मेरी दोनों इच्छाएं पूरी हुईं। पर मैं तुम्हारे प्यार में सब कुछ भूल गया था। आज अचानक मन्नत का स्मरण हो आया। तुम मेरा साथ दोगी न।"

"पर उस पर्वत पर कोई पूजास्थल तो है नहीं। सुनती हूं कि वहां जो जाता है, लौट कर नहीं आता। क्यों न हम राजगृह के प्रासाद परिसर के मंदिर में ही पूजा कर लें?"

"देखो, मनुष्य को सफलता तभी मिलती है, जब वह पूर्ण निष्ठा, श्रद्धा और लगन से कार्य करता है। जब मैंने पर्वत देवता से मन्नत मांगी और उसकी कृपा से ही मन्नत पूरी हुई, तब मेरी निष्ठा उनके प्रति ही होगी। वहां पूजा करने में तुम्हें आपत्ति नहीं होनी चाहिए। कल प्रातः ही हम लोग वहां पर्वत देवता की पूजा करेंगे।"

पति की बात, पत्नी को माननी ही पड़ती है।

साधारणतया आकाश में जब सूर्य अपनी आंखें खोलता है, तब धरती पर मनुष्य अपनी दिनचर्या प्रारम्भ करता है किन्तु आज सूरज ने अपनी आंखें अभी खोली भी नहीं थीं कि भद्रा जाग गई और थाल में पूजा सामग्रियों को सजाने में जुट गई। पूजाथाल सजाकर उसने अपना शृंगार किया, रेशमी वस्त्र धारण किया तथा सभी रत्नाभूषणों से अलंकृत हो गई।

सत्यकुमार भी तब तक सज-संवर कर आ गया। भद्रा के रूप की प्रशंसा करने के बहाने उसने जांच कर लिया कि पत्नी ने अपने सारे रत्न-जड़ित आभूषणों को धारण कर लिया है। तब दोनों दास-दासियों संग, पर्वत की ओर प्रस्थान कर गए। पर पहाड़ी की तलहटी में पहुंचते ही सभी सेविकाओं को सत्यकुमार ने घर लौटा दिया और पत्नी को लेकर पर्वत पर चढ़ने लगा।

सुनसान पर्वत पर चढ़ते ही सत्यकुमार के व्यवहार में धीरे-धीरे परिवर्तन आने लगा। परन्तु पत्नी की आंखों पर प्रेमासक्ति की ऐसी पट्टी पड़ी थी, कि वह इसे समझ नहीं पाई। इसीलिए उसे अपने कानों पर विश्वास नहीं हुआ, जब उसे सत्यकुमार की कर्कश वाणी सुनाई पड़ी—"वस्त्र के अतिरिक्त अब तुम अपने सभी आभूषणों को उतार कर मुझे दे दो और पर्वत से गिर कर मरने के लिए तैयार हो जाओ।"

पति के इस आकस्मिक बदले हुए उत्पीड़क तेवर से विस्मित भद्रा कांप उठी। कुछ क्षण भयभीत खड़ी, पहाड़ी की ऊबड़-खाबड़ जमीन को ताकती रही। तभी सत्यकुमार के मुख से प्यार की नहीं, आदेश की कटु चिंगारी पुनः फूट पड़ी—"अभी तक खड़ी हो, अपने आभूषण शीघ्रता पूर्वक उतारो।"

"किन्तु स्वामी! जब मैं आपकी विवाहिता हूं, तब मेरे साथ-साथ ये सभी आभूषण भी स्वतः आपके ही हुए, इन्हें उतारने की क्या आवश्यकता है?"

"मुझे तुम्हारी नहीं, तुम्हारे आभूषणों की आवश्यकता है। शीघ्रता से उतारो और मरने के लिए तैयार हो जाओ।"

सत्यकुमार ने समझ लिया था कि यह जंग भी उसने जीत ली है, देरी है तो केवल आभूषण के हाथ में आने की। यदि समझ नहीं पाया था, तो नियति की नीयत को, जो कब किसका साथ देती है, कोई नहीं जानता।

मृत्यु के द्वार पर खड़ा व्यक्ति प्राण यूं ही नहीं दे देता, पहले अपने प्राण बचाने का प्रयास करता है। भद्रा ने सोचा, जब नारी के दुर्गा रूप के अनेक उदाहरण हैं, तब महिषासुर जैसे लोभी पुरुष से हार क्यों मान ले? नारी के कोमल शरीर में भी बुद्धि और शक्ति होती है। कोमल नारी में यदि चांद की सुहानी शीतलता और रमणीयता है, तब सूर्य की ज्वाला भी है। यदि कोई पुरुष, नारी को अपनी कुटिल मुट्ठी में बांधना चाहेगा, तो उसे भस्म होने में भी देर नहीं लगेगी।

भद्रा पति की आज्ञा पालन का दिखावा करती हुई बोली—"स्वामी! मरने वाले की अंतिम इच्छा पूर्ति करना मृत्यु दण्ड देने वाले का धर्म है। मैं चाहती हूं कि मुझे आभूषण पहने ही अंतिम बार अपना आलिंगन करने दें।"

वह धूर्त पति, पत्नी की इच्छा-पूर्ति में अपनी इच्छा-पूर्ति मान कर, इसके लिए तैयार हो गया। उसने कल्पना भी नहीं की थी कि भद्रा छल पर, छल से ही विजय प्राप्त करने का मन बना चुकी थी। अतः आलिंगन का छल करती हुई भद्रा धीरे-धीरे उसे पर्वत के एक किनारे ले गई और पति को आलिंगन मुक्त कर ऐसा जोर से धक्का दिया कि वह गहरी खाई में लुढ़कता चला गया। कुछ क्षण सत्यकुमार का आर्तनाद गूंजता रहा और फिर पर्वत ने नीरवता की चादर ओढ़ ली। भद्रा के मन में जहां एक ओर मौत के मुंह में जाने से बच जाने की खुशी थी, तो दूसरी ओर उसके हृदय में जिस पुरुष के मनभावन सौन्दर्य से धड़कन तेज हो जाती थी, उसके सदैव के लिए लुप्त हो जाने के गम की कसक भी थी।

थोड़ी देर में जब वह संयत हुई, तब विचार आया कि अब वह पतिहन्ता बन गई है। अपने अधिकारी पिता को कहते सुना था कि सम्राट बिम्बिसार के राजनियम

के अनुसार हत्या के अपराधी को केवल मृत्युदण्ड देने का प्रावधान है। अतः घर लौटने से मृत्यु निश्चित है। इसलिए वह अपने गृह नहीं लौटेगी। वह बुद्ध की शरण में जाना चाहती थी, पर उस समय तक बौद्ध संघ में नारी का प्रवेश वर्जित था। इस कारण उसने निग्रन्थ साधुओं के आश्रम में जाकर उनसे दीक्षा ले ली। अपने सुन्दर केश कटा डाले। वहां तर्कशास्त्र का गहन अध्ययन कर, इतनी तर्ककुशल बन गई कि उसे तर्क में पराजित करना कठिन हो गया।

अब उसकी समझ में आ गया कि जीवन-पथ पर बढ़ने के लिए, सही और गलत कदम पर विचार करना आवश्यक है। जांच-पड़ताल कर सही और गुणी जीवन-साथी चुनने का अवसर न देकर, अपने हृदय की धड़कन पर गलत व्यक्ति चुनकर, काल के मुख से बचने की सीख से, उसने अपने जीवन की दिशा ही बदल डाली।

27

वैशाली के प्रति भी बुद्ध बहुत स्नेहिल तथा आत्मीय भाव रखते थे। वहां की लिच्छवी जनता भी तथागत को बहुत आदर भाव से देखती थी। लिच्छवियों की गणतंत्र प्रणाली के बुद्ध बहुत प्रशंसक थे और लोगों से कहते थे कि यदि देवताओं की परिषद देखना चाहते हो, तो वैशाली में देखें।

एक बार जब बुद्ध राजगृह के वेणुवन में मगध सम्राट बिम्बिसार का आतिथ्य ग्रहण कर रहे थे, तब वैशाली में महामारी फैल गई। महामारी रोकने के सारे प्रयत्न विफल होने पर लिच्छवियों ने बुद्ध की शरण में जाने का निश्चय किया। तोमरदेव नामक अपना एक दूत, बुद्ध को सहायतार्थ निमंत्रण देने के लिए राजगृह भेजा।

वेणुवन पहुंचने पर तोमरदेव ने देखा कि बुद्ध धर्मोपदेश दे रहे थे और लोग, शांतिपूर्वक उनका प्रवचन सुन रहे थे। तोमरदेव का मन अति व्यग्र था, हृदय बहुत व्यथित, आंखों में वैशाली के कष्ट के आंसू सागर की लहरों की तरह उमड़ने के लिए व्याकुल, पर मुख मौन रहा। बुद्ध से मिलने की शीघ्रता थी, पर उसने शांतिभंग करना उचित नहीं समझा और वहीं बैठ गया। व्यग्रता का ताप उसके मुख पर स्पष्ट झलक रहा था। हृदय अशांत था, पर वहां का वातावरण ऐसा था कि चुपचाप प्रतीक्षारत बैठने में ही उसने अपनी भलाई समझी।

प्रवचन की समाप्ति पर जब श्रोतागण वेणुवन से जाने लगे तब तोमरदेव

शीघ्रतापूर्वक बुद्ध के समक्ष विनम्र भाव से करबद्ध खड़ा हो गया। बुद्ध की प्रश्नवाचक दृष्टि पड़ते ही उसने निवेदन करना प्रारम्भ किया–

''करुणावतार! मैं तोमरदेव हूं और आपकी कृपा पाने के लिए वैशाली से आ रहा हूं। इन दिनों वैशाली के लोग अति कष्टमय जीवन जी रहे हैं। आपसे प्रार्थना करने के लिए वहां के लोगों ने मुझे आपके पास भेजा है कि कृपा कर आप वहां चल कर, उनके कष्ट का निवारण करें।''

''वैशाली तो बहुत सुखी-समृद्ध प्रदेश है, फिर वहां कष्ट कैसे व्याप्त हो सकता है?''

''भन्ते, आप तो सर्वज्ञ हैं। न जाने क्यों वहां प्रकृति कुपित हो गई है। वहां महामारी फैल रही है और लोगों की अनायास मृत्यु हो रही है। इसे रोकने के लिए कई साधु-संतों ने प्रयास किया, पर वे सभी असफल रहे। धीरे-धीरे महामारी भीषण रूप ले रही है। अब लोगों की आस्था आप पर ही टिकी है, क्योंकि वे जानते हैं कि आप जहां रहते हैं, वहां कोई आपदा-विपदा नहीं आती। इसलिए आप वहां शीघ्र चलने की कृपा करें प्रभु।''

बुद्ध दुविधा में पड़ गए। एक ओर वैशाली की पीड़ित जनता की कष्ट निवारण पुकार, दूसरी ओर राजगृह में बिना सम्राट बिम्बिसार की अनुमति, उनका आतिथ्य न त्यागने का शिष्टाचार। अपनी उलझन उन्होंने तोमरदेव के समक्ष व्यक्त की।

तोमरदेव का संशय था कि जब गणतंत्र और राजतंत्र में पटती नहीं, तब गणतंत्र का एक साधारण नागरिक होकर, वह राजतंत्र के कुशल संचालक सम्राट से अनुमति मांगे तो कैसे मांगे? यदि अनुमति नहीं मिली, तो क्या वैशाली की विपत्ति नहीं टलेगी।

तोमरदेव के मुख पर उमड़ती चिंता के भाव को बुद्ध निरख-परख रहे थे। वे वैशाली जाना चाहते थे, क्योंकि पीड़ितों का कल्याण करना ही उनके जीवन का लक्ष्य था। पर राजगृह छोड़ने के लिए सम्राट की अनुमति लेना भी आवश्यक था। अपनी सकारात्मक बातों से उन्होंने तोमरदेव को उर्जित-प्रेरित किया कि वह अपनी नकारात्मक नैराश्य को त्याग कर सम्राट से मिले और निर्भय होकर वैशाली की वास्तविक वस्तुस्थिति से उन्हें अवगत कराए और कल्याणार्थ बुद्ध को वैशाली ले जाने की अनुमति मांगी।

तोमरदेव की आशंका के विपरीत बिम्बिसार ने वैशाली के कष्ट-वर्णन और उसके आग्रह को गम्भीरता से सुना और अपनी सहानुभूति प्रकट की। तोमरदेव अनभिज्ञ था कि महामारी की बात सुन, सम्राट को अपनी चहेती और भोग्या आम्रपाली तथा उससे जन्मे अपने पुत्र की चिंता सताने लगी थी। सालवती का चयन

भी तो आम्रपाली की प्रतिस्पर्धा में ही हुआ था। बिम्बिसार को वैशाली के शासन से शत्रुता थी, वहां की जनता से नहीं। बुद्ध को वैशाली भेजने की इच्छा सम्राट के मन में तीव्र हो गई।

तोमरदेव को आश्चर्य हुआ, जब सम्राट ने कहा—"घबराओ नहीं तोमरदेव। बुद्ध वैशाली अवश्य जाएंगे। वैशाली जाने के लिए मैं स्वयं बुद्ध प्रभु से अनुरोध करूंगा, बल्कि मगध की सीमा गंगा तट तक उनके साथ स्वयं जाऊंगा, जिससे शीघ्रतापूर्वक वैशाली जाने में उन्हें कोई असुविधा न हो। अच्छा होगा, यदि तुम बुद्ध से पहले ही वैशाली जाकर उनके भव्य स्वागत का समुचित प्रबंध करके रखो।"

सम्राट के इस अनपेक्षित आश्वासन से तोमरदेव के अधरों पर प्रसन्नता के कमल खिल उठे। उनका अभिवादन कर उसने सम्राट के प्रति आभार प्रकट करने की झड़ी लगा दी। सम्राट की स्वीकृति उसने बुद्ध के पास जाकर बताई और तथागत के स्वागत-प्रबंध के लिए वह वैशाली लौट गया।

इधर सम्राट ने मंत्री और कर्मचारियों को आदेश दिया कि राजगृह से गंगा के दक्षिणी तट तक की भूमि को समतल किया जाए, जिससे किसी को चलने में कोई कष्ट या असुविधा न हो। राह में जल का छिड़काव हो, जिससे वायु में उड़ने वाली धूल परेशान न करे। उन पर पुष्प की पंखुड़ियां बिछाई जाएं, जिससे मार्ग सुवासित रहे। भिक्षु मंडली की सुखद यात्रा के लिए स्थान-स्थान पर भोजन और विश्राम की व्यवस्था की जाए।

आदेशानुसार सभी तैयारी पूर्ण होने के पश्चात्, सम्राट स्वयं बुद्ध की भिक्षुमंडली के साथ गंगातट की ओर चले। मगध की सीमा पर पहुंचने पर, लोगों ने देखा, गंगा के उत्तरी तट पर वैशाली के लोगों की भारी भीड़ रंग-बिरंगी ध्वज-पताकाओं के साथ बुद्ध के स्वागत में वाद्य वृंद बजा रहे हैं, शंखनाद कर रहे हैं।

बुद्ध के लौटने की प्रतीक्षा में सम्राट बिम्बिसार, गंगातट पर ही रुके रहे।

गंगा पार करने पर बुद्ध और उनके शिष्यों का भव्य स्वागत हुआ और सभी बुद्ध के साथ वैशाली नगर की ओर चल पड़े। लोगों का समवेत स्वर—'बुद्धं सरणं गच्छामि, धम्मं सरणं गच्छामि', मार्ग में गूंजता रहा और उन पर पुष्पवृष्टि होती रही।

रात्रि में बुद्ध ने अपने शिष्य आनंद को अपना भिक्षापात्र देकर कहा—"इसमें जल भरो, सभी जगह घूम-घूम कर जल छिड़काव करते रहो और 'रतनसुत्त' का पाठ करते जाओ।"

रतनसुत्त में देवताओं से प्रार्थना की गई है कि वे लिच्छवियों की प्राण रक्षा करें। वज्जियों के अनुरोध पर बाद में बुद्ध ने उनकी महासभा में भी रतनसुत्त का पाठ किया।

इस सुत्त का पाठ करते ही महामारी शांत हो गई, अदृश्य दुष्ट आत्माएं भाग गईं। बुद्ध दो सप्ताह तक वैशाली में अपनी शिष्यमंडली के साथ रहे।

28

''समय परिवर्तन में देर नहीं लगती सालवती। मैं देखती आ रही हूं कि कैसे तुम विशाल वटवृक्ष की भांति एक ऐसी मां बन गई हो, जिसकी छांव में सिरिमा एक नन्हीं कली से आंगन में फुदकती, मुस्कान बिखेरती किशोरी और फिर अपने नयन बाणों से किसी को बींधने के लिए तत्पर, भाव-भंगिमाओं से किसी को आकर्षित करने वाली, एक नृत्य निपुण, अति सुन्दर तरुणी बन गई है।''

संगिनी और सालवती, पुत्री सिरिमा की विकास-यात्रा पर चर्चा कर रही थीं।

''हां सखी! मैं महसूस कर चुकी हूं कि किशोरावस्था पार करने पर जब सिरिमा के अंगों में यौवन की गुनगुनी धूप खिलने लगी थी, तब उसके आचार-व्यवहार में कितना परिवर्तन आ गया था। कभी चहकती रहती, कभी गणिकाओं के बंद कक्ष में होने वाली प्रेम-क्रीड़ा को झरोखे के छिद्रों से चुपचाप ताकने-झांकने की चेष्टा करती रहती, कभी खोई-खोई, आंखों में सपने बुनती, गुमसुम लेटी रहती थी। एक माता को यौवन के द्वार पर खड़ी पुत्री के विवाह की चिंता होती है, पर एक नगरवधू की पुत्री को लोग केवल काम-तृष्णा की दृष्टि से देखते हैं, विवाह-बंधन में बंधने के विचार से नहीं।'' सालवती ने एक मां के हृदय की व्यथा प्रकट की।

''यह सही है कि तरुणावस्था में इंद्रियों की एक अलग आवश्यकता, अंगों में कुनमुनाने लगती है, जिसकी सामाजिक सुखानुभूति केवल विवाह-बंधन से ही सम्भव है। पर एक नगरवधू की पुत्री, जो अति सुन्दर है, संगीत-नृत्य में निपुण है, उसका नगरवधू में चयन होना भी निश्चित है। तब वह भी अपनी शारीरिक कुनमुनाहट को शांत करती रहेगी। अभी से क्यों चिंतित हो सखी?''

''एक मां की चिंता को, मातृत्व का अमर सुख पाने वाली नारी ही समझ सकती है संगिनी। अपनी संतान को समझने, समेटने और सहेजने की कला एक मां को ही आती है। एक मां को सदैव चिंता रहती है कि अपनी संतान के मन के ताप का अनुमान लगा कर, उसे कैसे गहरी शीतलता प्रदान करती रहे। एक नगरवधू के रंगप्रासाद में भ्रमर-पुरुषों का आना-जाना लगा ही रहता है। मैं चाहती हूं कि मेरी सिरिमा पर उनकी गिद्ध-दृष्टि न पड़े, न सिरिमा अभी से ही उनके चंगुल में फंसे।''

"विधाता की क्या इच्छा है, विधाता ही जानें। हम साधारण लोग क्या कह सकते हैं?"

सालवती कुछ क्षण मौन सोचती रही, कक्ष में टहलती रही और फिर बोली–"स्मरण आया। कुछ लोग कह रहे थे कि इन दिनों राजगृह में बुद्ध नामक एक बहुत बड़े सर्वज्ञ संत आए हुए हैं, जिनका वचन लोगों के लिए बहुत कल्याणकारी सिद्ध हो रहा है। क्या हम लोग उनसे मिल कर, सिरिमा के भविष्य की जिज्ञासा व्यक्त नहीं कर सकते, उसके कल्याण के प्रति प्रार्थना नहीं कर सकते?"

"हां सखी, महात्मा बुद्ध के ज्ञान के प्रकाश की चर्चा हमने भी सुनी है। राजगृह में घटित एक कहानी पर लोग वार्तालाप कर रहे थे, जिससे बुद्ध की शक्ति का परिचय मिलता है।"

"सच? कहो, कहो, क्या है कहानी?"

"सच या झूठ, नहीं जानती, पर जो सुनी हूं, जैसा सुना है, वैसा ही, कहती हूं।"

"राजगृह की शुभा नामक एक अनुपम सुन्दरी, बुद्ध के धम्मोपदेशों को सुन-सुन कर प्रव्रजित भिक्षुणी बन गई। एक बार जब वह जीवक के सुरम्य अम्बवन की ओर जा रही थी, तब एक दुश्चरित्र युवक मार्ग में उसे रोक कर छेड़ने लगा।"

शुभा ने पूछा–"हे भाई! मैंने क्या अपराध किया है, जो तू मुझे मार्ग में रोक रहा है? क्या तू नहीं जानता कि विरक्त भिक्षुणी को स्पर्श करना, पुरुषों के लिए अनुचित है। मेरा मन निर्मल और पवित्र है, पर तेरा मन मलिन है। तू रागयुक्त है, मैं रागहीन हूं। फिर मेरे मार्ग में तू क्यों खड़ा है?"

युवक का उत्तर था–"तू अभी तरुणी है, यह प्रव्रज्या तेरे किसी काम की नहीं। चल इस पुष्पित वन में, जहां सुगंध से मस्त वृक्ष वसंत-आगमन का संकेत एवं संदेश दे रहे हैं, वहां हम रमण करें। पवन के झोंके में झूमते ये वृक्ष कैसी सुन्दर मर्मर ध्वनि कर रहे हैं, तब तुम अकेली घूमती क्या समाधान प्राप्त करोगी? अप्सरा की भांति आकर्षक लोचन वाली अनुपमे, तेरे समान मुझे और कोई दूसरा प्रिय नहीं है। मेरी बात स्वीकार करो और इस वनभूमि में चलकर मेरे साथ रमण करो और रति सुख प्राप्त करो।"

क्रोधित मुद्रा में शुभा मुखर हुई–"अरे मूर्ख! जिस शरीर को देखकर तू इतना मुग्ध है, वह तो क्षणभंगुर है, मांसादि गंदगियों से भरी हुई केवल एक लाश है। इस नश्वर शरीर में ऐसा क्या मोहक मधु है, जिसको देखकर तू इतना मोहित दिखाई दे रहा है?"

युवक ने प्रशंसा-बाण छोड़ा–"हे सुंदरी! हिरणी की आंखों के समान तेरी दोनों सुंदर आकर्षक आंखें ही मेरी काम-वाराना को उद्दीप्त कर रही हैं। इन्हें देखकर ही

मैं तुम पर आसक्त हुआ हूं। हे प्रियदर्शिनी! तेरी मादक सुन्दर आंखों के समान प्रिय वस्तु, मेरे लिए इस संसार में और कुछ नहीं है।''

शुभा की क्रोधाग्नि और प्रज्वलित हुई–''अरे दुष्ट! जहां जाने का मार्ग ही नहीं है, तू वहां जाना चाहता है? चंद्रमा को छूना चाहता है? मैंने अपने मन के मोहक राग को, वासना के तीर को, जलते अंगारे और विष के प्याले की तरह दूर फेंक दिया है। यह आंखें, जिन पर तू आसक्त है, केवल दो गड्ढों में स्थित, अश्रुओं से सिंचित, कीचड़ मिश्रित पिंड मात्र है। तू माया के पीछे दौड़ रहा है, जबकि मुझे सूने वन में ध्यान करने में ही आनन्द प्राप्त होता है।''

शरीर की नश्वरता की कथा कहती-कहती संगिनी कुछ थकी-थकी, कुछ क्षण शांत, चुप हो गई। शरीर की सुन्दरता पर ध्यान देने वाली सालवती की जिज्ञासा, आगे की कथा जानने के लिए व्यग्र हो उठी। उसने पूछा–''फिर क्या हुआ?''

संगिनी ने सालवती की ओर देखा, फिर कहना प्रारम्भ किया–''युवक को खरी-खोटी सुनाने के पश्चात् प्रियदर्शिनी शुभा ने अत्यंत निर्विकार चित्त से अपनी आंख को निकाल कर युवक को देते हुए कहा–ले उस आंख को, जिस पर तू इतना मुग्ध है।''

दुष्ट युवक की काम-पिपासा रक्तरंजित आंख को देखकर शांत हो गई। भिक्षुणी शुभा से क्षमा याचना मांगते हुए उसने कहा–''भगिनी! मेरे पाप पर तुमने जबर्दस्त प्रहार किया है। मैं प्रज्वलित अग्नि का आलिंगन करने चला था, जहरीले सर्प का स्पर्श करने चला था। मुझे क्षमा करो। कामना है, ईश्वर तेरा मंगल करें और तुम स्वास्थ्य लाभ करो।''

आंखें मटकाती संगिनी ने प्रसन्नता व्यक्त की, ''यह कहते-कहते युवक वहां से भाग गया।''

सालवती ने पूछा–''फिर क्या हुआ?''

संगिनी बोली–''दुष्ट से छुटकारा पाते ही भिक्षुणी शुभा महात्मा बुद्ध की शरण में गई और मार्ग में घटित सारे वृत्तांत को कह सुनाया। महापुरुष बुद्ध ने उसकी आंख की ओर देखा, कुछ बुदबुदाए और शुभा की आंख पूर्ववत स्वस्थ हो गई।''

आश्चर्यचकित सालवती, अपनी सखी की ओर कुछ क्षण निहारती रही। संगिनी उसके मुख पर आते-जाते भावों को, पढ़ने की चेष्टा करने लगी।

सालवती के मुख से धीरे से निकला–''इसका अर्थ है कि बुद्ध सचमुच ईश्वरीय गुण और शक्ति सम्पन्न, एक देव पुरुष हैं। लोगों को चिंताओं से मुक्त कराने और दुखों से छुटकारा दिलाने के लिए ही वे यहां आए हैं। उनसे साक्षात्कार करना, उनका दर्शन पाना, बहुत लाभकारी सिद्ध होता है। मैंने अब मन बना लिया है सखी, कि

उनका दर्शन करने के लिए मैं अवश्य ही जाऊंगी। इसकी सारी व्यवस्था तुम्हें ही करनी है।''

एक दिन सालवती, बुद्ध के दर्शन करने संगिनी के साथ चली गई। बुद्ध धम्मोपदेश दे रहे थे। श्रावक-श्राविकाओं की भीड़ जमा थी। सालवती प्रणाम कर पीछे की पंक्ति में चुपचाप बैठ गई। कोई उसको पहचाने नहीं, इसलिए उसने अपना मुख घूंघट में छिपा रखा था।

धम्मोपदेश की समाप्ति पर प्रसन्नचित्त लोगों की भीड़ छंटती गई। जब बुद्ध अकेले रह गए और वेणुवन में नीरवता छा गई, तब सालवती ने अपने मुख से घूंघट हटा दिया। बुद्ध ने उसकी ओर देखा और अपने चित्त से सालवती के मन में मचलते भाव, उसकी उदासी और खिन्नता को जान लिया।

''जो नारी संसार को सुख की अनुभूति कराती है, वह आज स्वयं चिंतामग्न क्यों है सालवती?'' तथागत ने पूछा।

बुद्ध के मुख से अपना नाम सुनकर सालवती को आश्चर्य हुआ कि वे मुझे कैसे जानते हैं? सोचा, शायद इसीलिए लोग इन्हें सर्वज्ञ कहते हैं, यत्र, तत्र, सर्वत्र का ज्ञान रखने वाले सिद्ध पुरुष।

सालवती का उत्तर था, ''मेरी चिंता है, अपनी पुत्री सिरिमा का भविष्य। उसके अशांत व्यवहार से भय लगता है, कहीं मैं उसे खो न दूं? तब मेरा जीवन ही सूना हो जाएगा प्रभु!''

''पुत्र को भी तो तुम अपने से विलग कर, खो चुकी हो सालवती। क्या इससे तुम्हारा जीवन सूना नहीं हुआ?'' बुद्ध का प्रश्न था।

''पुत्र मेरे पास न रहा, न सही। पर वह जीवित तो है। लोक सेवा तो कर रहा है। दूसरों से उसकी प्रशंसा सुनकर मुझे गर्व तो होता है। सिरिमा भी गर्व की पात्र बनेगी, या निंदा की? यही चिंता मुझे खाए जा रही है।''

''हमारे अतीत का कर्म ही हमारे वर्तमान को निर्धारित करता है। हमारे वर्तमान के विचार और कर्म ही हमारे भविष्य को निर्धारित करेंगे। सिरिमा का भविष्य भी इसका अपवाद नहीं है। हां, जिस तरह एक चुटकी नमक, एक छोटे पात्र के जल को अति नमकीन और अरुचिकर बना देता है, पर सागर में उसे घोलने पर उसका अस्तित्व ही मिट जाता है। उसी प्रकार एक छोटे कुकर्म का फल सिमट जाता है, यदि मनुष्य आगे कोई बड़ा सुकर्म करता है।''

''मेरे लिए क्या आज्ञा है भन्ते?''

''इस नश्वर संसार गें न कोई मनुष्य या सांसारिक पदार्थ किसी का स्थाई संगी

या सम्बधी है, न मनुष्य किसी का भी भाग्यविधाता है। चिंता कम से कम हो, यह स्वयं मनुष्य पर निर्भर करता है। मनुष्य को शुभ कर्म-फल चाहिए, तो जीवन को निरंतर शुभ भावनाओं और शुभ कर्मों को करते रहना चाहिए।''

''मैं तो अपनी पुत्री को शुभ कर्म करने की ही शिक्षा देती आई हूं।''

''तुम्हारी शिक्षा से सिरिमा में आत्मविश्वास तो सृजित हो गया, पर अपनी क्षमता पर अधिक आत्मविश्वास से वह आत्ममुग्ध अर्थात् अपने आपको सर्वश्रेष्ठ समझने वाली अहंकारी नवयौवना बन गई है। अहंकार से मनुष्य गलत मार्ग पर चला जाता है और उसका पतन प्रारम्भ हो जाता है। उसे जीवन में आने वाली चुनौतियों और तनावों से जूझना सिखाओ।'' इतना कहकर बुद्ध शांत हो गए।

29

संन्यासिनी कुण्डलकेशा मगध, अंग, काशी और कौशल के अनेक नगरों का भ्रमण कर भिक्षाटन और शास्त्रार्थ में व्यस्त रहने लगी थी। आज भी उसने दो संन्यासियों को अपनी विद्वत्ता और तर्क शक्ति से पराजित किया था। विजय की मुस्कान उसके अधरों पर खिल रही थी और वह उपेक्षा-दृष्टि से उन दोनों की देख रही थी।

एक संन्यासी ने कहा—''देवी! आपकी उपेक्षा की यह भाव-भंगिमा विलुप्त हो जाएगी, यदि आप मेरे शुभ संवाद को मान्यता दें।''

''अभी भी मुझे पराजित करने का दिवास्वप्न आपने पाल रखा है क्या?''

''नहीं देवी! मुझे पूर्ण विश्वास है कि मेरा शुभ समाचार आपको अवश्य आह्लादित कर देगा।''

''कहो, किस समाचार की गोद में अपनी पराजय को छिपाना चाहते हो।''

''मैं जानता हूं कि आप प्रारम्भ से ही बुद्ध की शरण में जाने की इच्छुक थीं, पर संघ में नारी-प्रवेश वर्जित रहने के कारण ही आपकी इच्छा पूर्ण नहीं हो सकी। शुभ समाचार यही है कि अब महान बुद्ध ने संघ में नारी के प्रवेश की अनुमति दे दी है।''

''सत्य कह रहे हो? पर ऐसा क्यों?''

''वास्तव में मनुष्य की स्वाभाविक काम दुर्बलता को देखकर, बुद्ध स्वयं, अपने संघ में किसी भी नारी के प्रवेश के प्रतिकूल थे। यहां तक कि अपनी विधवा विमाता

महाप्रजापति गौतमी के भिक्षुणी बनने की प्रार्थना को तीन बार अस्वीकार कर चुके थे परन्तु नारी समानाधिकार के प्रथम प्रचारक, भिक्षु आनन्द के बहुत आग्रह करने पर बुद्ध ने अन्त में विधवा गौतमी को, संघ-प्रवेश की अनुमति दे दी है। इससे नारी को संघ में प्रवेश का अधिकार मिल गया है। महाप्रजापति गौतमी प्रथम भिक्षुणी बनी और उसने ही भिक्षुणी संघ का गठन किया है। अतः आप भिक्षुणी संघ में अब प्रवेश पा सकती हैं।''

''इस शुभ समाचार के लिए धन्यवाद।''

बुद्ध की शरण में जाने के लिए कुण्डलकेशा इतनी व्यग्र थी कि वह तत्काल उनसे मिलने के लिए निकल पड़ी। गंतव्य की दूरी लम्बी थी, कई दिन लग जाएंगे। यह सोच कर, उसकी गति में तीव्रता आ गई। राह बीहड़ थी, वीरान वन से गुजरती थी, इसलिए डगर कठिन थी। तीव्र गति और कठिन डगर, थकान ला ही देती है।

कुण्डलकेशा भी इतनी थक गई थी कि बिना विश्राम किए, दुर्गम मार्ग पर चलना अब उसके लिए कष्टप्रद लगने लगा। सूर्य भी विश्राम करने संध्या की गोद में छिपने लगा था। यह देखकर उसके पैर लड़खड़ाने लगे। तभी उसकी दृष्टि कुछ ही दूरी पर स्थित एक छोटे से गांव पर पड़ी। धीमी पड़ती उसकी चाल में विश्राम-स्थान पाने की नई उमंग आ गई। किसी तरह हांफती-लड़खड़ाती वह गांव किनारे पहुंच गई, एक गृह के सामने पहुंच कर आवाज़ दी।

''कौन है?'' कहते हुए एक वृद्ध लाठी टेकते बाहर आया।

''बाबा, मैं एक यात्री हूं। थक गई हूं, आपके गृह में रात्रि-विश्राम करना चाहती हूं।''

वृद्ध की अनुभवी आंखों ने उसे नख से शिख तक निरखा, परखा फिर सोचा। एक अति सुन्दर नारी, यौवन मद से खिलखिला रहा जिसका तन, किसी भी युवामन के आंगन में जो सदा रम-बस सकती है, उसे संन्यासिनी वेश में अकेली, वीरान, बीहड़ राहों पर भटकने की क्या आवश्यकता? संदेह ने वृद्ध के मन में जाल बुना। हृदय ने सचेत किया। संदेहास्पद नारी को घर में स्थान देना, वह भी रात्रि के एकांत सूनेपन में, उचित नहीं होगा।

वृद्ध की मृदुल, नम्र वाणी मुखर हुई—''सुनो बेटी, एक संन्यासिनी गृहत्यागिनी होती है। इसलिए किसी के गृह में रहना उसके लिए उचित नहीं है। कुछ ही दूर एक मंदिर है, जहां संन्यासिनियों के विश्राम की व्यवस्था है। ईश्वर की शरण में वहीं चली जाओ।''

वृद्ध की अनिच्छा ने उसकी थकान को और बढ़ा दिया। पर उसने वृद्ध से तर्क करना व्यर्थ समझा। एक अकेली अबला की लाचारी ने उसे विकल्प ढूंढ़ने के लिए

विवश कर दिया। लड़खड़ाते कदम आगे बढ़े। जहां चाह, वहीं राह। आखिर मंदिर के पास पहुंच कर विश्राम करने की अपनी मंजिल, उसने ढूंढ़ ही ली।

कुण्डलकेशा मंदिर के पुजारी से मिली और विश्राम करने के लिए जगह मांगी। पुजारी भी पुरुष ही होता है, जो एक भ्रमर की भांति नारी में पुष्प की सुगंध ढूंढता है। उसने भी पहले आगंतुक नारी के सौन्दर्य और गदराए यौवन को आंका, फिर जगह देने को तत्क्षण तत्पर हो गया।

मंदिर के प्रांगण में कई कमरे बने थे। पुजारी ने एक दीपक उसे दिया और एक कमरे की ओर संकेत कर कहा–''उस कमरे में चली जाओ। रहने की सारी सुविधाएं मिल जाएंगी। तुम जब तक चाहो, वहां रह सकती हो।''

कुण्डलकेशा कमरे में गई। फल आदि खाने की सामग्री रखी थी और सोने के लिए एक चटाई भी बिछी थी पर थकान से उसकी भूख मर गई थी। कमरे का सांकल लगा, चटाई पर लेटते ही उसे इतनी गहरी नींद आ गई कि प्रातः चिड़ियों की चहचाहट और मंदिर में पूजा-आरती तथा श्रद्धालुओं के निनाद से ही वह जागी।

स्नानादि नित्यकर्म से निवृत्त हो मंदिर के एक कोने में बैठ, श्रद्धालुओं की भक्ति भाव और पुजारी की पूजा-विधि देखने लगी। कुछ ही समय बीता होगा कि उसके ज्ञान को, तार्किक बुद्धि को आश्चर्य हुआ। पुजारी के दोषपूर्ण मंत्रोच्चारण से वह समझ गई कि वह कोई पण्डित नहीं, ढोंगी है, जो पुजारी बना बैठा है। लगता है, बात करने की निपुणता से उसने गांव वालों पर अपना अच्छा प्रभाव डाल रखा था।

मन ने कहा, पुजारी ने मुख पर जो भ्रम-आवरण ओढ़ रखा है, उसे निरावरण कर दे। पर दूसरे ही क्षण मन ने समझाया–जब वह अपने क्षणिक निवास में गांव वालों को कोई सच्चा पण्डित नहीं दे सकती है, तो उनके विश्वास पर प्रहार क्यों किया जाए। गांव के भ्रम-प्रवाह में छेड़छाड़ करने की अपेक्षा चुप रहना ही उसे उचित लगा पर पुजारी के प्रति वह सतर्क दृष्टिकोण रखने लगी।

दूसरे दिन अमावस्या व्रत रखने वाली नारी श्रद्धालुओं की भीड़ थी। संध्या बीतते ही अंधियारी अपनी काली छाया बिखेरने लगी थी। धीरे-धीरे भीड़ छंटती गई, पर पुजारी मंदिर-प्रांगण में ही उपस्थित रहा। उसके मुख पर छाई व्यग्रता से लग रहा था कि वह किसी के आने की प्रतीक्षा कर रहा है।

कुण्डलकेशा भी अपने कमरे में विश्राम करने चली गई। द्वार का सांकल बंद कर, वह लेटने ही जा रही थी कि उसे बाहर कुछ चहलकदमियों की आवाज़ और फुसफुसाहट के स्वर सुनाई पड़े। सतर्क मन में चेतावनी की घंटी बजी। कान खड़े हुए। चुपचाप उठी। द्वार से कान सटाकर बाहर की आवाज़ सुनने की चेष्टा करने लगी।

पहले आवाज़ अस्पष्ट लगी। धीरे-धीरे निकट आते पुजारी के मंद स्वर उभरे– ''देखो भैरव! मानता हूं कि तुम एक भयानक और कुख्यात अपराधी हो। लोग तुम से डरते हैं, तुम्हारे नाम से कांपते हैं। पर मैं तुम्हारा सहयोगी हूं। मेरी सहायता के बिना, न तो तुम उन घरों को जान सकोगे, जहां तुम्हें डकैती करनी है, न तुम अपने अस्त्र-शस्त्र को छिपा कर सुरक्षित रख सकोगे। इसीलिए प्रत्येक धन-अर्जन में मेरी साझेदारी देते रहो। मेरा मुंह बंद रहेगा।''

''वही देने तो मैं आया हूं। मेरी निष्ठा पर संदेह कब से करने लगे पुजारी जी?''

''इस बार आने में देर क्यों कर दी?''

भैरव कुछ कहता, इसके पहले ही कुण्डलकेशा के कमरे से बर्तनों की आवाज़ आई। कुण्डलकेशा डरी, सहमी पर बिना हिले-डोले शांत रही। पुजारी ने सोचा, संन्यासिनी तो गहरी नींद में होगी, यह बर्तनों पर चूहों का उपद्रव होगा।

भैरव ने पूछा–''अंदर कोई यात्री है क्या?''

''हां, एक संन्यासिनी है, पर सौन्दर्य और यौवन की धनी है। कभी-कभी आर्थिक भूख मिटाने की अपेक्षा तन की भूख शांत करने में अधिक आनन्द प्राप्त होता है। इसीलिए तुम्हारी प्रतीक्षा कर रहा था।''

''तो देरी क्यों, चलो धावा बोला जाए।''

''नहीं, आज पहले धन की मेरी साझेदारी दो। कल रात्रि तुम्हें नारी सौन्दर्य की साझेदारी दूंगा।''

''ठीक है, यही सही। लो गिन लो अपनी साझेदारी की रकम। कल रात्रि पुनः आऊंगा। पर दिन में सतर्क रहना, शिकार कहीं छूमंतर न हो जाए''–कहते हुए भैरव वहां से चला गया।

कुण्डलकेशा ने राहत की सांस ली। मन ने कहा, यह मंदिर है, जहां ईश्वर का निवास है, जो धार्मिक गतिविधियों का स्थान है। वहां कैसे घृणित कार्यों की योजना बनती है। घृणा आती है, यह सोच कर कि धर्म की आड़ में कैसे-कैसे खेल रचे जाते हैं! धर्म के ठेकेदार बने लोग ही, अबला की आबरू को खेलने का खिलौना समझते हैं। आज एक अकेली अबला की इज्जत-आबरू लूटने से तो बच गई। कल तो, निश्चय ही संध्या के पूर्व ही चुपचाप गांव छोड़, दूसरी जगह चली जाऊंगी।

लेकिन नियति को कुछ और ही स्वीकार था।

दूसरे दिन, मंदिर में एक नई संन्यासिनी का आगमन होता है। पुजारी ने देखा, उम्र में पहली से कुछ बड़ी हो सकती है, पर न आकर्षण में उससे कम है, न यौवन के उभार में। प्रसन्नता थिरक उठी उसके मुख पर। भैरव को एक ही नारी के साहचर्य

की लालसा थी, अब उसके गले से दो-दो लिपटेंगी।

कुण्डलकेशा ने उसके आगमन में अपने हृदय में साहस का संचार देखा। वह जानती है कि किसी भी बाधा को पार करने में, एक से भले दो सहयात्रियों का साथ, उपयोगी सिद्ध होता है। उसने स्थिति पर विचार किया और वहां से पलायन करने की इच्छा को स्थागित कर दिया। नई आगंतुका को अपने कमरे में ले गई। नई संन्यासिनी को भी अपनी जैसी संगिनी मिलने से प्रसन्नता हुई।

कुण्डलकेशा ने पूछा—"बहन को किस नाम से पुकारूं?"

"सुमुखी, मेरा नाम है।"

"लोग मुझे कुण्डलकेशा कहते है, यद्यपि वास्तविक नाम भद्रा है।"

"मैं भी तुम्हें कुण्डलकेशा ही कहूंगी।"

"अच्छा हुआ तुम आ गई बहन, नहीं तो मैं किसी भी क्षण यहां से भाग कर अपनी अस्मिता बचाती। तुम्हारे आने से मेरी हिम्मत जाग उठी है कि यहां के भेड़ियों का रहस्योद्घाटन करूं।"

सुमुखी ने उसकी ओर विस्मय से देखकर कहा—"कुछ समझी नहीं। मंदिर में भेड़िये? बात क्या है?"

"हां बहन! मंदिर का यह पुजारी सचमुच का पण्डित नहीं है। एक ढोंगी है। भैरव नाम के एक कुख्यात अपराधी का सहयोगी है। मंदिर में शरण लेने वाली अकेली अबला का शील-हरण करने में इन्हें आनन्द आता है। आज रात्रि, मेरी आबरू लूटने की योजना बना रखी है।"

"अच्छा? यह बात है। नारी शरीर को लूटने-खसोटने वाले लोग, वास्तव में भेड़िये ही हैं पर इनके लज्जाजनक कुकर्म-योजना की बात, तुम्हें कैसे ज्ञात हुई? और अब इनके कुकर्मों के रहस्योद्घाटन करने की क्या योजना सोची है?"

"इसे मेरे भाग्य का साथ ही कह लो कि कल रात्रि पुजारी अपनी साझेदारी की रकम मांगते-मांगते, भैरव के साथ इस कमरे के बाहर तक चले आए। पुजारी को लगा होगा कि मैं उस समय तक निद्रामग्न हो चुकी हूंगी, इसीलिए मेरे शील हरण की बात करने लगा। पर इस द्वार की ओट से मैं उनकी बात सुनकर, उनकी कुकर्म-योजना के विषय में जान गई।"

"अच्छा किया, जो तुमने अपनी भागने की अपनी योजना स्थगित कर दी। नहीं तो वे भेड़िये, आज मुझ पर ही टूट पड़ते। अब क्या योजना है?"

अपनी योजना बताती हुई कुण्डलकेशा ने कहा—"मैं तो सदैव अपने साथ पेड़ की एक मजबूत डाल का डंडा रखती हूं। तुम्हारे लिए भी एक वैसा ही मजबूत डंडा खोज निकालती हूं। रात्रि की काली छाया में जैसे ही वे दोनों कुकर्मी, हम पर अपनी

वासना के काम-कलंक की कालिख पोतने आएंगे, हम दोनों अपने डंडे से उनके ही मुख को काला कर, उनकी कलंक-कथा को उजागर कर देंगी।''

सुमुखी ने शंका व्यक्त की–''यदि भैरव के साथ अन्य डाकू भी हुए, तब अधिक का मुकाबला केवल हम दोनों कैसे कर सकेंगी?''

''नहीं बहन! कामभोग के मार्ग पर लोग अकेले चलना पसंद करते हैं, साझेदारों के साथ नहीं।''

•

समय व्यतीत होता रहा। सुमुखी के लिए पेड़ की एक मजबूत डाल की चुपचाप व्यवस्था भी हो गई। साजिश की जाल बुनने वाले पुजारी और भैरव को उनके ही जाल में फंसाने के लिए, वे दोनों तत्पर हो गईं। नारी में जब साहस का संचार हो जाता है, तब वे अबला नहीं, दुर्गा स्वरूपा शक्तिपुंज बन जाती है। पर वे अपने हृदय की उबाल को, मन में उफनते रोष की झुंझलाहट को, किसी पर प्रकट नहीं होने देती। दिन में ज़िन्दगी को थोड़ा गुदगुदा कर, रात्रि में दोनों धैर्यपूर्वक नारी अस्मिता के फूल खिलाने की प्रतीक्षा करने लगीं।

रात्रि आई। काली करतूत करने वालों का साथ देने अंधकार की काली छाया भी गहराने लगी। नारी पर शर्मनाक काम-वासना का कलंक-तिलक लगाने के लिए उनके पदचाप, कुण्डलकेशा के कमरे की ओर बढ़ने लगे। वहां पहुंच कर पुजारी ने द्वार को धीरे से थपथपाया। अंदर से कोई आवाज़ नहीं आई। थपथपाहट थोड़ी तीव्र हुई। फिर भी अंदर की शांति भंग नहीं हुई।

तब पुजारी का मिठास भरा स्नेहिल स्वर उभरा–''सुन्दरी! पुजारी जी मिलने आए हैं। द्वार खोलो न!''

कोई उत्तर नहीं। पुजारी और भैरव ने द्वार से कान सटाकर अंदर की आहट सुनने की कोशिश की। शांति का आभास होने से द्वार पीटने लगे और जोर-जोर से द्वार खोलने के लिए चिल्लाने लगे।

अचानक एक झटके से द्वार अंदर की ओर खुला और उससे सटे दोनों कुसंगी, उसी झटके से अंदर की ओर लड़खड़ाते हुए गिर पड़े। फिर क्या था, बिना कुछ बोले दोनों सहचरियों ने उन दुराचारियों पर डंडे से प्रहार करना प्रारम्भ कर दिया। इस आकस्मिक और लगातार डंडे की मार से उनका पाप-पगा पौरुष, इतना स्तब्ध और संज्ञाहीन हो गया कि वे प्रतिरोध नहीं कर सके। जब वे अधमरे हो गए, तब यह कहती हुई कि–''नारी कोई खिलौना नहीं है, जो कोई भी जब चाहे उससे खेलने का मन बना ले'', कुण्डलकेशा ने कमरे का द्वार बंद कर बाहर से सांकल लगा दी।

अंदर दोनों पुरुष कराहते रहे। बाहर दोनों महिलाएं सुबह होने तक पहरे पर

बैठी रहीं।

जब रात की कालिमा, सुबह की लालिमा में बदल गई, तब सुमुखी पहरे पर रही और कुण्डलकेशा, गांव जाकर लोगों को बुला लाई।

कुण्डलकेशा ने उनसे कहना आरम्भ किया—"भाइयो! मैंने एक आश्चर्य से अवगत कराने के लिए आप सबको यहां बुलाया है। आप जिसे पुजारी समझते हैं, वास्तव में वह एक दुराचारी है। कुख्यात डाकू भैरव को साथी! जो उसकी हर योजना में उसका भागीदार है। एक अकेली अबला की आबरू का अपहरणकारी है। मंदिर के ही किसी गोपनीय कमरे में वे डाका डालने के हथियार छिपा कर रखते हैं। गत रात्रि, वे दोनों हमारा शीलभंग करने, हमारे कमरे में आए थे। पर अपनी चतुराई और सतर्कता से उनकी घृणित इच्छा को हमने अपने साहस से विफल कर, उन्हें कमरे में बंद कर दिया है। इनको आपके सुपुर्द कर हम लोग, अपनी राह पर चली जाना चाहती हैं।"

डकैत भैरव का नाम सुनकर लोग चौंक पड़े। उन दोनों की बहादुरी की सराहना करते हुए ग्रामवासियों ने कहा—"आप लोगों ने अपनी हिम्मत से अपने ऊपर कोई दाग नहीं लगने दिया। साथ ही दाग लगाने का प्रयास करने वालों को ही बंदी बना लिया। तब, अब कैसा और किसका भय। आप लोग, अब यहीं ठहर जाइए। आपसे हमें प्रेरणा मिलती रहेगी।"

"हां, अपने दामन पर हमने कलंक-दाग तो नहीं लगने दिया। पर यहां की दीवारों में बसे, दाग लगाने के प्रयास की पीड़क स्मृति-छाया, कभी हमारा पीछा नहीं छोड़ेगी। मन को सदैव कचोटती रहेगी। वैसे, मनुष्य जीवन एक प्रवाह है, जो प्रगति-पथ पर तब तक बढ़ता रहता है, जब तक यह प्रवाहित होता रहता है, पर इसकी प्रगति थम जाती है, जब कभी यह कहीं और ठहर जाता है। यहां ठहर कर हम अपनी प्रगति में बाधक नहीं बन सकतीं।"

कुण्डलकेशा का अंतर्मन, बुद्ध की शरण में जाने के लिए मचल पड़ा। वह उनके पावन दर्शन के लिए निकल गई।

तथागत ने उसका स्वागत करते हुए कहा—"आओ कुण्डलकेशा! तुम्हारे विषय में मुझे सब कुछ ज्ञात है। बौद्ध भिक्षुणी संघ को तुम जैसी योग्य पात्र की उपस्थिति से बहुत बल मिलेगा, लाभ होगा।"

भिक्षुणी संघ में प्रव्रज्या ग्रहण कर, कुण्डलकेशा बौद्ध भिक्षुणी बन गई।

30

बुद्धत्व प्राप्त व्यक्ति सांसारिक व्याधि को नियंत्रित करने की क्षमता प्राप्त कर लेता है, परन्तु उसका मानव शरीर, शारीरिक व्याधि से सर्वथा विमुक्त नहीं होता। भगवान की भांति पूजित बुद्ध, जो दूसरे के कष्ट का निवारण करते हैं, उनका शरीर भी एक दिन, उदर रोग से ग्रस्त हो गया। उनकी पाचन क्रिया व्याधित हो गई।

तथागत ने जीवक वैद्य की निपुणता के विषय में सुना था। उन्होंने प्रिय शिष्य आनन्द से कहा–"जीवक को बुला लाओ और मेरा उपचार करने को कहो, जुलाब देने को कहो।"

जीवक के घर जाकर आनन्द ने कहा–"आयुष्मान जीवक! महान बुद्ध का शरीर, दोषप्रद हो गया है, वे जुलाब लेना चाहते हैं।"

"तो भन्ते आनन्द! ऐसी अवस्था में यह आवश्यक है कि उनके शरीर को स्निग्ध किया जाए। ऐसा करके मुझे सूचित करें, मैं उपचार की औषधि लेकर आता हूं।"

तब स्थविर आनन्द और अन्य भिक्षुओं ने बुद्ध के शरीर को स्निग्ध करने के लिए तेल से अंग मर्दन किया। फिर जीवक को सूचना दी–"तथागत का शरीर अब स्निग्ध हो गया है, जैसा उचित समझें, इनका उपचार कीजिए।"

जीवक ने बुद्ध की जांच कर तीस जुलाब के लिए तीन चम्मच औषधि दी। औषधि लेने के पश्चात् बुद्ध को पहले दस, कुछ समय बाद फिर दस और अंत में दस बार शौच से निवृत्त होना पड़ा। जीवक उन्हें रसीले पदार्थ का सेवन कराता रहा। कुछ ही समय में बुद्ध का शरीर स्वस्थ हो गया।

बुद्ध ने स्नान किया और प्रसन्नता की मुस्कान से जीवक को आशीर्वचन दिया। जीवक ने उनका अभिवादन करके उनकी प्रदक्षिणा की और वहां से चला आया।

बुद्ध के संसर्ग में रहने से जीवक के मन में उनके प्रति अगाध भक्ति उत्पन्न हो गई। उसने सोचा क्यों नहीं राजा प्रद्योत द्वारा भेजा गया शिवि का बहुमूल्य दुशाला जोड़ा, महात्मा बुद्ध को अर्पित कर दे। यह विचार आते ही, वह तथागत के पास दुशाला जोड़ा लेकर पुनः गया और श्रद्धापूर्वक नम्र निवेदन किया–"भन्ते! इस शिष्य के दुशाले को आप स्वीकार कर लें तो मैं अपने को धन्य समझूंगा। साथ ही मेरी प्रार्थना है कि भिक्खुसंघ को भी गृहस्थों द्वारा भेंट किए गए गृहपति चीवर को ग्रहण करने की आज्ञा दें।"

जीवक से प्रसन्न होकर महात्मा बुद्ध ने जीवक की भेंट को स्वीकार कर लिया।

तत्पश्चात् भिक्खुसंघ को आमंत्रित कर कहा–"भिक्खुओं! आप लोगों को गृहपति चीवर की भेंट को, उपयोग करने की अनुज्ञा देता हूं। आपकी संतुष्टि में ही मुझे तुष्टि मिलेगी।"

राजगृह के लोगों को जब यह ज्ञात हुआ कि तथागत ने भिक्षुओं को गृहस्थों द्वारा भेंट किए गए चीवर का उपयोग करने की अनुमति दे दी है, तब वे बहुत हर्षित हुए। उन्हें लगा कि दान करके पुण्य कमाने का लाभदायक अवसर उन्हें प्राप्त हो गया। एक ही दिन में कई हजार चीवर, बुद्ध को दान में प्राप्त हुए।

उस समय काशीराज ने जीवक को पांच सौ कम्बल भेजे थे, जिसे लेकर वे बुद्ध के पास गए और कहा–"भन्ते! इन कम्बलों को भी आप ही स्वीकार कर ग्रहण करें, जिससे चिरकाल तक मेरे हित और सुख की स्मृद्धि हो।"

बुद्ध ने कम्बल स्वीकार कर जीवक को धार्मिक कथा द्वारा समुत्तेजित, सम्प्रहर्षित किया।

करुणा के अवतार बुद्ध के प्रति जीवक अत्यधिक श्रद्धावान हो गया। बुद्ध भी जीवक के गुणों की बहुत प्रशंसा करते थे। राजगृह आने पर बुद्ध, वेणुवन में ठहरते थे। जीवक नियमित रूप से प्रतिदिन उनके दर्शन करने और उनका उपदेश सुनने के लिए वहां जाया करते थे। साथ ही बुद्ध तथा उनके भिक्षुओं के स्वास्थ्य की जांच तथा उचित उपचार भी सदैव करते रहते।

जीवक का निवास स्थान, वेणुवन से पांच-छः कोस दूर था। अतः वहां आने-जाने में अधिक समय व्यर्थ नष्ट हो जाता था। समय की इस बर्बादी से बचने के लिए उसके मन में एक विचार आया। जीवक एक बहुत सुन्दर आम्रकानन का स्वामी था। उसने अपने आम्रकानन में एक बौद्ध महाविहार का निर्माण करवा कर, प्रमुख भिक्षुसंघ को दान कर दिया।

महात्मा बुद्ध से उसने निवेदन किया कि वे उसी महाविहार में ठहरा करें, जिससे वह समीप में रह कर, उनकी अधिक देखभाल कर सके। उसकी विनती बुद्ध ने स्वीकार कर ली और वहां भिक्षुओं के संग चले गए। इन सबके भोजन की व्यवस्था भी जीवक ने उसी आम्रकानन में करवा दी।

जो बालक जन्म लेते ही कूड़े के ढेर पर फेंक दिया गया था, वही जीवक बुद्धयुगीन भारत में, बौद्ध धर्म में सच्ची आस्था रखने वाला तथा अपनी सदाचारिता, चिकित्सा में निपुणता और मधुर वाणी के कारण, एक अत्यंत लोकप्रिय तथा असाधारण व्यक्ति के रूप में स्थापित हो गया।

31

सम्राट बिम्बिसार अपनी प्रधान रानी खेमा के कक्ष से, रात्रि अभिसार के पश्चात्, यह कहते हुए बाहर निकले—"प्रिये खेमा! यह पूर्णतः सत्य है कि तुम्हारे सौन्दर्य के सामने, स्वर्ग की अप्सरा का सौन्दर्य भी धूमिल है।"

यह सुनकर, खेमा का शिथिल तन तो लेटा रहा, पर मन स्मृतियों का आंगन भिगोने लगा। उसकी स्मृतियां कुरेदने लगीं कि कैसे वह बचपन से ही अपने रूप के यशगान की गुनगुनाहट सुनने की अभ्यस्त रही थी।

नैसर्गिक रूप लावण्य तो प्रकृति की जन्मजात देन है। साकल (स्यालकोट) नगर का राजपरिवार, जहां उसका जन्म हुआ था, के सभी सदस्य और उसकी सहेलियां भी उसके सौन्दर्य की प्रशंसा करती थकती नहीं थीं। सभी के प्यार और स्नेह की वर्षा में वह जैसे-जैसे बड़ी होने लगी, उसके रूप में निखार पर निखार आता चला गया। यौवनावस्था आते ही उसकी काया, सुन्दर फूल की तरह खिल उठी और अपनी सुगंध चारों ओर बिखेरने लगी। उसके काले घने केश, नागिन सी लटकती-झूलती वेणी, कपाल पर लहराती लटें, बड़ी-बड़ी हिरणी जैसी आंखें, मनभावन मुखमंडल, वक्ष पर मादक यौवन का उभार, पतली लचकती कमर, गौर वर्ण की मोहिनी काया, सभी को उसके रूप की प्रशंसा करने के लिए बाध्य कर देते। रूपसी खेमा की चतुर्दिक रूप-चर्चा ने उसे रूपगर्विता, रूप अभिमानिनी बना दिया।

उसे स्मरण है, कैसे हंसी में सहेलियां उससे कहा करती थीं—"प्रिय सखी, तुम अपने मस्तक पर काला टीका लगाया करो, नहीं तो किसी की नज़र तुम्हें लग जाएगी।"

दूसरी सहेली कहती—"तुम्हारे इस अपूर्व रूप-सौन्दर्य का रसपान करने, कहीं कोई राजा तुमसे विवाह कर, तुम्हें हमसे दूर किसी अन्य प्रदेश में न ले जाए। विवाहोपरांत तुमसे न मिल पाने के कारण हम लोगों की बहुत दयनीय स्थिति हो जाएगी।"

इन बातों से खेमा लजाती-सकुचाती आंखें झुका लेती, तभी एक अन्य सहेली उससे लिपट कर कहती—"अरी शर्मीली! लजाती क्यों है, एक दिन तो सभी को विवाह-बंधन में बंध कर, पति के घर जाना ही पड़ता है और तुम जैसी अद्वितीय सुन्दरी का विवाह किसी राजा से होना तो निश्चित ही है।"

सहेलियों के कथन को स्मृतियों के झरोखे से झांकने पर खेमा का मन कह

उठा–"हां सखी! तुम्हारी भविष्यवाणी सत्य सिद्ध हुई। आज मैं मगध सम्राट बिम्बिसार जैसे प्रतापी राजा की पटरानी बन कर, सुखपूर्ण, प्रेममय जीवन व्यतीत कर रही हूं। पर तुम लोगों को मैं भूली नहीं हूं, तुम लोगों द्वारा अपने सौन्दर्य की प्रशंसा अभी भी मेरे कानों में और मन में, गूंजती रहती है।"

सौन्दर्य में अपना परचम सदा लहराती रही खेमा, अब अपने रूप अभिमान के जाल में ऐसी उलझ गई है कि अपने रूप-अहं के पर्वत से नीचे उतर ही नहीं पाती। वह अपना अधिकांश समय, सजने-संवरने और अपने सौन्दर्य को अधिक से अधिक निखारने में व्यतीत करने लगी। शृंगार करने वाली उसकी दासियां थक जातीं, पर अपने सौन्दर्य में निखार लाने में न महारानी खेमा का मन थकता, न उसका तन। वह सोचती, जब ईश्वर ने उसे रूप की देवी का अवतार दिया है, तब उसका सारा समय भी, रूप संवारने के लिए ही निर्धारित किया होगा। इसलिए वह सदैव ही तन, मन और धन से अपने सौन्दर्य के निखार में लगी रहती।

इधर सम्राट बिम्बिसार के हृदय में बुद्ध के प्रति इतनी अगाध आस्था और श्रद्धा हो गई थी कि बुद्ध जब भी राजगृह आते, वे वेणुवन में जाकर उनका दर्शन करते और उपदेश सुनते। उनकी इच्छा थी कि रानी खेमा भी बुद्ध का दर्शन करती और उनका उपदेश सुन, अपना जीवन संवारती। किन्तु खेमा का विचार था कि नारी अपना जीवन संवार सकती है तो केवल अपने रूप को सजा-संवार कर, उपदेश सुनकर नहीं। कभी-कभी सम्राट से बुद्ध के उपदेश का सार सुनकर खेमा समझ गई थी कि बुद्ध शारीरिक रूप को नाशवान कहते थे, जबकि खेमा, अपने शारीरिक रूप की अभिमानिनी थी। इसीलिए खेमा बुद्ध का दर्शन करने के लिए न कभी उत्साहित दिखाई दी, न कभी तैयार हुई।

राजा बिम्बिसार ने सौन्दर्यप्रेमी खेमा को अपनी राह पर लाने के लिए उसके सौन्दर्यप्रेम की ही चाल चली। बुद्ध के विषय में बातें करने की अपेक्षा, अब वे खेमा से वेणुवन के दर्शनीय सौन्दर्य का गुणगान करने लगे। वे उससे कहते–"न केवल वेणुवन कमनीय और मनमोहक है, वहां का वातावरण भी कम रमणीय और चित्ताकर्षक नहीं है। वहां की पुष्करणी में जल-पक्षियों की चहचहाहट, आकाश में पक्षियों के कलरव तथा कोयल की कूक शीतल पवन के मंद प्रवाह से निकलते मनभावन संगीत की गुनगुनाहट, सभी आगुंतकों का स्वागत करते दिखाई देंगे। अपने सुहाने पंख फैला कर नृत्य करते मयूरों का दृश्य, तुम्हारे मनमयूर को भी, आनन्द-नृत्य की अनुभूति कराता रहेगा। वहां की हरी-भरी लताएं, वृक्ष तथा रंग-बिरंगे पुष्प और झील में खिले लाल एवं नीले वर्ण के कमल, बहुत अवलोकनीय और आनन्दप्रद लगेंगे। वर्षा ऋतु में धीमी-धीमी फुहारें, तुम्हारे हृदय में कोमल, मधुर प्रेम-

भावनाओं को जागृत करती रहेंगी। मनुष्य-हृदय को वहां की रमणीयता और दर्शनीयता का आनन्द, सुनने से अधिक महसूस करने में मिलता है।''

खेमा का आलिंगन कर बिम्बिसार ने कहा–''प्रिय रानी, सज-संवर कर एक ही कक्ष के एकांत में व्यर्थ ही पड़ी रहती हो। कम से कम वेणुवन की लताओं, वृक्षों और पक्षियों को तो अपने सौन्दर्य तथा शृंगार का आनन्द लेने दो। एक अति सौन्दर्यमयी देवी के सौन्दर्य का आनन्द लेकर वेणुवन का सौन्दर्य आह्लादित होगा और वेणुवन का सौन्दर्य देखकर, तुम जैसी सौन्दर्य की प्रतिमा का मन प्रसन्न रहेगा। प्राकृतिक सौन्दर्य से नारी के ईश्वर प्रदत्त सौन्दर्य का मिलन कितना सुखद होगा, इसकी मैं केवल कल्पना कर सकता हूं और तुम साकार रूप से उसका रसास्वादन कर सकती हो प्रिय।''

पति से अपने तथा वेणुवन के सौन्दर्य का वर्णन सुन-सुन कर खेमा ने एक दिन वहां जाने का मन बना लिया, और सम्राट के समक्ष वेणुवन जाने की इच्छा व्यक्त की। बिम्बिसार को लगा आज उनकी उम्मीदों का सूर्योदय हुआ है, इसलिए उन्होंने शीघ्रतापूर्वक रथ आदि की व्यवस्था करा दी। शृंगारित खेमा, अपनी दासियों के साथ वेणुवन की ओर चल दी।

वेणुवन में खेमा घूमती रही और वहां की अद्भुत हरियाली मनभावन छटा तथा पक्षियों की चहचहाहट उसका मन मोहती रही। घूमते-घूमते एक स्थान पर, एक दम शांत वातावरण देखकर, वह ठिठकी। मन ने पूछा, यहां इतनी नीरवता क्यों? सामने के विशाल पीपल के वृक्ष पर कोई पक्षी भी नहीं है? उस वृक्ष की पक्षीविहीन डालियों की हरी पत्तियों में पक्षियों को ढूंढ़ती उसकी दृष्टि, जब वृक्ष के चरण पर पड़ी, तो वहां ध्यानमग्न बुद्ध को शांत मुद्रा में बैठे पाया। उनके मुखमंडल से बिखरते अनुपम तेज और प्रभावशाली व्यक्तित्व को देख, वह स्तब्ध रह गई। पर मन तुरंत सम्हल गया। स्मरण हो आया, अरे यह तो महात्मा बुद्ध लगते हैं, जो शरीर को नश्वर मानते हैं। अपनी सुन्दर काया को एक बार निरख-परख कर, बुद्ध के अहितकर लगने वाले विचारों पर वह मुस्कुरा दी।

इधर बुद्ध को खेमा के आने की आहट से उसके आगमन का अहसास हो गया। अपने ज्ञानचित्त से बुद्ध ने खेमा के चित्त में उमड़ते भाव को जान लिया। फिर क्या था, उनके दिव्य ज्ञानी मन में, एक अज्ञानी के मनभ्रम को सुधार कर, सही ज्ञान से अवगत कराने की इच्छा हुई।

अपने ऋद्धि बल से बुद्ध ने एक ऐसा दृश्य उत्पन्न किया, जिससे खेमा को लगा कि उससे भी अधिक, एक अतुलनीय सुन्दर युवती, बुद्ध को पंखा झल रही है। उस सम्मोहिनी आकर्षक युवती के काले घुंघराले केश, कजरारे बड़े-बड़े नयन,

आभायुक्त मुखमंडल, लचकती-मचकती पतली काया तथा आश्चर्य चकित करने वाले अनुपम सौन्दर्य के समक्ष, खेमा को अपना रूप तुच्छ महसूस हुआ।

उसके विलक्षण अलौकिक सौन्दर्य से विस्मित होकर खेमा उसके विषय में सोच ही रही थी कि उस तरुणी का सौन्दर्य धीरे-धीरे ढलने लगा। देखते-देखते यौवन से तरंगित उसके तन पर वृद्धावस्था की शिथिलता छाने लगी। काले केश उज्ज्वल होने लगे। मुख पर झुर्रियां पड़ गईं, सफेद चमकीले दंत सब झड़ गए। एक अलौकिक सौन्दर्य की स्वामिनी अब झुकी-झुकी कमर से घिसटती वृद्धा बन गई थी। शनैः-शनैः उसका दुर्बल शरीर, इतना दुर्बल हो गया और भूमि पर गिर पड़ा। कुछ समय में ही उसकी मृत काया उसी भूमि में समा गई।

इस दृश्य से स्तम्भित खेमा, अज्ञानता की निंद्रा से जाग उठी। उसकी समझ में आ गया कि अपने जिस शरीर को वह कभी अंत न होने वाला रूप का भंडार समझती आई है, जिस रूप पर वह इतना गर्व करती आई है, उसका अंत भी ऐसा ही होगा। वह भी एक दिन वृद्धा होकर मिट्टी में इसी तरह मिल जाएगी। उसके मुख से अनायास निकल पड़ा—"ओह! मैं अब तक कितने भ्रम में थी, जो प्रकृति के इस परिवर्तन नियम से अनभिज्ञ रही। शरीर की अनित्यता को समझ नहीं पाई।"

आत्मबोध से द्रवित खेमा, बुद्ध के चरणों में गिर पड़ी। क्षमा मांगती हुई उसने कहा—"मैं भी कितनी अभागिन हूं भगवान, जो अपने नश्वर रूप पर अभिमान करती, आपको उपेक्षा की दृष्टि से देखकर, न आपके कल्याणकारी दर्शन का लाभ उठा सकी, न आपके मंगलकारी उपदेशों को सुन सकी। अब आप मुझे अपनी शरण में ले कर, मेरे हितों की रक्षा कीजिए। बुद्धं सरणं गच्छामि।"

आशीर्वाद की मुद्रा में बुद्ध ने कहा—"उठो खेमा! अब तुम्हारे ज्ञान-चक्षु जाग गए हैं और जीवन के सत्य को भी तुम जान चुकी हो। अब धम्मचारिणी बन कर धम्म मार्ग पर चलो, जिसका आदि, मध्य और अंत सभी कल्याणकारी है। अप्प दीपो भव। अपना दीप-प्रकाश स्वयं बनो। फिर तुम्हें अपनी रोशनी में जो दिखाई पड़ेगा, वही तुम्हारा सत्य होगा। तुम्हारा जीवन तब मंगलमय होगा।"

बुद्ध का आशीर्वचन पा, खेमा ने उनकी प्रदक्षिणा की और एक अलौकिक आनन्द को महसूस करती, राजप्रासाद लौट गई। सुख के अश्रुपूर्ण नेत्रों से पति बिम्बिसार के चरण-स्पर्श करती बोली—"मुझे क्षमा करें देव। इतने दिनों तक मैं अपने रूप-गर्व में नख-शिख तक, इतनी भीगी-भीगी रही कि आपके उपकारी परामर्श की अवहेलना कर, तथागत के दर्शन-लाभ से वंचित रही। पर यह आपके उचित परामर्श का ही परिणाम था कि मैं आज वेणुवन जाकर करुणावतार बुद्ध के दर्शन का सौभाग्य प्राप्त कर, धन्य हो गई।"

सम्राट बिम्बिसार ने प्रेम-पगे हाथों से खेमा को उठाते हुए कहा–''उठो रानी! बुद्ध के पावन आशीष पाने से अब तुम्हारा नया जन्म हो गया है। उनके बताए धम्म मार्ग पर सदैव अग्रसर होती रहो, तुम्हारा कल्याण ही कल्याण होगा।''

बुद्ध के प्रति खेमा की श्रद्धा अब इतनी बढ़ गई थी कि तथागत जब भी राजगृह पधारते, वह उनके दर्शन करती और उनका धम्मोपदेश ध्यानमग्न होकर सुनती। धीरे-धीरे वह प्रज्ञावान हो गई। एक दिन वह सम्राट से प्रव्रज्या ग्रहण करने की अनुमति मांगने गई। खेमा से सर्वाधिक प्रेम करने वाले पति सोच में पड़ गए। सम्राट अपनी रूपवती पत्नी को खोना नहीं चाहते थे। विचारों के द्वन्द्व के मंथन ने उन्हें चिंतित कर दिया। पर धीरे-धीरे उनकी अंतरात्मा ने कहा–''निजी स्वार्थवश किसी के कल्याणकारी मार्ग का रोड़ा बनना तो सर्वथा अनुचित है। प्रव्रजित होने पर उसका भविष्य सुधर जाएगा, संवर जाएगा, तो मुझे अच्छा ही लगेगा।''

बिम्बिसार ने खेमा को अपनी अंतरात्मा की आवाज़ पर प्रव्रज्या ग्रहण करने की अनुमति दे दी। खेमा ने बुद्ध की शरण में जाकर प्रव्रज्या ग्रहण की, उनके धम्मोपदेशों को ध्यान से सुनकर हृदयंगम करती और दूसरों को सुनाती। अपने रूप की सुगंध बिखेरने वाली खेमा, अब अपने ज्ञान की सुगंध बिखेर कर, बुद्धयुगीन समाज की बहुचर्चित महिला बन गई।

एक दिन एक काम-उत्तेजित युवक ने उससे कहा–''खेमा! तू रूपवती युवती है, मैं भी रूपवान युवक हूं। आओ हम दोनों मिल कर विषय सुख का संगीतमय आनन्द लें।''

खेमा का उत्तर था–''यह काम-तृष्णा भाले के समान बिंधने वाली है, इसलिए मैंने इसे जड़ से काट दिया है। इस नाशवान और व्याधि के घर वाले शरीर से घृणित विषय सुख का महसूस करने में मुझे अब घृणा आती है, लज्जा अनुभव होती है। सब प्रकार की भोग-तृष्णा का मैंने विनाश कर दिया है, अंधकार-पुंज को हटा दिया है और सभी दुखों से विमुक्त हो गई हूं। सत्य के यथार्थ रूप को जान गई हूं, मुझसे ऐसी घृणित बातें न करो युवक।''

रूप-अभिमान और काम-तृष्णा से विमुक्त होकर खेमा, अब स्वयं एक नया इतिहास बन गई।

32

बढ़ती उम्र की ढलान पर आकर्षक नारी के आकर्षण का भी क्षरण हो जाता है। सौन्दर्य की देवी मानी जाने वाली सालवती भी अपवाद नहीं थी। यौवन मद में मस्त जिसकी लचकन-मटकन और थिरकन देखते ही सभी के हृदय मचल उठते थे, उसे छूने को, उसे पाने को, आज चुपचाप बैठी रहती है, लोगों की आहट सुनने को। यद्यपि इस कोकिला के संगीत में आज भी वही मिठास थी, लेकिन लोग संगीत के माधुर्य से अधिक, नारी के कोमल युवा शरीर-स्पर्श की मधुर मिठास के प्रति आसक्ति रखते हैं। इसीलिए सालवती का रंगप्रासाद, जहां जाना लोग अपना सौभाग्य समझते थे, जहां की चहल-पहल देखते ही बनती थी, आज सूना-सूना सा लगता है।

सालवती के मन के उर्वर आंगन में तरह-तरह के विचारों का विचरण होने लगा। सदैव अपने चाहने वालों की भीड़ से घिरी रहने वाली सालवती, अब समझ गई है कि जीवन-संध्या में एकाकीपन का दंश सौन्दर्यहाट में भी झेलना पड़ता है। सांध्यप्रकाश की तरह वृद्ध नगरवधू का जीवन-प्रकाश भी एक धुंधलका मात्र बनकर रह गया है।

थकी-थकी सी, बुझी-बुझी सी सालवती ने संगिनी से पूछा—"जिस तरह दीपक के बुझने के पहले उसकी दीपशिखा में कम्पन आता है, उम्र ढलने पर नगरवधू की जीवनशिखा में भी शारीरिक शक्तिहरण, मानसिक हरण, भावनात्मक पीड़न आदि कई प्रकार के कम्पन क्यों आने लगते हैं?"

सहेली की चिंता से संतप्त संगिनी ने कहा, "यह एक अनिवार्य प्राकृतिक, जैविक प्रक्रिया है, जिससे शरीर और मन की संरचनात्मक व्यवस्था में परिवर्तन होता है। यही परिवर्तन, उम्र ढलने पर शारीरिक और मानसिक ह्रास का कारण बन जाता है। ऐसा होना तो सभी के जीवन का एक अनिवार्य क्रम है। इससे घबराने की क्या बात है सखी?"

सालवती शांत हो गई। शैय्या पर निश्चल पड़ी-पड़ी, सूनी छत को निहारती रही। उसका मुख शांत था, पर मन को अतीत की स्मृतियां अशांत कर रही थीं। जीवन में व्यतीत कई रंगों के चित्र आंखों में उभर कर, आ-जा रहे थे। फिर एकाएक करवट बदलकर उठ बैठी। आश्चर्यचकित संगिनी की आंखों से आंखें मिलीं। तब बोली—

"जानती हो सखी! सौन्दर्य, नारी का वरदान माना जाता है। पर मेरा तो सौन्दर्य

ही मेरे जीवन का शाप सिद्ध हुआ। सौन्दर्य के कारण ही मैं मगध की नगरवधू बना दी गई। यह मेरे लिए वरदान नहीं था। एक नगरवधू को नए-नए सम्बंधों का जाल सा बुनना पड़ता है, जिसमें फंस कर उसे परिस्थितियों की धूल का सामना करना पड़ता है। तरह-तरह के लोग आते गए, जाते गए, मैं उनकी काम वासना शान्त करने के लिए एक खिलौना मात्र बनती गई। पर समय की तीव्र गति में भी परिस्थितियों की यह धूल न कभी साफ हुई, न कभी नष्ट हुई, वरन् परत-दर-परत जमती ही चली गई और मुझे धूल की आंधी में झकझोरती ही रही।''

सालवती ने एक उच्छ्‌वास लेकर आंखें मूंद लीं, जैसे किसी दृश्य का अवलोकन कर रही हो, जैसे विचारों के द्वन्द्व में उलझ गई हो।

उसमें साहस और धैर्य का संचार करने के लिए संगिनी ने कहा—''परन्तु परिस्थितियों की धूल की तरह तुम्हारी जीवनचर्या जैसी भी रही हो, उसने तुम्हारे जीवन में कभी सुख-सम्पदा और वैभव की कमी तो नहीं आने दी। लोगों के बीच, मैंने तुमको सदा खिलखिलाते हुए ही देखा है।''

''ऐसा करना एक नगरवधू के कर्त्तव्य की बाध्यता थी। मेरे अंतस में अगर झांकती, तो वहां मेरी किसी आशा-आकांक्षा के दीप जलते नहीं देखती, केवल अवसाद की पीड़ा और चुभन की झिलमिलाहट मिलती।''

''पर आशाएं-आकांक्षाएं तो आकाश की भांति असीमित होती हैं। जब तुम्हारी जीवनशैली ही बदल गई है तब अब यह कैसा पश्चाताप, कैसी ग्लानि? जीवन में जब तक सांस है, उम्मीदों की आस नहीं खोनी चाहिए सखी!''

''लेकिन मेरे जर्जर जीवन में अब उम्मीदों के प्रलाप का कोई लाभ नहीं है संगिनी।''

अतीत के धुंधलके में गोता लगाती सालवती ने कहा, ''तुम्हें स्मरण होगा, जब मेरे इसी अवसाद के कारण तुम्हारे साथ आए मेरे पिता, मुझे अकेली छोड़ कर चले गए थे, तब मैं कितना रोई थी।''

''सम्पदा और वैभव पूर्ण रंगप्रासाद की सम्मानित रानी के लिए रोने का कोई कारण तो नहीं था।''

सालवती ठिठकी, झिझकी, संगिनी पर बंकिम कटाक्षपात करती उसके औत्सुक्य का उत्तर देती बोली—''जब तुमने मेरी हृदयवीणा के तारों को छेड़ ही दिया, तब उसके करुण राग को भी सुनती जाओ सखी। जीवन का सुख, केवल वैभव से ही नहीं मिलता। वास्तव में भोग-विलास का जीवन ही मेरी मनोव्यथा का कारण है। मैं एक विवाहिता-पारिवारिक नारी बनना चाहती थी, जिसकी जीवन-बगिया में मैं ऐसा फलदार पौधा रहती, जिसमें फल लगने पर उसको सींचने वाला एक माली रहता पर

नगरवधू, अपने जीवन-बगिया की ऐसी पौध होती है, जिसमें फल लगना आवश्यक नहीं, लेकिन यदि लग गया, तब उसे सींचने वाला कोई माली नहीं रहता। मेरी हृदयवीणा का करुण राग यही है सखी कि मेरे यौवन मद का रसपान करने आए तृषित लोगों की आकांक्षाओं के अनुरूप, केवल उनके लिए रंगीन सपनों की सेज सजाने के लिए, मैंने अपनी पौध के फल को, अपने हृदय के टुकड़े को ही, अपने से विलग कर दिया था।''

''लेकिन अतीत के आंचल में बिलग किए गए उस फल के वियोग-बिछोह का करुण राग गाने की अब क्या आवश्यकता, जब तुम्हारे जीवन की बगिया में एक नया फल पल्लवित-पुष्पित हो गया है और तुम स्वयं एक माली बनकर उसे सिंचित कर रही हो?''

''परिस्थितियां सदैव एक समान नहीं रहती सखी! विभिन्न परिस्थितियां समयानुकूल अपना अलग-अलग राग अलापने ही लगती है।'' यह कह कर सालवती कुछ क्षण रुकी, वह एकटक अपनी सखी संगिनी को निहारती रही।

बाहर आकाश में बादल के उमड़ने-घुमड़ने की आवाज़ आने लगी थी। कुछ ही क्षण में रिमझिम फुहार की गुनगुनी ध्वनि सुनाई पड़ने लगी। पर जब यही रिमझिम फुहार, कभी मद्धिम तो कभी तेज झमाझम बारिश में बदल गई, तब सालवती को अपने शरीर में सिहरन महसूस होने लगी।

संगिनी ने विस्मित और प्रश्नवाचक आंखों से सालवती की तरफ देखा। उसे उसकी भावभंगिमा कुछ अजीब-सी लगी।

सालवती ने मुस्कुराने की चेष्टा की, पर मुस्कुरा न सकी। उसकी सांस जोर-जोर से चलने लगी। उसके कंठ से कुछ थकी-थकी, कुछ बुझी-बुझी, गम्भीर और असंतुलित वाणी उभरी—''मैंने सम्राट को सूचित कर दिया है कि बढ़ती उम्र से मेरी कार्यक्षमता में कमी आ गई है, और एक नगरवधू के लिए आवश्यक रूपलावण्य का आकर्षण भी मुझमें क्षीण हो गया है, इसलिए किसी दूसरी रूपवती को नगरवधू चयनित कर लेना, राज्य हित में उचित होगा।''

यह बोलते-बोलते सालवती शैय्या से उठने लगी तो लड़खड़ा गई। गिरने लगी, उस समय संगिनी ने उसे सहारा दिया। सालवती का शरीर छूते ही संगिनी समझ गई कि उसका शरीर ज्वर ताप की तपिश से जल रहा है। बार-बार सालवती अपने सूखे अधरों को जीभ से भिगोने लगी। सालवती को पुनः शैय्या पर लिटा कर संगिनी बोली—''सखी तुम तो उच्च ज्वर से पीड़ित हो। तुम्हें उपचार की आवश्यकता है। उपचार के लिए क्या राजवैद्य जीवक को बुला लूं?''

जीवक का नाम सुनते ही सालवती हड़बड़ाकर उठने लगी, पर संगिनी ने उसे

ऐसा करने नहीं दिया। तीव्र सांस लेती सालवती चिल्लाई—"नहीं सखी, नहीं। जीवक को कदापि नहीं बुलाना। उसे देखते ही मातृत्व-स्नेह की जो अंतर्धारा एक मां के मन में सदा प्रवाहित रहती है, वह वेग से मुझमें बहने लगेगी। एक पुत्र का सामीप्य किस नारी को प्रिय नहीं है? पर जब उसे अपने निकट पाकर मेरा हृदय आंदोलित हो उठेगा उसे पुत्र कहकर गले लगाने के लिए, तब उस पुत्र को, जिसे यह भी नहीं पता कि उसकी मां कौन है, कितनी ठेस पहुंचेगी यह जानकर कि वह एक गणिका का अनचाहा पुत्र है? राज्य का एक अति सम्मानित व्यक्ति कितना अपमानित महसूस करेगा, गणिका पुत्र कहलाने में? नहीं सखी नहीं, उसे मत बुलाओ। अब उसे इस समाज में सम्मान के साथ जीने दो! वह ईश्वर का भेजा एक अनोखा दूत है। उसने अनगिनित पीड़ित नागरिकों की पीड़ा का हरण किया है। शायद ईश्वर ने उसे मेरी कोख से जन्म दिलवाकर अपना विशेष उद्देश्य पूरा किया है। अब उसे मत बुलाओ! मेरे कर्त्तव्य का ज्ञान उसे नहीं होना चाहिए। उसे समाज की सेवा करते हुए सुख से जीने दो।"

"जैसी तुम्हारी इच्छा, पर जीवक के उपचार की तुम्हें नितांत आवश्यकता है।"

अन्य कई वैद्य आए, पर सालवती रोगमुक्त नहीं हो सकी। उसका स्वास्थ दिन पर दिन गिरता ही गया। और एक दिन सालवती के जीवन की अंतिम घंटी बज गई। जिस शरीर के रूपलावण्य पर लोग अपना सर्वस्व निछावर करने को तत्पर रहते थे, वह शरीर एकाएक स्पंदनहीन, गतिहीन, क्रियाहीन हो गया। मगध की जिस कला-गरिमा के नुपूर की झंकार पर, पायल की रुनक-झुनक पर, लोगों के हृदय मयूर थिरक उठते थे, आज वह सदैव के लिए मौन हो गया। उसके पैरों में बंधे घुंघरु न रुनक सकते हैं, न झुनक सकते है, उनकी मधुर झंकार बस स्थिर हो सदैव के लिए सुप्त हो गई।

भावविभोर, अश्रुपूरित संगिनी सोच रही थी कि जिस सालवती का जीवन एक पर्वतीय नदी की धारा की तरह सदैव तीव्रगामी रहता था, आज सागर की गहराई की तरह शांत, स्थिर, निश्चल पड़ा है। स्थिर, अचल आंखों में न रूप का दर्प है, न अपने चाहने वालों की भीड़ से विदाई का गम।

उपसंहार

सालवती ने अपने रूप-सौन्दर्य से वैशाली की नगरवधू आम्रपाली को पीछे छोड़ दिया था। उसके रूप-सौन्दर्य की चर्चा दूर-दूर तक के नगरों तक पहुंच गई थी। नवयुवाओं के हृदय उसकी एक झलक पाने को बैचेन रहने लगे थे।

वैशाली की नगरवधू के सौन्दर्य-पाश से, उसके मोहजाल से विलग करने के लिए महामात्य वर्षकार ने मगध के ग्रामीण परिवेश में ही सालवती को खोज निकाला। अभाव ग्रस्त परिवार के बीच पली रूपवती सालवती अनुपम सौन्दर्य की स्वामिनी थी। उसने स्वप्न में भी नहीं सोचा था कि एक दिन वह मगध की नगरवधू, सौन्दर्य की स्वामिनी बनेगी। मेरे रूप-सौन्दर्य की आभा मगध के सेठी-सामन्तों का हृदय मोह लेगी। वे मगध के राजपथ को छोड़कर अन्यत्र कहीं जाने का विचार अपने हृदय में ला ही नहीं पाएंगे। सालवती ने बिम्बिसार के प्रति आसक्ति व्यक्त करते हुए कहा था—"मैं आपके हृदय की पीड़ा को शीघ्र ही शान्त कर दूंगी। आप मुझे मगध की अपरिमित सौन्दर्यशाली नगरवधू का गौरवमय अलंकार प्रदान कर रहे हैं। आपकी उदारता के लिए यहां के नागरिक अत्यधिक प्रसन्न होंगे। मगध के साधारण जन यह जानकर प्रफुल्लित हो उठेंगे कि महाराज बिम्बिसार को नवयुवकों के मनोरंजन का स्मरण रहता है।

सालवती के निधन पर राजकीय-शोक मनाया गया। वह मगध की नगरवधू थी। बड़े-बड़े सेठी-सामन्त उसकी एक झलक पाने के लिए प्रतीक्षारत रहते थे। मगध सम्राट बिम्बिसार मर्माहत थे। उनके हृदय की पीड़ा का वर्णन करना सहज नहीं था। सालवती के साथ बिताए-हृदय को आल्हारित करने वाले आमोद-प्रमोद के रंगीन दिवस। सालवती के साथ बिताए सहवास भोग के क्षणों की मधुर स्मृतियां सम्राट के मन को मर्माहित कर कुरेद रही थीं। सम्राट ने कभी स्वप्न में भी नहीं सोचा था कि सालवती जैसी सुन्दर नगरवधू भी इस लोक से पलायन कर सकती है। सम्पूर्ण मगध शोक सागर में डूब गया था, नगर में सर्वत्र खामोशी व्याप गई थी।

सम्राट बिम्बिसार खामोश थे। वे सोच रहे थे सालवती के निधन के बाद मगध की नगर सुन्दरी कौन होगी। किस भाग्यशाली नवयोवना को इस गौरवमय पद पर सुशोभित किया जाए।

महामात्य वर्षकार से सम्राट ने कहा—"एक राजा को केवल अपने राज्य की

सीमा की सुरक्षा पर ही ध्यान नहीं देना चाहिए, बल्कि प्रजा की सुख-सुविधा, आमोद-प्रमोद के प्रति भी सजग रहना चाहिए। सालवती के जाने से मगधवासियों का प्रेमिल हृदय सूख कर, रेत की नदी जैसा बन गया होगा। उसमें यदि शीघ्र ही प्रेमरस का जल प्रवाहित नहीं किया गया, तो अनर्थ हो सकता है।''

''महाराज! आपकी इच्छा-अनिच्छा से अवगत रहने के कारण मैंने सालवती की मृत्यु का समाचार सुनते ही उसकी जगह दूसरी नगरवधू के लिए उपयुक्त पात्र की खोज प्रारम्भ कर दी गई। इसी क्रम में मुझे सालवती की पुत्री सिरिमा के विषय में ज्ञात हुआ है। वह अपनी मां की तरह ही रूपसी, नृत्यनिपुणा और सुरीली कोकिला है। यदि आज्ञा हो तो उसे आपका दर्शन करने के लिए भेज दूं।''

महामात्य के आदेश पर एक अधिकारी सिरिमा को बुला लाया और सम्राट से मिलने के लिए उनके मंत्रणा कक्ष में पहुंचा दिया गया। सम्राट ने उसे गौर से देखा और निरख-परख कर सोचा–''नगरवधू के लिए पात्र तो उपयुक्त है। मां की तरह ही इसके रूप के आकर्षण में कोई कमी नहीं है, पर मां के शांत व्यक्तित्व की अपेक्षा यह अधिक चुलबुली, रंगीन मिजाज वाली लगती है, जो आज के चुलबुले युवा हृदय के लिए अधिक मनभावन सिद्ध होगी। नगरवधू के रूप में इसका चयन कर रेत की नदी बन गए मगध के प्रेमिल हृदय में, फिर से प्रेम रस का जल प्रवाहित किया जा सकता है।''

सम्राट मुस्कुराए और सिरिमा से पूछा–''यदि तुम्हें मगध की नगरवधू बना दिया जाए, तो क्या तुम्हें यह पद स्वीकार होगा?''

यह सुनते ही सिरिमा का गद्‌गद् हृदय प्रसन्नता से झूम उठा। उसका हृदय स्वप्न लोक में विचर रहा था। एक नगरवधू के घर में पली-बढ़ी सिरिमा, अपनी किशोरावस्था से ही मन में सपने संजो रही थी, कि वह भी नगरवधू बन कर प्रेम की गंगा में डुबकी लगाती रहेगी। आज अपने सपनों की उड़ान पूरी होती देख, उसने सम्राट का अभिवादन किया और कहा–''महाराज की जय हो! मुझ पर इस कृपा-वर्षा के लिए मैं आपकी सदैव आभारी रहूंगी।''

''ठीक है, मैं आज ही इसकी घोषणा कर देता हूं। दो दिन बाद नगरवधू की परम्परागत शोभायात्रा निकाली जाएगी। तुम सज-धज-संवर कर तैयार रहना।''

सम्राट से विदा होकर सिरिमा अपने प्रासाद में लौट आई। संगिनी से गले लिपट कर उसे सूचित किया कि अब भयभीत होने की कोई आवश्यकता नहीं है।

सालवती के जाने के बाद संगिनी वहीं रुक गई थी, सिरिमा की देखभाल करने के लिए। वह जाती भी तो जाती कहां? न उसका कोई परिवार था, न कोई घर-गांव। सालवती का साथ और जीवन के संघर्ष ने संगिनी के अनुभव ज्ञान को समृद्ध कर

दिया था। वह समझ चुकी थी कि हवा सदा एक ही दिशा में नहीं बहती है। जब अनुकूल दिशा में बहती है, तब शुभ फल देती है, और प्रतिकूल दिशा में बहने से अशुभ फल। इधर उसे चिंता सताने लगी थी कि यदि कोई नई नगरवधू, प्रासाद में आ गई तो उसे और सिरिमा को नियमानुसार रंगप्रासाद छोड़ना पड़ेगा। ऐसी अवस्था में वह सिरिमा को लेकर जाएगी कहां? पर सिरिमा से शुभ समाचार सुनकर उसे लगा कि हवा का रुख उसके पक्ष में है। उसने चैन की सांस ली। ईश्वर और सम्राट को लाख-लाख धन्यवाद दिए।

निर्धारित दिन और समय पर नगरवधू सिरिमा की शोभायात्रा उसी धूमधाम से निकाली गई, जिस धूमधाम से सालवती की निकाली गई थी। अंतर केवल इतना था कि सालवती की शोभायात्रा में उसकी अनिच्छा, उसकी लज्जा और संकोच बन कर झलक रही थी, पर सिरिमा की शोभायात्रा में उसकी चाहत की चहक, चहक झिलमिला रही थी, उसकी लालसा की ललक लहरा रही थी।

तरुण वर्ग हर्ष ध्वनि करते हुए उस पर रंग-बिरंगे सुगंधित पुष्पों की वर्षा कर रहा था। निकट से उसके रूप-लावण्य के रसास्वादन के लिए उसके समीप जाने की चेष्टा प्रबल थी। वे जानते थे कि एक नगरवधू के सौन्दर्य की झलक, बिना किसी शुल्क के शोभायात्रा में ही पा सकते हैं, इसीलिए वे अति उतावले थे। उनके उतावलेपन पर सिरिमा मन ही मन मुस्कुरा रही थी, प्रफुल्लित हो रही थी।

जब रंगप्रासाद के द्वार पर शोभायात्रा समाप्त हुई, प्राचीर से तूर्य बजा कर उसके आगमन की सूचना देने के साथ, अभिवादन किया गया। मंगल घट लिए दासियां सिरिमा को, जो अब देवी सिरिमा कहलाने लगी थी, अंतःपुर की ओर ले गईं। सिरिमा जिस मां के प्रासाद में बेटी बनकर रहती थी, अब वह उसकी स्वामिनी बन गई थी।

बुद्धयुगीन राजगृह में न सच्चे साधु-संतों की कमी थी, न धर्म में आस्था रखने वालों की। बुद्धत्व प्राप्त गौतम तो महामानव थे ही, उनके कई अनुयायी भी कम प्रभावोत्पादक सिद्धपुरुष नहीं थे। उस समय की ध्यानाभिरत उपासिकाओं की कथाएं भी कम प्रेरक नहीं थीं। उत्तरानन्द माता भी ऐसी ही एक धर्मात्मा नारी थी। उत्तरा का जन्म राजगृह के सुमन सेठी पर आश्रित पुण्णसीह नामक एक कृषक, जो बाद में सारिपुत्त थेर के आशीर्वाचन से नगर का धनसेठी बना दिया गया था, की पत्नी की कोख से हुआ था।

उत्तरा में जब यौवन का निखार आ गया और सुमन सेठी को उसके विषय में ज्ञात हुआ तो उसने पुण्ण सेठी को संदेश भेजा कि वह अपने बेटे का विवाह उसकी बेटी के संग करना चाहता है। पर पुण्ण सेठी ने उसके संदेश को अस्वीकार कर

दिया।

सुमन सेठी ने तब संदेश भेजा–"तुम मेरे घर पर आश्रित हो कर रहते थे और आज ऐश्वर्यशाली होकर मेरी अहेलना कर रहे हो।"

पुण्ण सेठी ने उत्तर दिया–"व्यक्ति सब समय एक ही जैसा नहीं रहता है। जीवन में उतार-चढ़ाव आते ही रहते हैं। इस समय मैं आप जैसे लोगों को दास बना कर रख सकता हूं, पर मैं अब भी आप का सम्मान करता हूं। मेरे अस्वीकार करने का कारण है कि मेरी बेटी आर्य श्राविका है, वह प्रतिदिन एक कार्षापण मूल्य के फूल से पूजा करती है। इसीलिए उसे आप जैसे मिथ्यादृष्टि वाले के घर नहीं भेजना चाहता।"

सुमन सेठी ने पुनः संदेश भिजवाया–"पुराने विश्वास को मत तोड़ो। मैं अपनी वधू के हाथों प्रतिदिन दो कार्षापण के फूलों से पूजा करवाऊंगा।"

सुमन सेठी के इस आश्वासन पर पुण्ण सेठी का हृदय द्रवित हो गया और अपनी बेटी उत्तरा का विवाह उसके पुत्र से कर दिया।

उत्तरा को ससुराल में सब सुख था, केवल एक ही दुख था कि उसका पति उसे कोई संस्कार, व्रत या पर्व मनाने की अनुमति नहीं देता। एक दिन उसने अपने पति से कहा–"मैं अपने पिता के घर महीने में आठ दिन निश्चित रूप से व्रत उपवास रखती थी, उपोसथ संस्कार (जिसमें लोग अपना कोई अपराध जो उसने किया है, उसे स्वीकार करते हैं।) करती थी। अब यदि आप अनुमति दें तो पुनः व्रत उपवास रख कर मन को शान्ति दूं।"

पर उसके पति का मन नहीं पसीजा और व्रत उपवास रखने की अनुमति नहीं दी। पति को समझाने में असमर्थ रहने पर वह मन मसोस कर चुप हो गई।

वर्षावास पुनः आया, पर पूर्व की भांति उसे व्रत रखने की कोई अनुमति नहीं मिली। वर्षावास के अढ़ाई माह बीतने पर जब आधा माह शेष था तो उसने अपने माता-पिता को संदेश भेजा–"आप लोगों ने मुझे यहां केवल रहने के लिए भेजा है। इतने दिन बीत गए पर मैं एक दिन भी कोई व्रत आदि नहीं रख सकी। मुझे शीघ्र ही पंद्रह हजार कार्षापण भेज दो।"

ससुराल गई प्रिय बेटी की प्रथम मांग थी, इसलिए बिना कोई प्रश्न किए कि किस लिए इतनी मुद्राएं मांग रही है, उन्होंने मुद्राएं भेज दीं।

एक नगरवधू के सम्मानित पद पर आसीन नारी तथा एक साधारण गणिका के आचरण और व्यवहार में अंतर होता है। एक नगरवधू अपने रंगप्रासाद में ही साधारणतया लोगों से मिलती-जुलती है पर सिरिमा में सुखभोग और धनलाभ का

लोभ इतना अधिक था कि वह किसी नियम में बंधने की अपेक्षा उसे तोड़ने में विश्वास रखती थी। इसीलिए उसे जब ज्ञात हुआ कि धनाढ्य सुमन सेठी के घर से उसे बुलावा आया है, तब वह उस धनिक के घर बेझिझक चली गई।

सौन्दर्यमयी सिरिमा को अपने समीप खड़ी देखकर उत्तरा प्रसन्न हो गई। मुस्कुराकर बोली—"देखो सुन्दरी! मैंने अपने धार्मिक अनुष्ठान में सहयोग देने के लिए तुम्हें बुलाया है।......"

उसकी बात काटती सिरिमा बोली—"एक धार्मिक कार्य में एक नगरवधू भला क्या मदद दे सकती है?"

"नहीं सिरिमा! मैं तुमसे धर्म-कर्म करने को नहीं कह रही हूं। मैंने तो अपने धर्म-कर्म करने के लिए अपने पति से अनुमति और सुविधा दिलाने में तुम्हें सहयोग देने के लिए बुलाया है।"

"वह कैसे?"

"सिरिमे! मैं आधा माह तक व्रत, उपोसथ आदि संस्कार करना चाहती हूं। तुम यह पंद्रह हजार मुद्राएं लो और मेरे पति की देखभाल करो, सेवा-परिचर्या करो। तभी वे मुझे व्रत आदि करने की अनुमति देंगे।"

"ठीक है आर्ये, मुझे स्वीकार है।"

उत्तरा के पति सेठी पुत्र ने सोचा कि जब मुझे सिरिमा जैसी सुंदरी संग रंगरेलियां मनाने का सुअवसर, स्वयं मेरी पत्नी प्रदान कर रही है, तब अपनी पत्नी को व्रत करने की अनुमति देने में क्या हानि है? इसलिए उसने बिना झिझक अनुमति दे दी।

पति की अनुमति मिल जाने पर उत्तरा बहुत निष्ठापूर्वक व्रत, उपवास करने लगी। इसी प्रकार पन्द्रह दिन बीत गए। अंतिम विसर्जन के दिन बुद्ध के लिए भोज्य सामग्री तैयार कर, वह वितरण कर रही थी। उसी समय सेठी पुत्र सिरिमा के साथ श्रेष्ठ महल के ऊपर जाकर जाली लगी खिड़की खोलकर नीचे झांकने लगा। उत्तरा की दृष्टि भी ऊपर गई।

सेठी पुत्र उत्तरा को देखकर यह कहते हुए मुस्कुराया—"यह कितनी अभागिन है, जो अपनी भोग सम्पत्ति को छोड़ कर दासी की तरह काली होकर दासियों संग विचरण कर रही है।"

उत्तरा भी पति के प्रमाद भाव को जानकर मुस्कुराई—"यह मूर्ख अपनी सम्पत्ति को सदैव के लिए अचल और अक्षय समझता है।"

दोनों को मुस्कुराते देखकर सिरिमा को भ्रम हुआ कि यह काली सी दिखने वाली दासी, मेरे साथ रहने वाले मेरे स्वामी के साथ हंसी कर रही है। क्रोधाग्नि में जलती-

भुनती सिरिमा जल्दी से नीचे चली गई।

उत्तरा को उसके आगमन व्यवहार को देखकर यह समझते देर नहीं लगी कि यह गणिका केवल आधा महीना इस घर में रहकर यह सोच रही है कि यह घर उसका है। बुद्ध की शिष्या उसी क्षण मेत्ता ध्यान में आ खड़ी हुई। (मेत्ता भावना वह परिक्रिया है जिसमें मनुष्य वैर-रहित तथा द्वेष-रहित हो, मैत्रीयुक्त चित्त से सारे प्राणियों के सुख के लिए, चाहे वे दृश्य हों या अदृश्य, दूर हों या निकट, छोटे हों या बड़े, मनुष्य हों या मनुष्येतर, जन्में हों या अजन्में, चल हों या अचल, प्रिय हों या अप्रिय, इष्ट हों या अनिष्ट, मैत्री की भावना करता है।)

सिरिमा ने दासियों के बीच जाकर पुआ पकाने वाले खौलता तेल करछुल में भरकर उत्तरा के माथे पर डाल दिया। लेकिन मेत्ता ध्यान में लीन रहने के कारण खौलता तेल, जल की फुहार की तरह उत्तरा के सिर पर गिरा।

सिरिमा के इस कुकृत्य से विक्षुब्ध, समीप खड़ी दासियों ने उसे बहुत खरी-खोटी सुनाई, अपशब्द कहे—"हमारी आर्या के बुलाने पर ही तुम यहां आकर रहने लगी, तो तुम अपने को इस घर की स्वामिनी ही समझने लगी। धिक्कार है तुम्हें।"

यह सुनते ही सिरिमा को सद्बुद्धि आई कि वह यहां एक आगन्तुका होकर भी यहां की स्वामिनी पर ही क्यों उबल पड़ी, उसके प्रति अनुचित आचरण क्यों किया? वह उत्तरा के पैरों पर गिर कर क्षमा मांगने लगी। उसे अपने कृत्य पर पछतावा हो रहा था।

उत्तरा ने कहा—"महात्मा बुद्ध यहां आने वाले हैं। तुम्हारे द्वारा किए गए अनुचित व्यवहार को सुनकर वे तुम्हें क्षमा कर देंगे तो उचित होगा। तभी मैं तुम्हें क्षमा कर पाऊंगी।"

निश्चित समय पर जब बुद्ध अपनी शिष्या उत्तरा के घर आए तब सिरिमा जाकर उनके पैरों पर गिर पड़ी और कहा—"भन्ते! मैंने अज्ञानतावश आर्या उत्तरा के प्रति एक अपराध किया है। क्षमा मांगने पर वह कहती हैं कि यदि आप मुझे क्षमा करेंगे तभी वह मुझे क्षमा करेंगी। इसलिए भगवान मैं आप से अपने अपराध के लिए हृदय से क्षमा याचना का अनुरोध करती हूं।"

बुद्ध ने सिरिमा को क्षमा करते हुए कहा—"अक्रोध से क्रोध को जीतो, असाधु को साधुता से, कंजूस को दान से जीतो और झूठ बोलने वाले को सत्य वचन से।"

पश्चाताप में सिरिमा ने दूसरे दिन बुद्ध को निमंत्रित कर महादान दिया और प्रतिदिन आठ भिक्षुओं को भोजन दिलवाने लगी। यह भोजन दान जारी था कि एक दिन एक भिक्षु को भोजन देने के पश्चात् उसका शरीर, रोगग्रस्त हो गया। उसकी दासियां अन्य भिक्षुओं को भोजन देने लगीं। भिक्षु लोग आपस में बात करते—"बीमार

पड़कर भी यह नगरवधू इतनी शोभा सम्पन्न और सौन्दर्य की स्वामिनी है, तो जब वह रोगग्रस्त नहीं थी, व्यवहार कुशल, नीति निपुण, चन्द्रमा के समान शोभायमान थी, उस समय में यह कितनी अधिक सौन्दर्य की रानी लगती होगी?''

धीरे-धीरे एक संध्या सिरिमा का देहांत हो गया। सम्राट को जब समाचार मिला तो उन्होंने बुद्ध को भी इसकी सूचना दी। बुद्ध ने संदेश भेजा कि मेरे आने तक उसका दाहसंस्कार नहीं कराएं।

जब बुद्ध वहां पहुंचे तब उन्होंने सम्राट से कहा—''राजन्! नगरवासी सिरिमा के रूप के दीवाने थे, इसलिए नगर में ढोल पिटवाएं कि जो भी चाहे, हजार मुद्रा देकर सिरिमा का शरीर ले जाए।''

सम्राट ने ऐसा ही करवाया, लेकिन कोई भी सिरिमा का मृत शरीर लेने नहीं आया।

तब बुद्ध ने कहा—''शरीर के मूल्य को गिराते जाओ।''

सम्राट ने ढोल पिटवाया—''पांच सौ मुद्रा देकर सिरिमा का शरीर ले आओ।''

फिर भी कोई आगे नहीं आया। इसी तरह मूल्य गिराते-गिराते जब निःशुल्क शरीर ले जाने के लिए ढोल पिटा गया, तब भी सिरिमा का शरीर लेने को उसका कोई भी दीवाना तैयार नहीं हुआ।

सिरिमा का मृत शरीर वहीं पर पड़ा रहा। आंखें खुली थीं, रूपजीवा की जिन आंखों में पहले रूप के गर्व थिरकते थे, उनमें आज रूप-नश्वरता की सत्यता के चित्र चित्रित थे।

शरीर के सौन्दर्य की नश्वरता, क्षणभंगुरता और परिवर्तनशीलता का उपदेश देते बुद्ध कह रहे थे—

''सब्बं रूपं अनिच्चं जराभिभूतं।''

कुछ ही दूरी पर भिक्षुओं के कानों में उपदेश के स्वर सुनाई पड़ रहे थे—''संसार में कुछ भी स्थाई और स्थिर नहीं है। जब रूप नश्वर है, तब उस पर अहंकार कैसा? इसलिए अपने रूप और प्रेम का व्यवसाय मत करो। जिस तरह सूर्य प्रेमवश लोगों को स्वार्थरहित जीवनदायिनी किरणें प्रदान करता है, हवा सभी को जीवन देने के लिए सदैव बहती रहती है और मेघ बिना किसी भेद-भाव के सभी खेतों के लिए जलप्रवाह करते हैं, उसी तरह प्रेम एक बहती नदी है, उसे बंद तालाब मत बनने दो, उपवन की खुली हवा में सर्वत्र खिलखिलाने दो।''

नमो बुद्धाय! नमो बुद्धाय! नमो बुद्धाय!